三 亚
疍 家 人

郑石喜————编著

上册

三亚疍歌

燕山大学出版社
·秦皇岛·

图书在版编目（CIP）数据

三亚疍歌 / 郑石喜编著． -- 秦皇岛 ： 燕山大学出版社，2024.7
（三亚疍家人；1）
ISBN 978-7-5761-0678-7

Ⅰ．①三… Ⅱ．①郑… Ⅲ．①渔歌－作品集－海南
Ⅳ．① I277.266

中国国家版本馆 CIP 数据核字（2024）第 087711 号

三亚疍歌
SANYA DAN'GE

郑石喜　编著

出 版 人：陈　玉	
责任编辑：方志强	**策划编辑**：方志强
责任印制：吴　波	**封面设计**：方志强
出版发行：燕山大学出版社 YANSHAN UNIVERSITY PRESS	地　址：河北省秦皇岛市河北大街西段 438 号
邮政编码：066004	电　话：0335-8387555
印　刷：秦皇岛墨缘彩印有限公司	经　销：全国新华书店

开　本：787mm×1092mm 1/16	印　张：20.5
版　次：2024 年 7 月第 1 版	印　次：2024 年 7 月第 1 次印刷
书　号：ISBN 978-7-5761-0678-7	字　数：311 千字
定　价：138.00 元（上下册）	

2010年崖歌荣获海南省级第三批非物质文化遗产项目证书

2021年崖歌荣获国家级第五批非物质文化遗产代表性项目证书

弘扬疍家文化，
传承咸水歌谣。

自　序

　　三亚是一个多民族的城市，有汉、黎、苗、回等十多个民族，本地特色文化极其丰富。在汉族中有一系特殊群体"疍家人"，他们居住在鹿岭山下。疍家人的文化历史悠久，蕴藏着海洋文化的传奇，是三亚文化的主要组成部分。因为三亚是从这个小渔村发展起来的，疍家人见证了三亚的崛起和发展。明末清初疍家人从崖州迁居三亚港，在三亚这个渔业良港耕耘了几百年，可以说是开垦三亚港的先行者。在旧社会疍家人以船为家，捕鱼为生，四海漂泊，风里来，浪里去，铸就了聪明智慧和勇敢的性格。在漫长的耕海生涯中，疍家人积累了丰富的航海技术和捕鱼经验，编织了自己的特色歌谣"疍歌"。他们用歌声缓解工作的压力和烦恼，用歌声充实生活的快乐和希望。疍歌成为疍家人的文化精神寄托，扬帆唱歌，归航唱歌，生活有歌，生产有歌，尤其是渔船泊港，男、女青年用歌声传递爱情，疍歌成为爱情的桥梁和纽带。

　　"文革"时期，"破四旧"运动中，疍歌被戴上不健康、不进步的帽子，禁止传唱，导致很多手抄歌本被烧掉，人们在很长一段时间都不敢乱唱疍歌。在这样的背景下，现在渔村很多中年人都不会唱疍歌，这给疍歌传承造成很大影响。幸运的是，在"文革"中还有一些人偷偷地把手抄本藏起来，如卢高发同志把三本有一百余年历史的"木鱼诗"调手抄本保存至今，为今天《三亚疍家人》一书的编著提供了很好的历史资料。

　　2009年，根据三亚市有关部门要求，各社区居委会挖掘本地特色非遗文化。这是疍歌禁止传唱二十多年的解禁令，老人们自发组织起来，晚上在自家门口唱疍歌，犹如枯草得到甘露，重新发芽，大家都积极参与，互相传唱，给渔村精神文明建设增添了色彩。群众的行动引起了居委会的高度重视。2010年年初，榆港社区和南海社区联合成立渔村文化活动中心，在渔村搭建了一个舞台，购置了音响等设备，为广大疍民提供唱疍歌的活动场所。为了保护疍歌，

2012年7月14日南沙早霞

传承非遗文化，同年举办了疍歌比赛活动，此后，该活动每两年一届，办得有声有色，得到上级有关部门的赞扬，更得到广大疍民的好评和认同。2017年，因南边海河口棚改项目，文化活动中心的舞台被拆除掉了，活动场所虽然没有了，疍歌比赛也暂停了，但中断不了疍民对疍歌的热爱，复苏后的疍歌已经深深烙印在人们的心中，街头巷尾都能听到疍歌的声韵。疍歌引起有关部门高度重视，相关部门人员经常到三亚疍家文化馆参观了解情况并聆听歌手清唱，分享疍歌文化。2010年6月，疍歌入选海南省级第三批非物质文化遗产项目。2021年5月，疍歌入选国家级第五批非物质文化遗产代表性项目。

我们期待将疍歌发扬光大，愿疍歌走上舞台，让全国人民认识并了解这一非物质文化遗产。

前　言

　　疍歌又称咸水歌、疍家渔歌，是疍家人几百年来耕海编织积累起来的文化精华和智慧结晶。疍歌有四调五唱，歌词是疍家人生产、生活的真实写照，描述了疍家人的沧桑岁月，蕴含着疍家人为人处世的哲学。另外还有儿童歌谣、摇篮曲、叹惊曲。四调是指白啰调、咕哩妹调、木鱼诗调、叹家姐调，其中叹家姐调又分为两种唱法，一种用于喜事，一种用于丧事，疍家人简称其为"生礼话"和"死礼话"。

　　白啰调是疍家人生产、生活中常唱的调，一句话七个字，四句话为一段，一首歌一般四至五段，六段以上的也有，易学好唱。每段第一句有两种唱法，也就是每段第一句尾音"啊"和"啰"的区分。咕哩妹调多用于青年人爱情对唱，可以说咕哩妹调是青年人的爱情桥梁和纽带，他们看上意中人时，都会哼上两句表达爱意。咕哩妹调四句话为一段，每句话的字数不限，但必须掌握好唱腔规律，逻辑准确，歌词要押韵，在对唱时一首歌四至六段的较多，个人唱也可以任意发挥。木鱼诗调是记述事物的一种唱法，声音低沉，欲思欲忧，一般老年人喜欢唱木鱼诗调，当他们伤感时，唱木鱼诗调能释放他们的情怀。叹家姐调的喜事唱法是先称呼对方，再把要表达的话唱出来，如对兄长唱：家呀兄……哥咪……。丧事唱法，先把哀声叹出来，再称呼死者，再把要表达的话叹出来，如叹父亲：唉……是我亲父呀……是我亲爹唉……哎唉.爹唉…。这就是叹家姐调喜事与丧事唱法的区别。疍歌的调基本是固定的，由于过去没有谱曲，没有规范的定律，人与人之间声带不一，每人唱起来是有差异的。旧时疍家人一般都不识字，学唱疍歌全靠头脑记，口耳传承，年复一年，代代相传，疍歌伴随疍家人海上耕耘了几百年，已经成为疍家人的精神依托。

　　儿童歌谣是儿童玩耍快乐时的表达，借用对方的名字或事物戏弄对方取

乐,童心溢放。如阿福福,煲鸡粥,鸡吃晒,同鸡哎.....,把阿福名字编成一段顺口溜戏弄阿福。如阿转转,转花园,糯米饼,胶米园,阿公叫你睇龙舟....,用阿转名字戏弄阿转,表达了疍家人的童年天真无邪。摇篮曲是哄小孩睡觉唱的一种曲谣,有催眠作用,孩子听着听着就睡着了,疍家人喜欢用背带背孩子,方便劳作。妈妈用手轻轻拍孩子屁股,一边唱摇篮曲一边轻轻地摇摆,孩子就像睡在摇篮上,慢慢地就进入梦乡。叹惊曲又称慎惊曲,孩子睡觉时经常从梦中惊跳,奶奶或妈妈在傍晚的时候抱着小孩唱这种曲,意在为孩子驱赶惊吓,让他们在睡觉时不惊不跳、睡得香甜。

三亚疍歌有四调五唱,自古以来没有谱曲,由疍家人代代口耳相传。为了便于大家传唱疍歌,掌握各调唱法和音节,本书对部分有代表性的疍家歌词进行作曲,其他疍家歌词用标注".""..""...""...."".....""......"的土方法作为音节划分,以便更多的人学唱疍歌,从而将疍歌发扬光大。

目　录

目录

记谱歌曲

龙盘井水清又甜

（白啰调）

词曲：郑石喜
演唱：苏桂花
记谱：朱可一

1=B 2/4 ♩= 56

6 5 6 6 3	3 5 5 0	6 5 6 5 6	3 5 6	3 5 3 2 1 2
三 亚 有 个	小渔村	啊		

2· 3 5 4 3	3 5 5 0 3 5	3 2 1	1 2 1·
历 史 沧 桑	几 百 啰	年	

6 5 6 6 5·3 5 3 2	3 5 3 3	5 5 3 2	1·2 6	3 5 3 5 5 4	3 2 1 1 1 2	1 0
开拓三亚 先行者	啊三亚	演 变	功在啰	前		

6 5 6 6 3	3 5 5 3 0	3 6 5 6 5 6	3 5 6	3 5 3 2 1 2
祖 先 留 下	龙 盘 井	啊		

2· 3 2 3	2 3 2 0 3 5	3 2 1	1 2 1·
哺 育 蛋 民	几 百 啰	年	

5 3 3 6 3 6 5·3 5 3 2	2 3	2 3 2 1 1	1 2 6	3 5 5 4 2 4	3 2 1 1 2	1 0
承 传祖业 不能忘	啊龙盘呀	啊	井恩	代 代 啰	传	

6 5 6 6 3	3 5 5 0	3 6 5 6	3 5 6	3 5 3 2 1 2
三 亚 有 处	蛋家棚	啊		

3 5 4	5 5 0 3 5	3 2 1	1 2 1·
岸 边 古 井	几 百 啰	年	

3 3 6 5 6 5·3 5 3 2	2 3	3 5 3 3 2 1	1 2 6	2 5 4 2 5	2 1 1 2	1 0
龙盘井水 清又甜	啊饮了	啊	健 康	又 益 啰	年	

5 3 6 3 | 6 6 0 | 3 5 5 6 5 6 | 3 5 6 | 3 5 3 2 1 2 |

移 居 三 亚　数 百 载　啊

2· 3 2 3 | 3 2 3 5 0 3 5 | 3 2 1 | 1 2 1· |

疍 民 抓 鱼　祖 业 啰　传

6 3 5 5 6 5·3 3 3 | 2 3 | 2 5 2 1 | 1 2 6 | 2 3 5 5 4 | 3 2 1 1 2 | 1 0 ‖ 1 ― ‖

感谢政府　造 铁 船 啊 幸 福 啊　日 子 庆 龙 啰 年

1.　　2.

鹿岭山下

（白啰调）

词曲：郑石喜
演唱：苏桂花
记谱：朱可一

1=B 2/4 ♩= 56

```
6 5 6 6 3 | 3 5 5 0 | 6 5 6 5 6 | 3 5  6 | 3 5 3 2 1 2 |
三 亚 有 个    新 渔 村    啊
```

```
2· 3 2 3 | 5 3 3 0 2 | 5 3 2 1 | 1 2 1· |
旧  时 叫 作   大 山 啰   园
```

```
6 3 6 5 6 | 5·3 3 2 | 5·3 3 | 2 3 2 1 1 | 1 2 6 | 2 5 4 5 1 | 2 2 4 2 | 1 — ‖
清明拜祭   有人烟啊平时呀 啊  人烟无人 啰呀见
```

```
6 5 6 6 3 | 3 6 0 | 3 5 3 5 6 5 | 5·  6 | 3 5 3 2 1 2 |
三 亚 渔村   面 貌 变   啊
```

```
5 3 5 3 | 2 3 2 0 3 5 | 1 2 5 3 2 | 1 — |
高 楼 林立 气  象 啰鲜
```

```
3 3 3 5 6 | 5·3 5 3 3 5 | 3 3 3 | 2 3 2 1 | 1 2 6 | 2 5 5 1 | 2 2 5 2 | 1 — ‖
人人路过   都睇见啊繁华呀 啊  渔村多人 啰呀烟
```

```
6 5 6 5 3 | 6 3 0 | 3 5 5 6 5 6 | 3 5  6 | 3 5 3 2 1 2 |
鹿 岭 山下   是 渔村   啊
```

```
2· 3 5 3 | 2 5 0 | 5 4 5 4 2 | 2· | 1 2 1 — |
渔 村 蛋家   不 同 啰    前
```

```
6 3 6 3 6 | 5·3 2 3 2 | 3 3 | 2 3 2 1 1 | 1 2 6 | 5 5 5 5 | 1 2 5 2 | 1 — ‖
海上驶船   人人会啊陆上呀 啊  开车不新 啰呀鲜
```

$\widehat{6\ 5}\ \widehat{6\ 5}\ 3\ |\ \widehat{6\ 3}\ 0\ |\ \overset{\curvearrowright}{\underline{3\ 5\ 6}}\ \widehat{6\ 5\ 6}\ 3\ 5\ 6\ |\ \overset{\frown}{3\ 5\ 3}\ 2\ 1\ 2\ |$

鹿　　岭　山　下　　是　家　乡　　啊

$\widehat{5\ 3}\ 5\ 3\ |\ \widehat{2\ 3}\ 2\ 0\ |\ \widehat{5\ 4}\ 5\ \widehat{2\ 1}\ |\ 1\ \cdot\ \widehat{1\ 2}\ 1\ -\ |$

家　乡　渔　船　　生　产　啰　　忙

$\|\colon \widehat{6\ 5}\ 3\ \widehat{3\ 6}\ \widehat{5\ \cdot\ 3}\widehat{3}\ \widehat{3\ 5}\ \widehat{3\ \cdot\ 5}3\ |\ \widehat{5\ 2}\widehat{1\ 1}\ \widehat{1\ 2}\widehat{6}\ |\ \widehat{3\ 3}\widehat{5}\widehat{3}\widehat{5}5\ |\ \widehat{1\ 2}\widehat{5}\widehat{2}\ 1\ -\ \colon\|$

机器隆隆　　四海闯　啊一夜　呀　啊　抓鱼到天啰呀光

光辉历史

（白啰调）

词曲：郑石喜
演唱：苏桂花
记谱：朱可一

1=A 2/4 ♩ = 51

5 3 5 3 | 3 5 5 3 0 | 3 6 5 6 3 | 3 5 6 | 3 5 3 2 1 2 |
全 国 人 民 齐欢庆 啊

3 5·4 | 3 3 5 0 5 | 4 3 2 1 | 1 2 1· |
庆祝 建党 一 百啰 年

6 5 6 3 | 6 5 3 5 5 | 3 5 3 3 | 5 5 3 2 1 | 1 2 6 | 2 3 5 3 5 3 | 2 1 1 2 | 1 — ‖
一百周年 光辉史 啊光辉呀 啊 历史要记啰 住

6 5 6 5 3 | 6 3 0 | 6 7 6 7 6 5 6 | 3 5 6 | 3 5 3 2 1 2 |
一 百 周年 忆当初 啊

2·3 5 3 | 5 3 2 0 2 3 | 1 2 5 2 | 1 — |
被 侵 耻辱 受 人啰欺

6 5 6 6 | 5·3 3 5 5 3 | 2 3 | 2 3 2 1 1 | 1 2 6 | 2 3 5 2 4 | 3 2 1 | 1 2 | 1 — ‖
一遍乌黑 广天地啊人民呀 啊 日子黄连啰 味

6 5 6 6 3 | 3 5 5 3 0 | 6 6 3 6 5 | 5· 6 | 3 5 3 2 1 2 |
党 的 领导 真英明 啊

3 5 3 2 3 | 2 3 2 0 3 5 | 3 2 1 | 1 2 1· |
领 导 人民 闹革啰 命

6 6 5 5 6 | 5·3 3 5 3 2 | 3 5 3 3 | 2 3 2 1 1 | 1 2 6 | 5 5 4 5 | 3 2 1 | 1 2 | 1 — ‖
赶走帝国 侵略者 啊人民呀 啊 翻身做主啰 人

三亚疍歌 SANYA DAN'GE

$6\ 5\ 6\ 5\ 3\ |\ 6\ 3\ 0\ |\ 6\ 3\ 5\ 6\ 5\ |\ 5\cdot\ 6\ |\ 3\ 5\ 3\ 2\ 1\ 2\ |$
一 百 周年 风云雨 啊

$2\cdot\ 3\ 2\ 3\ |\ 5\ 3\ 2\ 0\ 2\ |\ 3\ 2\ 1\ |\ 1\ 2\ 1\cdot\ |$
自 然 灾害 常 有 啰 事

$3\ 5\ 6\ 3\ 3\ 6\ 5\cdot\ 3\ 5\ 5\ 3\ 3\cdot\ 2\ 3\ |\ 2\ 3\ 2\ 1\ 1\ |\ 1\ 2\ 6\ |\ 2\ 3\ 5\ 3\ 1\ |\ 2\ 3\ 5\ 3\ 2\ 1\ |\ 1\ |$
有党 为民 挡风 雨 啊 人们 呀 啊 才有 好 日 啰子

$6\ 5\ 6\ 6\ 3\ |\ 5\ 5\ 0\ |\ 6\ 5\ 3\ 6\ 5\ |\ 5\cdot\ 6\ |\ 3\ 5\ 3\ 2\ 1\ 2\ |$
艰 苦 奋斗 一百 年 啊

$5\ 3\ 5\ 3\ |\ 2\ 5\ 0\ 3\ 5\ |\ 3\ 5\ 1\ 2\ 5\ |\ 2\ 1\cdot\ |$
丰 功 伟 绩 举 世 啰 呀 知

$6\ 6\ 3\ 3\ 6\ 5\cdot\ 3\ 3\ 2\ 5\cdot\ 3\ 3\ |\ 2\ 3\ 2\ 1\ 1\ |\ 1\ 2\ 6\ |\ 5\ 4\ 5\ 4\ 5\ 4\ |\ 3\ 2\ 1\ 1\ 2\ |\ 1\ —\ |$
改天 换地 气象 新 啊 人民 呀 啊 跟党 做强 啰 人

$6\ 5\ 6\ 5\ 3\ |\ 6\ 3\ 0\ |\ 3\ 6\ 3\ 6\ 5\ |\ 5\cdot\ 6\ |\ 3\ 5\ 3\ 2\ 1\ 2\ |$
一 百 周年 崎岖路 啊

$3\ 5\ 3\ 5\ 3\ |\ 3\ 2\ 0\ 2\ 3\ |\ 5\ 3\ 3\ 2\ |\ 2\ 1\cdot\ |$
党 的 带路 有 功 啰 劳

$5\ 3\ 6\ 3\ 6\ 5\cdot\ 3\ 3\ 2\ 3\ 5\ 3\ 3\ |\ 2\ 3\ 2\ 1\ 1\ |\ 1\ 2\ 6\ |\ 3\ 5\ 3\ 3\ 5\ 5\ |\ 3\ 2\ 1\ 2\ |\ 1\ —\ |$
扫平 障碍 往前 走 啊 人民 呀 啊 走上 小康 啰 路

永远跟着共产党

（白啰调）

词曲：郑石喜
演唱：苏桂花
记谱：朱可一

1=A 2/4 ♩= 61

5·65 3 | 5 530 | 5 165656 | 5·4 | 455 544 | 5 4321 | 1·121 | 1—
我 们 做人 要识相 啰 党的恩情不能啰 忘

536 636 5·32 53 | 2 3 | 5521 | 126 | 2523 | 3521
幸福生活 来不易啊今天 呀 啊 幸福全靠党

5·65 3 | 35530 | 5 6 5656 | 5·4 | 4 4245 | 541 25 | 21·
我 们 做人 要识相 啰 革命历史经 常啰讲

666 56 5·33 53 | 2 3 | 5521 | 126 | 5232 | 353521 | 1—
翻身解放 做主人啊翻身呀 啊 不忘共产党

5·65 3 | 35530 | 5 6 5656 | 5·4 | 544 55 | 455 321 | 1·121 | 1—
我 们 做人 要识相 啰 不忘初心记心啰 上

65 656 5·32 35 | 3·53 | 35521 | 126 | 332 | 353521 | 1—
改革开放 日子好啊感恩呀 啊 报答共产党

5·65 3 | 35530 | 5 6 5656 | 5·4 | 4 425 5 | 454 321 | 1·121 | 1—
我 们 做人 要识相 啰 记住初心有力啰 量

66 36 5·353 3 | 3 53 3 | 3 321 | 126 | 5232 | 353521 | 1—
小康道路 真理想 啊永远呀 啊 跟着共产党

9

大 喜 讯

（白啰调）

词曲：郑石喜
演唱：苏桂花
记谱：朱可一

1=B 2/4 ♩= 54

今 天 传来 大喜讯 啰 大家听了 真兴奋

疍歌入选 国家级 啊庆祝啊 活动大家啰 忙

疍 歌 非遗 有特色 啰 四调五唱歌声碧

从古歌唱 到如今 啊几代呀 梦想变成啰真

疍民 疍歌 疍渔船 啰 有船有人 有歌声

歌声悠扬 人振奋 啊伴随呀 疍民走到啰今

疍 歌 传唱 几百年 啰 唱了一年又一啰 年

古人作歌 后人唱啊 疍歌呀 文化要承啰 传

今 天 雅兴 来写歌 啰 作首歌仔来恭啰 贺

欢歌个载舞 尽欢庆啊 大家呀 高兴唱疍 啰歌

海南自由贸易港

（白啰调）

词曲：郑石喜
演唱：苏桂花
记谱：朱可一

1=B $\frac{3}{4}$ $\frac{2}{4}$ $\frac{3}{4}$ … ♩ = 56

中国 特色 又一举 啊 海南

建设 贸 易啰港 物资入岛 免关税 啊

自由 啊 贸 易生意啰 旺

建 设 自由 贸易港 啊

海南 名声 四海啰 扬 世界关注 港建设 啊

盼望 啊 贸易早开 啰呀张

我 们 建设 自贸港 啊

和谐 世界 树榜啰 样 世界和谐 人身安 啊

发展 啊 经济有希 啰 望

SANYA DAN'GE

三亚疍歌

5· 3̲ 5̲ 3̲ | 5̲ 5̲ 3̲ 0 | 3̲ 5̲ 5̲ 6̲ 5̲ 6̲ | 3̲ 5̲ 6 | 3̲ 5̲ 3̲ 2̲ 1̲ 2̲ |
世　界　　最　大　　　贸　易　港　　　啊

2· 3̲ 2̲ 3̲ | 2̲ 5̲ 0 2̲ | 3̲ 5̲ 1̲ 2̲ 5̲ | 3̲ 2̲ 1· | ³/₄ 5̲ 5̲ 3̲ 3̲ 6̲ 5̲·3̲ | 2̲ 2̲ 5̲ 3̲ 2̲ 3̲ 3̲ |
全　球　　物　资　大　货　啰　啊　仓　　各　国　人　民　　常　来　往　呀

²/₄ 3̲ 3̲ 2̲ 1̲ | 1̲ 2̲ 6̲ | 2̲ 4̲ 2̲ 4̲ 4̲ 5̲ | 1̲ 2̲ 5̲ 2̲ | 1̲ 0 ‖
世　界　啊　　和　谐　最　理　啰　呀　想

5· 3̲ 5̲ 3̲ | 5̲ 5̲ 0 | 3̲ 5̲ 5̲ 6̲ 5̲ 6̲ | 3̲ 5̲ 6 | 3̲ 5̲ 3̲ 2̲ 1̲ 2̲ |
为　了　　建　设　　　自　贸　港　　　啊

5̲ 3̲ 2̲ 3̲ 5̲ 3̲ | 5̲ 3̲ 5̲ 0 | 2̲ 3̲ 6̲ 1̲ 2̲ | ³/₄ 4̲ 2̲ 1 - ‖: 6̲ 3̲ 3̲ 3̲ 6̲ 5̲·3̲ | 5̲ 3̲ 2̲ 5̲ 3̲ 5̲ 3̲ |
作　首　歌　仔　　来　歌　啰　呀　唱　　海　南　人　民　　真　幸　福　啊

²/₄ 3̲ 5̲ 2̲ 1̲ 1̲ | 1̲ 2̲ 6̲ | 5̲ 4̲ 5̲ 2̲ | 5̲ 4̲ 5̲ 2̲ 1̲ | 1.⌐1̲ 0 :‖ 2.⌐1 - ‖
感　谢　啊　　中　国　共　产　党

东南西北风

（咕哩妹调）

词曲：郑石喜
演唱：张桂喜
　　　张桂莲
记谱：朱可一

拖 风

（咕哩妹调）

词曲：郑石喜
演唱：苏桂花
记谱：朱可一

1=D　2/4 3/4 2/4 …　♩= 63

3 3 1 1｜3 5 3 2｜2 2 1 6 1 6｜6 1 2 3 3 2｜1 2 1　2 1｜6 —｜
九冬十月啊咧　东风你又又起咧哥　唉

3/4 2 2 1 6 1 6 5｜6 1 2 1· 3｜2/4 1 2 2 1 1 1｜3/4 6 5 5 5 —‖
东风你又　又起啊　哎　拖风你季节　来　啰

2/4 3 3 2 1｜3 5 3 2 1｜6 6 1 2｜2/4 2 1 6 3 3 2｜1 2 1　2 1
拖风作业啊咧　又挨你风　风浪咧哥　唉

6 —｜2 2 1 6 1 6 1｜3/4 6 1 6 1· 3｜2 1 2 2 1 6｜6 5 5 —‖
朝开你晚　晚迈啊　哎哥你一身啰　泥啰

2/4 3 3 2 1｜3 5 3 2｜1 2 1 6 1 2｜3/4 1 2 1 3 3 3 2 1 2｜2/4 1· 2 1
拖风作业啊咧　四更你驶　驶向东咧哥　哎

6 —｜3/4 2 2 1 6 1 6 5｜6 6 1 1· 3｜1 2 1 2 6·｜2 6 5 5 —‖
哎　朝早你落　落网啊　哎向西你拖顺　风啰

2/4 3 3 2 1｜3 5 3 2｜2 2 6 1 1｜3/4 1 6 3 3 3 2 1 2｜2/4 1· 2 1｜6 —｜
拖风作业啊咧　绞梗你要　要用功咧哥　哎　哎

‖: 2 2 6 1 1｜3/4 1 6 1 6 1｜3｜2/4 6 1 2 2 2｜2 2 1 6｜3/4 6 5 5 —‖
绞梗你要　要齐力啊哎　防止翻梗打到人　啊啰

抛 鱼

（咕哩妹调）

词曲：郑石喜
演唱：苏桂花
记谱：朱可一

纲 罾

（咕哩妹调）

词曲：郑石喜
演唱：苏桂花
记谱：朱可一

1=♭D　3/4　2/4　3/4 …　♩ = 58

一二月你 纲啊 罾　东南仔又 又起咧咕 哩妹 唉

东南仔吹 吹来啊 哎 马鲛你走迈 来 啰

三四月你 纲啊 罾　南风仔又 又起咧咕 哩妹 唉

南风仔吹 吹来啊 哎 鲭鮎你走迈 来 啰

五六月你 纲啊 罾　大西南又 又起咧咕 哩妹 唉

大西南吹 吹来啊 哎 白鱼你走迈 来 啰

七月你 纲啊 罾　南流又到 到迈咧咕 哩妹 唉

南流你到 到迈啊 哎 财香你到啰 寨 啰

等妹摇前

（咕哩妹调）

作词：文化馆
演唱：苏桂花、郑石喜
记谱：朱可一

1=G 2/4 3/4 2/4 … ♩=62

男：
一橹推啊开　二橹你拉　拉迈咧咕　哩妹唉哎　唉

推开你拉　拉迈啊　妹你睇边个摇呀快　啰

女：
橹头摇啊弯　橹尾你起　起漩咧哥　哎

你拉蔬呀两　两橹啊　等妹我摇呀　前啰

男：
手抓橹头　啊推　力度你放　放慢咧咕　哩妹唉哎

唉　放低呀橹　橹头啊　等妹你摇呀　前啰

女：
哥你有啊心　妹我亦　亦有意咧哥　唉

我摇快两　两橹啊　同哥你齐呀　摇啰

合：
橹头摇啊弯　橹尾你起　起漩咧妹　哎

我同妹齐　齐摇啊　一起返啰船啰
哥

说 鱼

（咕哩妹调）

词曲：郑石喜
演唱：苏桂花
记谱：朱可一

1=D 2/4 3/4 3/4 … ♩ = 58

6 1 6 1 | 3/4 1 2 1· | 2 3 | 2 1 6 6 1 2 1 6 6 |

男：6·5 5 − | 2/4 3 2 3 2 2 | 3/4 3 5 3 3·2 | 2/4 2 2 6 1· | 6 1 2 1 6 3 | 3 2 1 2 2 1 |
头 啰　乜鱼你会 哎飞　乜鱼你　你车旗咧咕哩 妹唉

3/4 1 2 1 6 − | 2/4 2 2 6 1· | 3/4 6 1 6 1 1 | 2 3 | 2 2 1 1 6 | 6·5 5 − ‖
乜鱼你　你爬地啊唉 乜鱼你占呀 地 啰

女：2/4 3 2 3 2 2 | 3/4 3 5 3 3·2 1 | 2/4 6 6 6 1· | 6 1 2 1 6 3 | 3 2 1 2 1 |
飞鱼你会 哎飞　旗鱼你　你车旗咧哥

3/4 1 2 1 6 − | 2/4 2 6 2 6 1· | 3/4 6 1 6 1 1 | 2 3 | 6 6 6 1 1 6 | 6·5 5 − ‖
唉　章鱼你　你爬地啊唉 泥龙你占呀 地 啰

男：3 2 3 2 2 | 3/4 3 5 3 3·2 | 2/4 2 2 6 1· | 1 2 1 6 | 3 2 1 2 2 1 |
乜鱼你咀 呀尖　乜鱼你　你嘴长咧咕哩 妹唉

3/4 1 2 1 6 − | 2/4 2 2 6 1· | 3/4 6 1 2 1 6 1 | 2 3 | 2 2 1 6 1 6 | 1 6 5 5 − ‖
乜鱼你　你口大啊唉 乜鱼你眼呀 细 啰

女：2/4 3 1 2 3 | 3/4 3 5 3 3·2 1 | 6 2 1 6 6 1 1 | 2/4 6 1 2 1 6 3 | 3 2 1 2 1 |
青鹤你咀 呀尖　弹弓蛇你　你咀长咧哥

3/4 1 2 1 6 − | 2/4 6 2 6 1· | 3/4 6 1 2 1 6 1 | 2 3 | 2 1 2 6 1 6 1 6 | 1 6 5 5 − ‖
唉　石斑你　你口大啊唉 鲨鱼你眼呀 细 啰

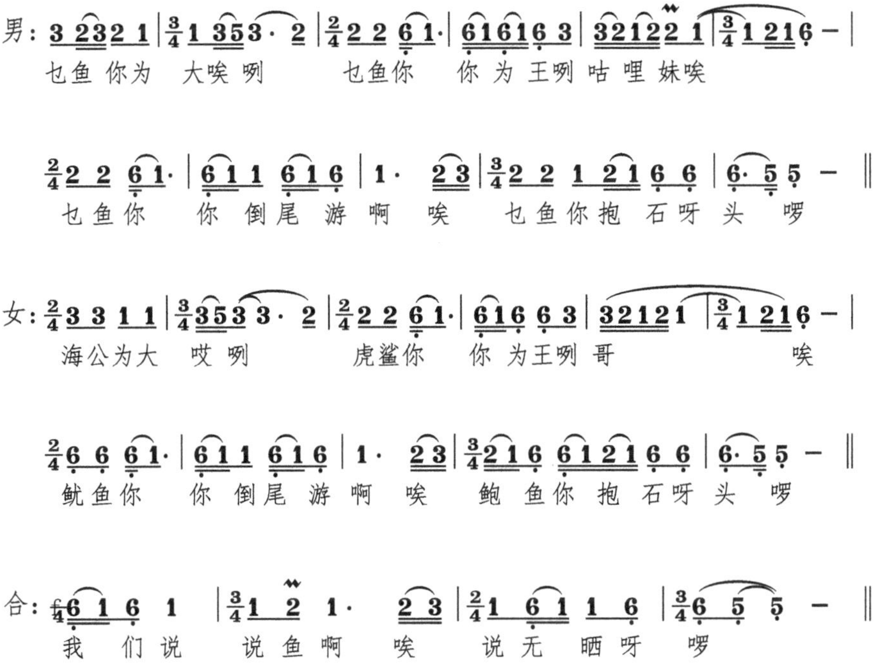

男：3 2̲3̲2̲1̲ | ¾ 1 3̲5̲3·̲ 2 | ²⁄₄ 2̲ 2̲ 6̲1̲· | 6̲1̲6̲1̲6̲ 3 | 3̲2̲1̲2̲2̲ 1̲ | ¾ 1̲2̲1̲6̲ − |
乜 鱼 你为 大 唉 咧　 乜 鱼 你　 你为 王 咧 咕 哩 妹 唉

²⁄₄ 2̲ 2̲ 6̲1̲· | 6̲1̲1̲ 6̲1̲6̲ | 1·̲ 2̲3̲ | ¾ 2̲ 2̲ 1̲2̲1̲6̲ 6̲ | 6̲·̲ 5̲ 5 − ‖
乜 鱼 你　 你倒 尾 游 啊 唉　 乜 鱼 你 抱 石 呀 头　 啰

女：²⁄₄ 2̲ 3̲3̲1̲1̲ | ¾ 3̲5̲3̲3̲ 3·̲ 2 | ²⁄₄ 2̲ 2̲ 6̲1̲· | 6̲1̲6̲6̲ 3 | 3̲2̲1̲2̲1̲ | ¾ 1̲2̲1̲6̲ − |
海 公 为大 哎 咧　 虎 鲨 你　 你为 王 咧 哥　 唉

²⁄₄ 6̲ 6̲ 6̲1̲· | 6̲1̲1̲ 6̲1̲6̲ | 1·̲ 2̲3̲ | ¾ 2̲1̲6̲ 6̲1̲2̲1̲6̲ 6̲ | 6̲·̲ 5̲ 5 − ‖
鱿 鱼 你　 你倒 尾 游 啊 唉　 鲍 鱼 你 抱 石 呀 头　 啰

合：²⁄₄ 6̲1̲6̲ 1 | ¾ 1̲2̲ 1·̲ 2̲3̲ | ²⁄₄ 1̲ 6̲1̲1̲ 6̲ | ¾ 6̲·̲ 5̲ 5 − ‖
我 们 说 说 鱼 啊 唉　 说 无 晒 呀 啰

水仙花·青楼悲曲

（木鱼诗调）

词曲：疍家人
演唱：苏桂花
记谱：朱可一

1=E 2/4 3/4 2/4 … ♩=58

水　仙啊花　　与及香　芹呀　菜　昨晚应　承啊

今晚开啊　　来　难为舍心　丢妹咁呀　耐　并无书　信

寄封开啊　　来　北风呀吹　南风呀啊　番　问郎出路

几时呀还　快者离桥　三两呀晚　迟者离桥半个　月哎间

君哎你　出到埠　头　钱财莫唔好尽呀散　钱财尽散

实见艰啊　难　有情啊酒　斟落无情哎杯　饮过此

杯未知何　时呀回　四海江湖　尽在此呀啊杯　临行玉手

拍下郎腰呀　背　去舍难哎　分　别舍难呀　回

十月种花

（木鱼诗调）

词曲：郑石喜
演唱：苏桂花
记谱：朱可一

1=E 2/4 ♩= 58

正 月 种 啊 花　日 头 啊 黄

种 花 人 仔 啊　脸 带 宽 啊 容

二 月 种 啊 花　人 人 去 啊 玩

种 花 人 仔 啊　夜 看 花 兰

三 月 种 啊 花　河 雾 啊 暗 种 花

人 仔 啊　日 日 精 啊 神

四 月 种 啊 花　人 说 日 晒 花 盆

照 烈 啊　难 合 番 啊 迈

五 月 种 啊 花　门 口 啊 倚 花 盆 照 烈 啊　雨 水 来 啊 淋

$\underline{1\ 1}\ \underline{2\ 3}\ 5\ |\ 3\cdot\ \underline{7}\ |\ \underline{6\ 7}\ \underline{2}\ \underline{7}\ \underline{2}\ |\ \dot{6}\ -\ |\ \dot{6}\ \ 3\ |$

六 月 种 啊 花　　雨 水 涌 啊 动　　烂 心

$\underline{6}\ \underline{6}\ \ 1\ |\ \underline{1}\ \underline{6}\ \ \underline{6}\ \underline{1}\ \underline{2}\ |\ \underline{2\cdot\ 3}\ \underline{7}\ \underline{6}\ |\ \dot{6}\ \dot{5}\cdot\ \|$

择 迈 啊　　无 点 鲜　 啊 红

$\underline{3\ 1}\ \underline{2\ 3}\ 5\ |\ 3\cdot\ \underline{7}\ |\ \underline{6}\ \underline{3}\ \underline{3}\ \underline{3}\ |\ \underline{3}\ \underline{5}\ \underline{3}\ \underline{7}\ |\ \underline{6}\ \underline{7}\ \underline{6}\ \underline{5}\ \underline{6}\ |\ 1\ -\ |$

七 月 种 啊 花　　林 七 妹 偷 啊 花　 又 拆 烂 呀 晒

$\underline{6}\ \underline{3}\ \underline{6}\ \underline{3}\ |\ \underline{1}\ \underline{3}\ \underline{1}\ \underline{6}\ \underline{1}\ |\ \underline{6}\ \underline{1}\cdot\ |\ \underline{1}\ \underline{7}\ \underline{6}\ \underline{1}\ \underline{6}\ |\ \underline{2\cdot\ 3}\ \underline{7}\ \underline{6}\ |\ \dot{6}\ \dot{5}\cdot\ \|$

又 等 林 七 妹 落 地 过 时 啊　　又 合 番　啊 迈

$\underline{2\ 1}\ \underline{2\ 3}\ 5\ |\ 3\cdot\ \underline{7}\ |\ \underline{6}\ \underline{2}\ \underline{7}\ \underline{2}\ |\ \dot{6}\ -\ |\ \underline{6}\ \underline{3}\ \underline{1}\ \underline{6}\ |\ \underline{1}\ \underline{2}\ \underline{1}\cdot\ |$

八 月 种 啊 花　　夜 间 咁 啊 长　　日 间 咁 呀 短

$\underline{1\cdot\ 2}\ \underline{3}\ \underline{7}\ |\ \underline{6}\ \underline{1}\ \underline{2}\ \underline{1}\ |\ \underline{1}\ \underline{7}\ \underline{6}\ \underline{2}\ |\ \underline{2\cdot\ 3}\ \underline{7}\ \underline{6}\ |\ \dot{6}\ \dot{5}\cdot\ \|$

种 花 人 仔 啊　 夜 香 花　 啊 园

$\underline{1}\ \underline{3}\ \underline{1}\ \underline{2}\ \underline{3}\ 5\ |\ 3\cdot\ \underline{7}\ |\ \underline{2}\ \underline{6}\ \underline{7}\ \underline{7}\ \underline{2}\ |\ \dot{6}\ -\ \underline{1\cdot\ 2}\ \underline{3}\ \underline{7}\ |\ \underline{6}\ \underline{1}\ \underline{2}\ \underline{1}\ |\ \underline{1}\ \underline{7}\ \underline{6}\ \underline{7}\ |\ \dot{6}\cdot\ \dot{3}\ |\ \dot{5}\ -\ \|$

九 月 种 啊 花　　不 同 咁 啊 长　种 花 人 仔 啊　 又 厌 夜 啊 长

$\underline{1\ 1}\ \underline{2\ 3}\ 5\ |\ 3\cdot\ \underline{7}\ |\ \underline{6}\ \underline{5}\ \underline{1}\ \underline{1}\ \underline{2}\ |\ \dot{6}\ -\ |\ \underline{1\cdot\ 2}\ \underline{3}\ \underline{7}\ |$

十 月 种 啊 花　　树 尾 啊 黄　　种 花

$\underline{6}\ \underline{1}\ \underline{2}\ \underline{1}\ |\ \underline{1}\ \underline{6}\ \ \underline{6}\ \underline{1}\ \underline{2}\ |\ \underline{2\cdot\ 3}\ \underline{7}\ \underline{6}\ |\ \dot{6}\ \dot{5}\cdot\ \|$

人 仔 啊　　无 点 功　 啊 劳

三亚港系好地方

（木鱼诗调）

作词：郑森家
演唱：苏桂花
记谱：朱可一

1=E 2/4 3/4 2/4 … ♩ = 56

（乐谱：木鱼诗调曲谱）

祖 先移 居　三亚港　移居宝　地啊　人吉啊呀

祥　　资源丰　富　渔场呀广

渔业 良港 啊　　天下哎啊呀扬

三亚港 系　好 地呀方　返港避风啊　人无啊呀

慌　台风回　南　　鹿 山呀挡

东 北 吹来 啊　　霸岭哎啊呀 上

三亚港 系　好 地呀方　一年四季 啊　渔兴啊呀

旺　　各地渔　船　常 来呀往

生意 兴 隆啊　带一啊呀帮

$\underline{3\ 3}\ \underline{3\ 6}$ | $\underline{6\ 5}$ · | $\underline{2\ 7}\ \underline{6\ 5\ 6}$ | $2\ 1$ · | $\frac{3}{4}1$ $\underline{1\ 6}\ \underline{6\ 1\ 2}$ | $\frac{2}{4}1$ · $\underline{6}$ | $\frac{3}{4}\underline{6}\ 2\ 7$ · $\underline{6}$ |
三亚港 系　好 地呀方　四 季如春 啊　名 声啊呀

$\frac{2}{4}\underline{6}$ · | $\underline{6}\ 3\ \underline{1}\ \underline{6}$ | $\underline{6}\ 5$ · | $\underline{6}\ 2\ 2\ \underline{6}$ | $\underline{1}\ 2\ 1$ · |
扬　阳 光 灿 烂　海 风 呀 爽

$\frac{3}{4}3$ $\underline{3}\ 2\ 1\ \underline{6}$ | $\frac{2}{4}1$ · $\underline{6}$ | $\frac{3}{4}\underline{6}\ 2$ 2 · $3\ 7\ \underline{6}$ | $\frac{2}{4}\underline{6}\ 5$ · ‖
沙 滩 雪 白 啊　蓝 海 哎 啊 呀 洋

$\underline{3\ 3}\ \underline{3\ 6}$ | $\underline{6\ 5}$ · | $\underline{2\ 7}\ \underline{6\ 5\ 6}$ | $2\ 1$ · | $\frac{3}{4}\underline{6\ 1}\ \underline{6}\ \underline{1\ 6}$ | $\frac{2}{4}1$ · $\underline{6}$ | $\frac{3}{4}\underline{1}\ 2\ 1$ · 2 |
三亚港 系　好 地呀方　旅 游胜地 啊　人 向啊呀

$\frac{2}{4}3$ 2 · | $\underline{6}\ 2\ 3\ \underline{6}$ | 5 | 3 · $\underline{6}$ | 2 $2\ \underline{6}$ | $\underline{6}\ 1$ |
往　寿 比 南　山　松 不 呀 老

$3\ \underline{6}\ 1\ \underline{3}\ 2$ | 2 $1\ \underline{6}$ | $\frac{3}{4}\underline{2}\ 6\ 2\ 7$ $\underline{6}$ | $\frac{2}{4}\underline{6}\ 5$ · ‖
福 如 东 海 啊　水 流 哎 啊 呀 长

$\underline{2\ 3\ 3}\ \underline{6\ 5}$ | 3 · $\underline{6}$ | 2 $2\ \underline{6}$ | $\underline{1}\ 2\ 1$ · | $\frac{3}{4}\underline{6}\ 3\ \underline{6}\ 2\ \underline{6}$ | $\frac{2}{4}1$ · $\underline{6}$ | $\frac{3}{4}\underline{2}\ 6\ 6$ · 3 | $\frac{2}{4}5$ — |
祖 先移 居　三 亚 港　海 洋耕耘 啊　千 年啊呀 长

‖: $\underline{6}\ 3\ \underline{1}\ \underline{6}$ | $\underline{6}\ 5$ · | 5 $6\ 6$ | $\underline{1}\ 2\ 1$ · | $\frac{3}{4}3$ $5\ 6\ 1$ |
疍 家 故 事　人 人 呀 讲　传 承 文 化

$\frac{2}{4}1$ · $\underline{6}$ | $\frac{3}{4}\underline{7}\ 7$ $\underline{6}\ 7\ 2\ \underline{6}$ $7\ \underline{6}$ | $\frac{2}{4}\underline{6}\ 5$ · :‖
啊　要 发 哎 啊 呀 扬

哥 送 我

（木鱼诗调）

作词：蛋家文化馆
演唱：张桂喜
记谱：朱可一

$\underline{3 \cdot \underline{5} \underline{1} \underline{6}} | 1 - | \underline{7} \underline{7} \underline{2} \underline{6} \underline{3} | 5 - | \underline{3} \underline{3} \underline{3} \underline{7} | \underline{6} \underline{3} \underline{7} | \underline{6} \underline{6} \underline{3} | 5 - | \underline{3} \underline{3} \underline{2} \underline{3} \underline{1} |$

哥　送呀我　　送到庙呀堂　　庙堂有个泥舟啊木丈呀郎　中间小个

$\underline{7} \underline{2} \underline{6} \underline{3} | 5 - | \underline{1} \underline{3} \underline{2} | \frac{3}{4} \underline{3} \underline{2} \underline{3} \underline{6} \underline{5} \underline{5} \underline{6} | \frac{2}{4} \underline{1} \cdot | \underline{2} \underline{1} \underline{3} \underline{7} | \underline{6} \underline{1} \cdot | \underline{7} \underline{6} \underline{3} |$

做媒呀娘　特起架　杯　来问呀下　我　是阴时啊　你是呀

$5 - | \underline{6} \underline{3} \underline{6} \underline{6} | \underline{5} \underline{6} \underline{7} | \underline{6} - | \underline{1} \underline{2} \underline{2} \underline{3} | 3 \underline{3} \underline{7} |$

阳　　乾坤日月是　阴啊阳　我讲　夫妻呀

$\underline{6} \underline{5} \underline{6} | \underline{6} 1 \cdot | \underline{6} \underline{1} \underline{2} \underline{3} | \underline{2} \underline{3} \underline{5} \underline{6} | \frac{3}{4} 1 \underline{2} \underline{3} \underline{7} \underline{6} | \frac{2}{4} \underline{5} - ||$

同陪啊下　　你讲　天地做阴　　阳

$\underline{3 \cdot \underline{5} \underline{1} \underline{6}} | 1 - | \underline{7} \underline{7} \underline{2} \underline{6} \underline{3} | 5 - | \underline{1} \underline{1} \underline{2} \underline{3} | \underline{1} \underline{2} \underline{3} \underline{3} \underline{5} | 3 - | \underline{3} \underline{3} \underline{6} \underline{1} |$

哥　送呀我　　送到学呀堂　学堂书友同一哎张　花衣棉被

$\underline{6} \underline{5} \underline{3} \underline{3} \underline{2} | 1 - | \underline{3} \underline{3} \underline{2} \underline{3} | \underline{5} \underline{1} \underline{7} | \underline{6} \underline{2} \underline{7} \underline{6} |$

同　哥啊盖　　不识英　台啊　　是个女呀

$5 - | \underline{3} \underline{5} \underline{6} | \underline{3} \underline{2} \underline{1} \underline{2} | \frac{3}{4} \underline{6} \cdot \underline{7} \underline{6} | \frac{2}{4} \underline{5} - ||$

娘　后来　知　道啊恨　断呀肠

疍民岁月

（木鱼诗调）

作词：陈水逢
演唱：苏桂花
记谱：朱可一

1=E 2/4 3/4 3/4 … ♩ = 58

旧时疍民　真是呀忧　捕鱼劳作啊　四海啊呀

游　遇到台风　无人呀救

揾文铜钱啊　眼泪哎　啊呀流

旧时疍民　真是呀惨　使用麻网啊　曲麻啊呀缠

日日晒网　真艰呀难　渔网无晒

啊　又沤哎　啊呀烂

旧时疍民　住水呀棚　茅草盖顶啊　椰叶啊呀

栏　船板捕棚　多钉呀眼

台风打来啊　棚吹哎　啊呀翻

旧时疍民　真是呀难　挨风挨浪啊　无人啊管

27

6 6 3 2 | 3·5 | 5 2 6 | 2 1· | 2 1 3 | 6 1 | 6 | ¾1 1 3 5 1 2 | ²⁄₄3 2· ‖

粮食紧张　人心呀慌　海菜当粮啊　做时哎　啊呀　餐

6 6 6 7 | 6 5· | 5 6 6 | 2 1· | ¾3 6 | 2 1 | ²⁄₄1· 6 | 7 7 2 7 6 | 6 5· |

旧时疍民　受人呀欺　街上无块　啊　企脚啊呀地

‖: 6 1 1 6 | 6 − | 2 7 6 5 6 | 1 − | ¾3 6 3 3 | 6 1 6 |

日晒雨淋　风浪呀斗　讲起旧时

²⁄₄1· 6 | ¾1 2 2 | 2· 3 7 6 | ²⁄₄6 5· :‖

啊　　眼泪哎　啊呀流

28

亲 娘

（叹家姐调·生礼）

词曲：王学梅
演唱：王学梅
记谱：朱可一

1=♭B 2/4 3/4 2/4 … ♩= 58

亲 爹

（叹家姐调·生礼）

词曲：王学梅
演唱：王学梅
记谱：朱可一

1=C $\frac{2}{4}$ $\frac{3}{4}$ $\frac{2}{4}$ … ♩ = 58

2 1 6 2 | 2 2 | 2 2 1 6 1 | $\frac{3}{4}$ 2 2 1 6 1 2 2 6 | $\frac{2}{4}$ 5 5 | 6 1 | 1 6 1 1 |
亲呀爹　啦爹啦我　爹都养家　责任　又重啊

2 1 1 · | $\frac{3}{4}$ 2 2 3 1 1 6 5 · 5 | $\frac{2}{4}$ 5 · 6 1 2 · | 1 2 1 6 1 1 6 | 6 5 · | 5 0 ‖
亲爹　爹啦艰难　呀揾钱　养家任呀务　唻

2 1 6 2 | 2 2 | 2 2 1 6 1 | $\frac{3}{4}$ 2 2 1 6 1 2 2 6 | $\frac{2}{4}$ 5 6 2 | 1 | 1 6 1 1 |
亲呀爹　啦爹啦我　爹都养（女儿）用心　照顾啊

2 1 1 · | $\frac{3}{4}$ 2 2 3 1 1 6 5 · 5 | $\frac{2}{4}$ 5 6 1 1 6 | 1 2 6 1 1 6 | 6 5 · | 5 0 ‖
亲爹　爹啦童年　呀快乐　有爹手牵呀住　唻

2 1 6 2 | 2 2 | 2 2 1 2 0 | $\frac{3}{4}$ 2 2 1 6 2 2 6 | $\frac{2}{4}$ 5 6 1 2 2 1 | 1 1 6 1 |
亲呀爹　啦爹啦早　出都晚归　赚钱　养孩儿啊

2 1 1 · | $\frac{3}{4}$ 2 2 3 1 1 6 5 · 5 | $\frac{2}{4}$ 5 6 1 1 | 1 2 6 1 1 6 | 6 5 · | 5 0 ‖
亲爹　爹啦孩儿　呀细时　有爹你维呀持　唻

2 1 6 2 | 2 2 | 2 2 1 6 1 | $\frac{3}{4}$ 2 2 1 6 2 2 6 | $\frac{2}{4}$ 5 6 2 | 1 | 1 6 1 1 |
亲呀爹　啦爹啦我　爹都对（女儿）关心　又爱啊

2 1 1 · | :‖ $\frac{3}{4}$ 2 2 3 1 1 6 5 · 5 | $\frac{2}{4}$ 5 6 1 1 | 1 1 2 1 1 6 | 6 5 · | 5 0 :‖
亲爹　爹啦养育　呀功劳　永记心呀头　唻

出　嫁

（叹家姐调·生礼）

词曲：蜑家人
演唱：苏桂花
　　　王学梅
记谱：朱可一

1=♭E 2/4 3/4 2/4 …　♩ = 53

姑：家啊嫂　啦嫂啦叫　嫂都行来　同姑我平

坐啊家嫂　嫂啦同　姑啊平坐你都教下　姑啊娘　唻

嫂：姑　娘啊细咖　啦姑啦是　我都妹姑　你嫂又

教啊姑娘　姑啦嫂高呀又　教依个　姑啊娘　唻

姑：家啊嫂　啦嫂啦真心说心算　嫂都有心　又来陪

我啊家嫂　嫂啦一　更呀陪到五更　鸡啊啼　唻

嫂：姑　娘啊细咖　啦姑啦叫　嫂开言　事话无

便　啊姑娘　姑啦嫂高　未曾去过

学　堂　人女我唔　有经　啊验　唻

姑：家啊嫂　啦嫂啦妹　姑都开声　唔是拿　布啊家嫂

31

$\frac{2}{4}$ 2 2 3 2 | 2 2· | 2 1 1 6 5· 6 | 2 1 2 1 2 2 1 | 6 1 1 6 6 5 | 5 0 ‖
嫂啦妹姑一 心呀又 想我都嫂高事呀话 唻

嫂: 6 5 6 2 1 6 | 1 1 2· 2 2 | 2 2 1 6 1 2 | 1 1 1 1 | $\frac{3}{4}$ 2 2 2 2 1 6 |
姑 娘啊细咖 啦姑啦你嫂没有礼物 嘟畀姑 啊

$\frac{2}{4}$ 5 6 2 1 1 | $\frac{3}{4}$ 6 1 1 2 1 1 1 | $\frac{2}{4}$ 2 2 3 1 2· |
对 姑唔 过啊姑 娘 姑啦对

$\frac{3}{4}$ 2 1 6 5· 6 1 | $\frac{2}{4}$ 1 1 2 1 2 1 | 1 1 6 6 5 | 5 0 ‖
姑 啊唔 过 对你爹娘唔啊住 唻

姑: $\frac{2}{4}$ 2 1 6 1 2· | 2 2 | 1 2 2 1· 6 | $\frac{3}{4}$ 2 2 2 2 2 1 6 | $\frac{2}{4}$ 5 6 2 1 1 |
家啊嫂 啦嫂啦妹 姑都出嫁 叫 嫂你来

$\frac{3}{4}$ 6 1 1 2 1 1 1 | $\frac{3}{4}$ 2 2 1 1 6 5· 6 | $\frac{2}{4}$ 2 1 2 1 2 1 | 6 1 1 6 6 5 | 5 0 ‖
带 啊家嫂 嫂高呀唔 带我都妹姑 唔啊行 唻

嫂: 6 5 6 2 1 6 | 1 1 2· 2 2 | 2 2 1 $\overset{16}{5}$ | $\frac{3}{4}$ 1 2 1 1 6 2 2 | $\frac{2}{4}$ 5 6 1 2 1 |
姑 娘啊细咖 啦姑啦 是 我都妹姑 你嫂又

$\frac{3}{4}$ 6 1 1 2 1 1 1 | 2 2 3 1 2 2 3 2 | $\frac{2}{4}$ 2 1 1 6 5 | 1 1 2 1· 2 1 1 6 6 5 | 5 0 ‖
带 啊姑娘 姑啦嫂高一 心呀又带我依个姑 娘 唻

合: 1 2 1 6 1 2· | 2 2 | 1 2 2 1 $\overset{16}{5}$ | $\frac{3}{4}$ 1· 6 2 2 2 | $\frac{2}{4}$ 5 6 1 1 | $\frac{3}{4}$ 6 1 1 2 1 1 1 |
亲啊娘 啦妈啦 大 众都爹娘 大众啊 养啊亲娘

$\frac{2}{4}$ 2 2 3 2 | $\frac{3}{4}$ 2 1 6 5 5 1 6 | $\frac{2}{4}$ 1 2 1 2 1 2 1 | 1 6 6 5 | 5 0 ‖
妈啦照 书呀排落你就仔女养爹呀 娘 唻

姐妹长情

（叹家姐调·生礼）

词曲：王学梅
演唱：王学梅
记谱：朱可一

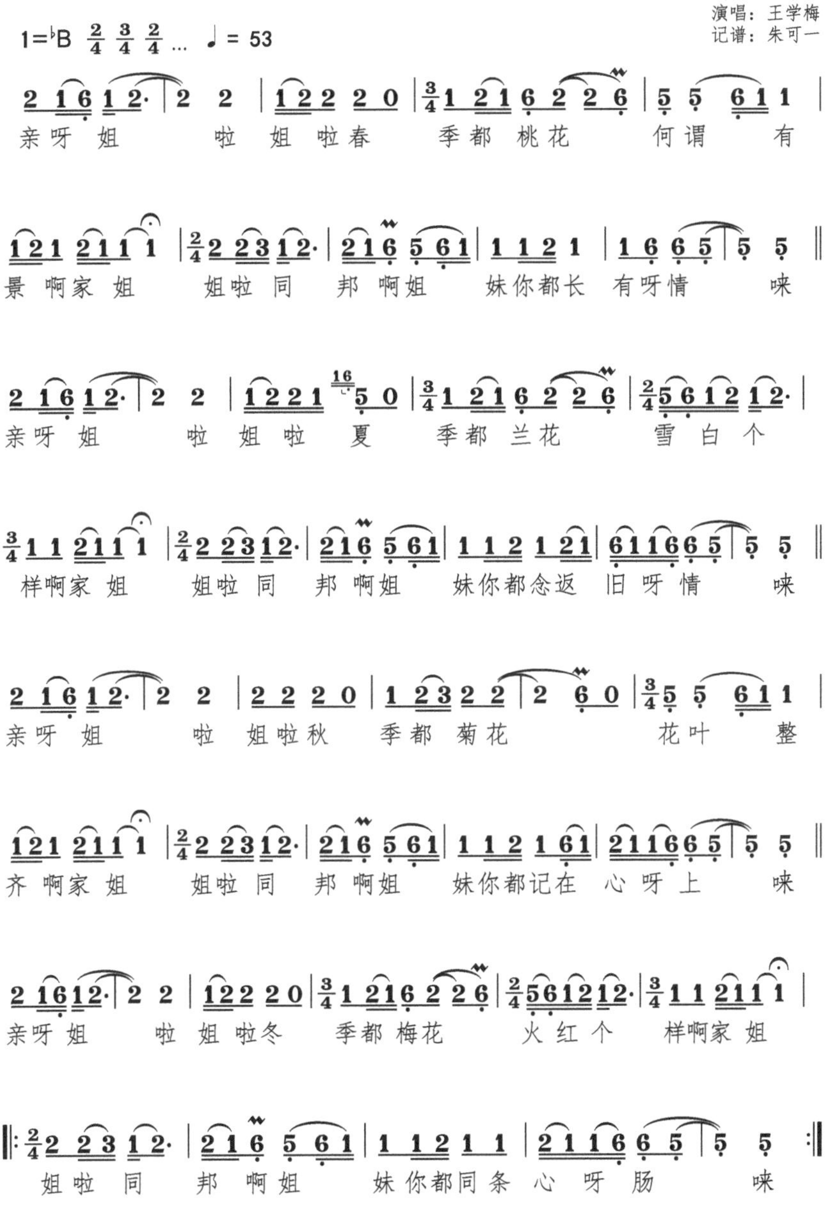

九冬十月

（叹家姐调·生礼）

词曲：郑石喜
演唱：苏桂花
记谱：朱可一

1=E 2/4 3/4 2/4 … ♩ = 55

2 1 6 2 | 2　2 | 2 2 6 1 6 | 3/4 2 2 6 1 6 5 | 5 6 2 2 1 1 1 |
家呀兄　啦　哥啦买　番都白麻　又织番你麻

6 1 1 2 1 1 1 | 2/4 2 2 2 3 1 2· 2 1 6 5 | 5 1 6 1 2 | 6 1 1 6 6 5 | 5 0 ‖
网啊家兄　哥啦九　冬呀十月你就马交行啊红　唻

2 1 6 2 | 2　2 | 2 2 6 1 6 | 3/4 2 2 6 1 6 5 | 5 6 2 2 1 1 1 |
家呀兄　啦哥啦马　交都行红　又等哥你去

1 1 2 1 1 1 | 2/4 2 2 2 3 1 2· 2 1 6 5 | 5 1 6 1 2 | 2 1 6 6 5 | 5 0 ‖
抓呀家兄　哥啦四　更呀落雾你就马交标啊浮　唻

2 1 6 2 | 2　2 | 2 2 6 1 6 | 3/4 2 2 2 1 6 5 | 5 6 2 2 1 1 1 |
家呀兄　啦哥啦马　交都标浮啊　又等哥你落

6 1 1 2 1 1 1 | 2/4 2 2 2 3 1 2· 2 1 6 5 | 5 1 6 1 2 | 2 1 6 6 5 | 5 0 ‖
网呀家兄　哥啦错　过呀时辰你就空手返啊来　唻

2 1 6 2 | 2　2 | 2 2 6 1 6 | 3/4 2 2 2 6 5 | 5 6 2 2 1 1 1 | 6 1 1 2 1 1 1 |
家呀兄　啦哥啦我　哥都精灵　又生得唻咁　靓呀家兄

2/4 2 2 3 1 2· ‖: 2 1 6 5 | 5 1 6 2 2 | 6 1 1 6 6 5 | 1. 5 | 2. 6 2· :‖ 5 0 ‖
哥啦九　冬呀十月你就想哥难啊眠　唻九　唻

三 杯 茶

（叹家姐调·死礼）

词曲：王学梅
演唱：王学梅
记谱：朱可一

$\overbrace{12}2\overbrace{16}2\overbrace{16}7\overset{\frown}{2}$ | 222 0 $\overset{\frown}{21}$ | $\overset{6}{\underset{c}{5}}$ - 00 | 6 5 $\overbrace{6\cdot76}$ $\overbrace{12}1$ |

妈 啦 第三个 杯 苦丁都 冲 茶 个茶呀 是苦 啊

$\overbrace{12}1\cdot\overbrace{2}1\overset{\frown}{6}\underset{.}{5}$ | $\underset{.}{5}$ - 0 0 $\overset{.}{6}$ | $\overbrace{12}2\overbrace{16}1\overbrace{12}2\overbrace{21}\overset{\frown}{6}$ |

妈 唉 哎 是妈 啦是我 妈 如今个

$\underset{.}{5}$ $\underset{.}{5}$ 0 0 | $\overset{.}{6}$ $\overset{.}{1}$ $\overset{.}{6}$ $\overset{.}{6}$ 2 2 $\overset{.}{1}$ $\overset{.}{6}$ $\overbrace{6}$ $\overbrace{7}$ 6 | 6 5 5 - - ‖

饮 啊 饮 落呀苦妈你余呀 人 呀

三 碟 菜

（叹家姐调·死礼）

词曲：王学梅
演唱：王学梅
记谱：朱可一

$\overline{2}$ $\overline{2}$ $\underline{1}$ $\underline{\dot 6}$ | $\underline{2}\underline{1}\underline{\dot 6}\underline{7}$ 2 | $\overline{2}$ $\overline{2}$ $\underline{2}\underline{1}\underline{\dot 6}$ $\underline{2}\underline{1}\underline{\dot 6}$ 5 | $\underline{\dot 6}$ $\underline{5}\underline{\dot 6}\underline{2}$ $\underline{1}\underline{2}\underline{1}\underline{\dot 6}$ 1 |

妈啦　第三个碟　粉丝都做汤　　　个鸭　蛋去　盖面呀

$\underline{1}\underline{2}\underline{1}\cdot$ $\underline{2}\underline{1}\underline{\dot 6}\underline{5}$ | 5 $-$ 0 $0\underline{\dot 6}$ | $\underline{1}\underline{2}\underline{2}$ $\underline{1}\underline{\dot 6}\underline{1}$ $\underline{2}$ $\underline{2}\underline{1}\underline{2}$ |

妈唉　哎　　　　　是妈　啦是我　妈　今晚

$\underline{\dot 6}\underline{7}$ $\underline{\dot 6}$ $\underline{\dot 6}\underline{5}$ $5\cdot$ | $\underline{\dot 6}\underline{1}\underline{\dot 6}$ $\underline{\dot 6}\underline{2}$ $\underline{1}\underline{2}$ $\underline{2}\underline{1}\underline{\dot 6}$ | 5 5 $-$ $-$ ‖

回　魂　个吃呀　吃落啊己共都清　呀甜哎

三支香

（叹家姐调·死礼）

词曲：王学梅
演唱：王学梅
记谱：朱可一

1=♭A 4/4 ♩ = 54

哎　是我亲父啊　是我　爹啦　哎　　　是爹啦 你空

手 拎都青香　　嗯跪住　落叫啊 爹唉 哎　　　　　　是

爹啦 你空膝头 嗯跪呀 跪落呀我爹你灵前 呀　是我

亲 父啊　　　是我 爹啦　哎　　　是爹啦 第一嗯支

色香都上炉啊 香呀　香呀　喷喷呀 爹唉 哎　　　　是

爹啦 玉皇　嗯闻呀　闻到去都自带精呀　神呀 是我

亲 父啊　　　是我 爹啦　哎　　　是爹啦 第二嗯支

色香都上炉啊 是呀　是爹 你米 饭啊 爹唉 哎　　　是

爹啦如今 我爹 吃香烟　无呀 无吃阳间啪　白饭 呀 是我

2 1 2 6 7 6 $\frac{6}{7}$ 5 - | 5 - 0 5 6 1 | 2 2 - - | 2 1 6 5 5 0 6 | 2 2 1 6 2 7 6 7 2 |

亲 父啊　　　是我 爹啦　 哎　　　　是 爹啦 第三 嗰支

2 2 2 7 6 7 6 5 5 | 5 6 2 1 6 1 | 2 1 · 2 1 6 5 5 - 0 0 6 |

色香 都上 炉啊 街呀　 街上 有买呀 爹唉　 哎　　　　　 是

2 2 7 6 7 6 7 6 2 7 6 5 6 5 5 · | 6 1 6 6 1 6 1 2 2 1 6 | 6 5 5 - - ‖

爹啦 护保 你 白花 好年 嗰全呀 全 合呀胜过 啲招 牌 呀

五 杯 酒

（叹家姐调·死礼）

词曲：王学梅
演唱：王学梅
记谱：朱可一

SANYA DAN'GE

三亚疍歌

1̲ 2̲ 1· 2̲ 1̲ 7̲ 5̲ | 5̲ - 0 0̲ 5̲ 7̲ | 1̲ 2̲ 2̲ 1̲ 1̲ 1̲ 2· 0 |
妈 唉 哎　　　　　是 妈 啦是 我 妈

2̲ 2̲ 1̲ 7̲ 1̲ 7̲ 5̲ 5̲ 5̲ 0̲ 5̲ 7̲ | 1̲ 2̲ 1̲ 1̲ 7̲ 1̲ 2· | 2̲ 1̲ 7̲ 7̲ 6̲ 5̲ 5̲ 5· ‖
如 今 啊　饮 呀 饮 落 啊看 下 你 孩 儿 呀

5̲ 5̲ 6̲ 1̲ 2̲ 1̲ 2̲ 1̲ 2̲ 1̲ 6̲ | 5̲ - - - | 5̲ 5̲ 6̲ 1̲ 2̲ 2· | 2̲ 1̲ 7̲ 5̲ 5̲ 0̲ 5̲ 7̲ |
是 我 亲 娘　　　啊　是 我 妈 啦 哎　是

1̲ 2̲ 2̲ 1̲ 1̲ 7̲ 1̲ 2· 0̲ 1̲ 2̲ | 1̲ 1̲ 6̲ 2̲ 2̲ 1̲ 1̲ 2̲ 0̲ 7̲ 6̲ | 5̲ 5̲ 6̲ 1̲ 1̲ 2̲ 1· |
妈 啦是 我 妈　饮 过 第 四都 个杯 个 糯 米 啊 酒 呀

1̲ 2̲ 1· 2̲ 1̲ 7̲ 5̲ | 5̲ - 0 0̲ 5̲ 7̲ | 1̲ 2̲ 2̲ 1̲ 1̲ 7̲ 1̲ 2̲ 1̲ 7̲ 2̲ 1̲ |
妈 唉 哎　　　　　是 妈 啦是 我 妈 回 家

76
5̲ 5̲ 5̲ 0 0̲ 5̲ 7̲ | 1̲ 2̲ 1̲ 1̲ 7̲ 1̲ 2· | 2̲ 1̲ 7̲ 7̲ 6̲ 5̲ 5̲ 5· ‖
啊饮 呀　饮 落 啊看 见 都 亲 朋 呀

5̲ 5̲ 6̲ 1̲ 2̲ 1̲ 2̲ 1̲ 2̲ 1̲ 6̲ | 5̲ - - - | 5̲ 5̲ 6̲ 1̲ 2̲ 2· | 2̲ 1̲ 7̲ 5̲ 5̲ 0̲ 5̲ 7̲ |
是 我 亲 娘　　　啊　是 我 妈 啦 哎　是

1̲ 2̲ 2̲ 1̲ 1̲ 7̲ 1̲ 2· 0̲ 1̲ 2̲ | 1̲ 1̲ 6̲ 2̲ 2̲ 1̲ 1̲ 2̲ 0̲ 7̲ 6̲ | 5̲ 5̲ 6̲ 1̲ 1̲ 2̲ 1· |
妈 啦是 我 妈　饮 过 第 五都 个杯 个 逢 了 啊 胜 呀

1̲ 2̲ 1· 2̲ 1̲ 7̲ 5̲ | 5̲ - 0 0̲ 5̲ 7̲ | 1̲ 2̲ 2̲ 1̲ 1̲ 7̲ 1̲ 2· 0 |
妈 唉 哎　　　　　是 妈 啦是 我 妈

2̲ 1̲ 7̲ 6̲ 5̲ 5̲ 7̲ 6̲ 5̲ 5̲ 0̲ 5̲ 7̲ | 1̲ 2̲ 1̲ 1̲ 7̲ 1̲ 2· | 2̲ 1̲ 7̲ 7̲ 6̲ 5̲ 5̲ 5· ‖
于 回 个 饮啊饮 落 并 无 知 呀 味 呀

42

白 饭

（叹家姐调·死礼）

词曲：王学梅
演唱：王学梅
记谱：朱可一

$0\ \underline{5}\ \dot{\underline{6}}\ \dot{\underline{1}}\ \underline{2}\ |\ \underline{2\ 1}\ \underline{2\ 1}\ \underline{2\ 1}\ \underline{6}\ |\ \underline{5}\ -\ -\ |\ 0\ \underline{5}\ \dot{\underline{6}}\ \dot{\underline{1}}\ |\ \underline{1\ 2\ 2}\ \cdot\ |\ \underline{2\ 1}\ 6\ \underline{5\ 5}\ \underline{0\ 6}\ |$

是我　亲娘　　　　啊　　　　是我　妈啦　哎　　　　是

$\underline{1\ 2\ 2}\ \underline{1\ 6}\ \underline{2}\ \underline{2}\ \underline{1\ 2\ 2}\ |\ \underline{7\ 6\ 7}\ \underline{6\ 5\ 5}\ -\ |\ \underline{6\ 5\ 6}\ \underline{1\ 1\ 6\ 1}\ |\ \underline{1\ 2\ 1}\ \cdot\ \underline{2\ 1\ 6\ 5}\ |$

妈啦　第三高田都割　禾　　　个糯　啊米饭啊　妈唉　哎

$\underline{5}\ -\ 0\ \underline{0\ 6}\ |\ \underline{1\ 2\ 2}\ \underline{2}\ \underline{2\ 1\ 6\ 1\ 2}\ |\ \underline{2\ 2\ 1}\ \overset{61}{}\ 6\ \underline{5\ 5}\ \cdot\ |$

是妈啦如今我妈　心中　啊想呀

$\underline{6}\ \underline{1}\ \underline{6}\ \ \underline{6}\ \ \underline{2}\ \underline{2\ 1}\ \underline{6}\ \underline{7\ 7}\ \underline{6}\ |\ \underline{6}\ \underline{5}\ 5\ -\ -\ \|$

想　吃呀筷子　难　呀爬　呀

白啰调歌词

龙盘井水清又甜

（白啰调）

三亚.有个..小渔村啊呀啊呀啊呀啊，
历史.沧桑..几百啰..年...。
开拓三亚..先行者啊，
三亚呀啊呀..演变.功在啰..前...。

祖先.留下..龙盘井啊呀啊呀啊呀啊，
哺育.疍民..几百啰..年...。
承传祖业..不能忘啊，
龙盘呀啊呀..井恩.代代啰..传...。

三亚.有处..疍家棚啊呀啊呀啊呀啊，
岸边.古井..几百啰..年...。
龙盘井水..清又甜啊，
饮了呀啊呀..健康.又益啰..年...。

移居.三亚..数百载啊呀啊呀啊呀啊，
疍民.抓鱼..祖业啰..传...。
感谢政府..造铁船啊，
幸福呀啊呀..日子.庆龙啰..年...。

感谢政府..造铁船啊，
幸福呀啊呀..日子.庆龙啰..年....。

作词：郑石喜

猜 鱼

（白啰调）

甲：乜鱼.水面..车旗游啰......？

　　乜鱼.水面..展翅啰..飞...？

　　乜鱼..水面..跳跃走啊？

　　乜鱼呀啊呀..水面.走成啰..居...？

乙：旗鱼.水面..车旗游啰......，

　　飞鱼.水面..展翅啰..飞...。

　　海豚..水面..跳跃走啊，

　　黄鱼呀啊呀..水面.走成啰..居...。

甲：乜鱼.水里..倒尾游啰......？

　　乜鱼.水里..爬地啰..走...？

　　乜鱼..水里..钻石沟啊？

　　乜鱼呀啊呀..水里.抱石啰..头...？

乙：鱿鱼.水里..倒尾游啰......，

　　章鱼.水里..爬地啰..走...。

　　鳗鱼..水里..钻石沟啊，

　　鲍鱼呀啊呀..水里.抱石啰..头...。

甲：乜鱼.生来..眼有眉啰......？

　　乜鱼.生来..眼向啰呀..天...？

　　乜鱼..生来..嘴巴尖啊？

乜鱼呀啊呀..生来.尾巴啰..圆...？

乙：苏眉.生来..眼有眉啰......，

　　地保.生来..眼向啰呀..天...。

　　青鹤..生来..嘴巴尖啊，

　　沙白呀啊呀..生来.尾巴啰..圆...。

合：猜鱼.你猜..猜无晒啰......，

　　你知.海洋..有几啰..大...？

　　你知..鱼类..几多种啊？

　　你知呀啊呀..乜鱼.是最啰..坏....？

作词：郑石喜

改革开放好

（白啰调）

改革.开放..真是好啰......，

哦人民.走上..温饱啰..路...。

贫困..日子..不再有啊，

幸福呀啊呀..日子..已开啰..头...。

开放.政策..得民心啰......，

哦群众.走上..致富啰..路...。

解放..思想..大胆干啊，

天地呀啊呀..变样..国家啰..强...。

开放.蓝图..绘得好啰......，

哦百姓.走上..幸福啰..路...。

幸福..日子..人欢庆啊，

人人呀啊呀..感谢..党领啰..导...。

党的.领导..真英明啰......，

哦全国.走上..小康啰..路...。

小康..道路..真宽广啊，

幸福呀啊呀..生活..万年啰..长...。

小康..道路..真宽广啊，

幸福呀啊呀..生活..万年啰..长...。

作词：郑石喜

疍 家 魂

（白啰调）

十月.廿二..天地暗啊.呀啊呀啊呀啊，
无情.台风..横扫啰..尽...。
数千疍民..变鬼魂啊，
疍家呀啊呀..悲伤.泪流啰..尽...。

十月.廿二..是忌日啊.呀啊呀啊呀啊，
谈起.此事..心头啰..震...。
遇难同胞..归西去啊，
百年呀啊呀..亡魂.嘱后啰..人...。

十月.廿二..不能忘啊.呀啊呀啊呀啊，
季节.行船..要谨啰..慎...。
小心行船..筑福运啊，
粗心呀啊呀..行船.祸来啰..临...。

十月.廿二..是历史啊.呀啊呀啊呀啊，
历史.时刻..要记啰..住...。
悲惨历史..不重演啊，
对海呀啊呀..祭拜.疍家啰..魂...。

悲惨历史..不重演啊，
对海呀啊呀..祭拜.疍家啰..魂....。

作词：郑石喜

十月廿二

（白啰调）

十月.廿二..真是惨啊.呀啊呀啊呀啊，
无情.台风..吹船啰..翻...。
浪打尸体..海边躺啊，
草席呀啊呀..卷尸.就地啰..办...。

十月.廿二..真是惨啊.呀啊呀啊呀啊，
船翻.人亡..家又啰..散...。
余生人仔..孤单单啊，
可怜呀啊呀..人仔.无家啰..返...。

十月.廿二..真是惨啊.呀啊呀啊呀啊，
妻离.子散..无人啰..关...。
亲人西去..不回返啊，
思念呀啊呀..亲人.泪夜啰..间...。

十月.廿二..真是惨啊.呀啊呀啊呀啊，
无亲.孤儿..把娘啰..喊...。
喊哑声音..娘不见啊，
夜见呀啊呀..娘来.泪湿啰..衫...。

喊哑声音..娘不见啊，
夜见呀啊呀..娘来.泪湿啰..衫....。

作词：郑石喜

揾哥来倾计

（白啰调）

男：站在船头．见妹．．摇只舢板仔啰．．．．．．，
　　哦舢板．摇来．．两边啰呀．．筛．．．。
　　妹唉．．你摇来．．畀哥睇哎？
　　还是呀啊呀．．浪大．摇来啰．．筛．．．．。

女：阿妹摇艇．揾哥．．来倾计啰．．．．．．，
　　哦老豆睇见．叫我．．摇回呀．．归．．．。
　　揾哥．．倾计．真艰难呀，
　　嬲气呀啊呀．．摇来．两边啰呀．．筛．．．．。

男：阿妹．今日．．真是威啰．．．．．．，
　　哦两条．辫仔．．拖咁啰呀．．低．．．．。
　　摇艇．．姿势．．真好睇啊，
　　阿妹呀啊呀．．想哥．来倾啰呀．．计．．．．。

女：同哥．倾计．．真开心啰．．．．．．，
　　相偎．倾计．．到鸡啰．．啼．．．．。
　　哦阿哥．．爱妹．．．．妹心知啊，
　　阿妹呀啊呀．．今世．做哥啰呀．．妻．．．．。

合：（女）阿妹．有情．．（男）哥有意啰．．．．．．，
　　哦哥妹．有缘．．来相啰．．会．．．。
　　两人．．相会．．心相依啊，

哥妹呀啊呀．．相爱．不分啰呀．．开．．．．。

两人．．相会．．心相依啊，

哥妹呀啊呀．．相爱．．不分．啰呀．．开．．．．。

作词：郑石喜

三拜古井

（白啰调）

十五．月亮．高空挂啊呀啊呀啊呀啊，
古井．映影．．明月啰．．它．．．。
元宵佳节．．人欢庆啊，
拜祭呀啊呀．．古井．哺育啰．．恩．．．。

一拜．古井．．挖井人啊呀啊呀啊呀啊，
挖出．泉液．．清又啰．．甘．．．。
渔船出海．．有水饮啊，
冲凉呀啊呀．．过后．人精啰．．神．．．。

二拜．古井．．龙盘公啊呀啊呀啊呀啊，
保佑．疍家．．行船啰．．稳．．．。
疍民感恩．．来恭拜啊，
风调呀啊呀．．雨顺．人安啰．．心．．．。

三拜．古井．．哺育恩啊呀啊呀啊呀啊，
哺育．疍民．．数代啰．．人．．．。
古井之恩．．年年敬啊，
龙盘呀啊呀．．井恩．传到啰．．今．．．。

古井之恩．．年年敬啊，
龙盘呀啊呀．．井恩．传到啰．．今．．．．。

作词：郑石喜

疍民岁月

（白啰调）

旧时. 疍民.. 真是忧啊呀啊呀啊呀啊，

捕鱼. 劳作.. 四海啰.. 游...。

遇到台风.. 无人救啊，

揾文呀哎呀.. 铜钱. 眼泪啰.. 流...。

旧时. 疍民.. 真是惨啊呀啊呀啊呀啊，

使用. 麻网.. 曲麻啰.. 缆...。

日日晒网.. 真艰难啊，

渔网呀啊呀.. 无晒. 又沤啰.. 烂...。

旧时. 疍民.. 住水棚啊呀啊呀啊呀啊，

茅草. 盖顶.. 椰叶啰.. 栏...。

船板捕棚.. 多钉眼啊，

台风呀啊呀.. 打来. 棚吹啰.. 翻...。

旧时. 疍民.. 真是难啊呀啊呀啊呀啊，

挨风. 挨浪.. 无人啰.. 关...。

粮食紧张.. 人心慌啊，

海菜呀啊呀.. 当粮. 做时啰.. 餐...。

旧时. 疍民.. 受人欺啊呀啊呀啊呀啊。

街上. 无块.. 企脚①啰.. 地...。

---

① 企脚：站脚。

日晒雨淋..风浪斗啊,
讲起呀啊呀..旧时.眼泪啰..流...。

日晒雨淋..风浪斗啊,
讲起呀啊呀..旧时.眼泪啰..流....。

作词：陈水蓬、郑石喜

恭贺陈列馆

（白啰调）

疍家．历史．．悠久长啊呀啊呀啊呀啊，

疍民．文化．．不能啰．．忘．．．。

承传行动．．要跟上啊，

咸水呀啊呀．．歌谣．．飞过啰．．洋．．．。

领导．指点．．有主张啊呀啊呀啊呀啊，

建设．展馆．．来商啰．．量．．．。

大家关心．．来捐钱啊，

盼望呀啊呀．．展馆．．早开啰．．张．．．。

文化．展馆．．建得好啊呀啊呀啊呀啊，

教育．子孙．．文化啰．．扬．．．。

子孙承传．．非遗产啊，

疍歌呀啊呀．．非遗．．记心啰．．上．．．。

今天．吉日．．展馆开啊呀啊呀啊呀啊，

朋友．客人．．四方啰．．来．．．。

参观展馆．．疍文化啊，

人人呀啊呀．．恭喜．．又恭啰．．贺．．．。

参观展馆．．疍文化啊，

人人呀啊呀．．恭喜．．又恭啰．．贺．．．。

作词：郑石喜

今天好日子

（白啰调）

今天. 是个.. 好日子啊呀啊呀啊呀啊，
阳光. 灿烂.. 空气啰呀.. 鲜...。
人欢人笑.. 人舒畅啊，
载歌呀啊呀.. 载舞.. 喜洋啰.. 洋...。

今天. 日子.. 真是好啊呀啊呀啊呀啊，
祝贺. 展馆.. 来开啰呀.. 张...。
展馆陈列.. 疍家史啊，
教育呀啊呀.. 后人.. 不能啰.. 忘...。

文化. 展馆.. 真光辉啊呀啊呀啊呀啊，
各级. 领导.. 都来啰.. 睇...。
赞扬展馆.. 建得好啊，
疍家呀啊呀.. 文化.. 要弘啰.. 扬...。

人逢. 喜事.. 精神爽啊呀啊呀啊呀啊，
展馆. 开张.. 文化啰.. 扬...，
几代努力.. 人心快啊，
疍民呀啊呀.. 实现.. 心梦啰.. 想...。

几代努力.. 人心快啊，
疍民呀啊呀.. 实现.. 心梦啰.. 想....。

作词：郑石喜

爱白鱼①

（白啰调）

日落.之后..西红起啊呀啊呀啊呀啊，
四橹.齐摇..浪花啰..飞..。
洲头洲尾..白鱼居②啊，
水花呀哎呀.起后.白鱼啰..来...。

水钟.撞水..水花红啊呀啊呀啊呀啊，
白鱼.行红..走成啰..居..。
白鱼罟网..飞速下啊，
围住呀啊呀.白鱼.随你..起...。

罟网.作业..真艰难啊呀啊呀啊呀啊，
一夜.摇到..四五啰..更..。
上夜摇过..五个洲啊，
下夜呀啊呀.穿越.四个啰..埠...。

两船.齐摇..比翅飞啊呀啊呀啊呀啊呀，
橹尾.水声..真有啰..味..。
橹头摇弯..橹迈断啊，
橹迈呀啊呀.摇断.打崩啰..鼻...。

橹头摇弯..橹迈断啊，
橹迈呀啊呀.摇断.打崩啰..鼻....。

作词：郑石喜

---

① 爱白鱼：抓白鱼。
② 白鱼居：白鱼群。

七月南流好纲鱼
（白啰调）

有种.作业..叫纲罾啊.呀啊呀啊呀啊，
四船.组合..不能啰..分...。
纲罾捕捞..是疍民啊，
纲鱼呀啊呀..故事.传到啰呀..今...。

一年.之计..在于春啊，呀啊呀啊呀啊，
疍民.纲鱼..七月啰..份...。
七月南流..水眼清啊，
水清呀啊呀..鱼居.好辨啰..认...。

七月.南流..鱼居多啊.呀啊呀啊呀啊，
疍民.纲鱼..忙张啊..罗...。
朝早开网..等鱼居啊，
喊号呀啊呀..扯缆.似拔啰..河...。

纲鱼.作业..有季节啊.呀啊呀啊呀啊，
纲鱼.最好..是七啰..月...。
七月纲鱼..生产好啊，
七月呀啊呀..南流.进银啰..宝...。

七月纲鱼..生产好啊，
七月呀啊呀..南流.进银啰..宝...。

作词：郑石喜

拖网作业

（白啰调）

九月.之后..东风起啊.呀啊呀啊呀啊，
拖网.作业..季节啰..来..。
有风拖鱼..船速快啊，
无风呀啊呀..拖鱼.海上啰..挨...。

四更.时候..驶向东啊.呀啊呀啊呀啊，
下网.往西..拖顺啰..风...。
一卡①拖到..东洲东啊，
起头呀啊呀..绞网.号声啰呀..冲...。

拖网.作业..风浪涌啊.呀啊呀啊呀啊，
绞梗.必须..用真啰呀..功...。
喊号绞梗..力要齐啊，
防止呀啊呀..翻梗.意不啰呀..松...。

拖网.作业..真威风啊.呀啊呀啊呀啊，
日日.出海..舱无啰呀..空...。
鱼虾满舱..人欢喜啊，
疍歌呀啊呀..飘扬.在海啰呀..中...。

鱼虾满舱..人欢喜啊，
疍歌呀啊呀..飘扬.在海啰呀..中....。

作词：郑石喜

---

① 一卡：一网次。

纲罾七部口

（白啰调）

头部.纲鱼..是正月啊.呀啊呀啊呀啊，

马鲛.成居①..走迈啰..来...。

入网叫扯..手要快啊，

手慢呀啊呀..扯迈.无见啰呀..晒...。

二部.纲鱼..是二月啊.呀啊呀啊呀啊，

白鱼.出部②..走又啰..快...。

走入网内..叫声扯啊，

扯迈呀啊呀..白鱼.反肚③啰呀..晒...。

洲仔.纲鱼..是三月啊.呀啊呀啊呀啊，

吹鱼.行部④..走结啰..头...。

还有一些..张大口啊，

入网呀啊呀..叫扯.汗水啰..流...。

孖排.纲鱼..是四月啊.呀啊呀啊呀啊，

四月.鲭鲋..成居啰..游...。

鲭鲋碰网..往回走啊，

跳人呀啊呀..下海.赶回啰..头...。

---

① 成居：成群。

② 出部：行部。

③ 反肚：鱼死后肚向天浮在水面。

④ 行部：鱼的活动规律。

五月.纲鱼..白虎头啊.呀啊呀啊呀啊,

竹灌.灿白..慢慢啰..游...。

桅尾睇见..叫齐手啊,

喊号呀啊呀..扯快.鱼一啰呀..球...。

六月.纲鱼..岸章角啊.呀啊呀啊呀啊,

岸章.纲鱼..水急啰..流...。

大铁迎流..往前走啊,

扯袂呀啊呀..旁两①.倒煤啰..油...。

七月.纲鱼..三元角啊.呀啊呀啊呀啊,

南流.到街..鱼到啰..迈...。

鱼居太多..纲无晒②啊,

七月呀啊呀..纲鱼.人勤啰呀..快...。

鱼居太多..纲无晒啊,

七月呀啊呀..纲鱼.人勤.啰呀..快....。

作词: 郑石喜

---

① 旁两：网中心旁的网。

② 纲无晒：捕不完。

拉 地 网

（白啰调）

两头.尖尖..地网船啊.呀啊呀啊呀啊，
船头.船尾..难分啰..辨...。
出海作业..在海边啊，
推开呀啊呀..推迈.多人啰..见...。

地网.劳作..分两边啊.呀啊呀啊呀啊，
两边.拉网..要睇啰..船...。
睇船为了..拉网齐啊，
不睇呀啊呀..船来.拉网啰..偏...。

地网.作业..力要坚啊.呀啊呀啊呀啊，
鸡藤.拉到..吱吱啰呀..喧...。
大家喊号..出力拉啊，
一网呀啊呀..拉快.鱼一啰..团...。

日落.之后..船开网啊.呀啊呀啊呀啊，
一网.拉到..水花啰..红...。
水花起后..鱼乱拱啊，
拱东呀啊呀..拱西..拱入啰..网...。

冬季.天时..拉地网啊.呀啊呀啊呀啊，
北风.吹来..真系啰..冻...。
手脚冻硬..脸脂红啊，

号声呀啊呀..不断.拉地啰网...。

顺着.流向..拉地网啊.呀啊呀啊呀啊,
网卡.套腰..喊号啰..浓...。
号声引来..歌声起啊,
一曲呀啊呀..疍歌.拉地.啰网...。

号声引来..歌声起啊,
一曲呀啊呀..疍歌.拉地啰..网....。

作词：郑石喜

渔 灯

（白啰调）

灯围.渔场..海域广啊呀啊呀啊呀啊，

灯围.作业..挨风啰..浪...。

月光.灯围..船返港啊，

月黑呀啊呀..海面.灯辉啰..煌...。

渔灯.海上..一片光啊呀啊呀啊呀啊，

灯围.作业..在晚啰..上...。

渔民.抒情..把歌唱啊，

渔歌呀啊呀..回荡.在海啰..洋...。

大海.茫茫..渔灯光啊呀啊呀啊呀啊呀啊，

渔灯.映照..海化..妆...。

灯下.渔群..来观光啊，

月黑呀啊呀..渔灯.生产啰..忙...。

现代.捕鱼..信息广啊呀啊呀啊呀啊，

科学.抓鱼..不一啰..样...。

仪器.探鱼..真理想啊，

下网呀啊呀..围鱼.鱼满..仓...。

仪器.探鱼..真理想啊，

下网呀啊呀..围鱼.鱼满啰呀..仓...。

作词：郑石喜

围网作业

（白啰调）

灯光.照鱼..海里光啊呀啊呀啊呀啊，

照到.鲭鲣..和鸡啰..鲳..。

科学抓鱼..人人讲啊，

科学呀啊呀..抓鱼.鱼满啰..舱...。

灯光.照鱼..放伞流啊呀啊呀啊呀啊，

开灯.之后..有鱼啰..游..。

落网围鱼..船速快啊，

起上呀啊呀..船舱.驶返啰..迈...。

日头.落海..又开灯啊呀啊呀啊呀啊，

照到.青鳞..和白啰..春..。

照到鸡鲳..真过瘾啊，

照到呀啊呀..黄花.真开..心...。

渔民.出海..唱渔歌啊呀啊呀啊呀啊，

渔歌.诱引..鱼又啰..多..。

鱼群上灯..下网围啊，

围网呀啊呀..作业.好奔..波...。

鱼群上灯...下网围啊，

围网呀啊呀..作业.好奔.啰呀..波....。

作词：陈水蓬、郑石喜

睇 龙 舟

（白啰调）

阿妹.睇哥..划龙舟啊呀阿呀阿呀啊，
见哥.划输..眼泪啰..流..。
问哥划输..因何由啊，
阿哥.呀啊呀..见妹.停下啰..手...。

阿妹.睇哥..划龙舟啊呀啊呀啊呀啊，
见哥.划赢..喜心啰..头...。
问哥划赢..因何由啊，
阿妹呀啊呀..喊声.哥加啰..油...。

阿妹.睇哥..划龙舟啊呀啊呀啊呀啊，
叫哥.一定..争头啰..游..。
划赢龙舟..要讲究啊，
不要呀啊呀..想妹.停下啰..手...。

阿妹.睇哥..划龙舟啊呀啊呀啊呀啊，
挥手.喊声..哥加啰..油...。
见哥挥桨..力气有啊，
阿妹呀啊呀..想哥.在心啰..头...。

见哥挥桨..力气有啊，
阿妹呀啊呀..想哥.在心啰..头....。

作词：郑石喜

颂 国 庆

（白啰调）

今天.我们..真高兴啊.呀啊呀啊呀啊，

欢歌.载舞..颂国..庆...。

七十周年..光辉史啊，

光辉呀啊呀..历史.要记啰..住...。

艰苦.奋斗..七十年啊.呀啊呀啊呀啊，

从无.到有..人皆..知...。

一穷二白..受人欺啊，

祖国呀啊呀.强大.腰直啰..起...。

七十.年来..风云雨啊.呀啊呀啊呀啊，

狂风.暴雨..是一啰..时...。

有党为民..挡风雨啊，

人民呀啊呀.过上..好日啰..子...。

七十.年来..崎岖路啊.呀啊呀啊呀啊，

人民.跟党..去探啰..路...。

道路曲折..压不倒啊，

有党呀啊呀.带路.人自啰..豪...。

作词：郑石喜

三亚港系好地方

（白啰调）

祖先.移居..三亚港啊呀啊呀啊呀啊，
移居.宝地..人吉啰..利...。
资源丰富..渔场广啊，
渔业呀啊呀..良港.天下啰..扬...。

三亚.港系..好地方啊呀啊呀啊呀啊，
返港.避风..人无啰..慌...。
台风回南..鹿山挡啊，
东北呀啊呀..吹来.狗岭啰..上....。

三亚.港系..好地方啊呀啊呀啊呀啊，
一年.四季..渔兴啰..旺...。
各地渔船..常来往啊，
生意呀啊呀..兴隆.带一.啰呀..帮....。

三亚.港系..好地方啊呀啊呀啊呀啊，
四季.如春..名声啰..广...。
阳光灿烂..海风爽啊，
沙滩呀啊呀..雪白.蓝海啰..洋....。

三亚.港系..好地方啊呀啊呀啊呀啊，
旅游.胜地..人向啰呀..往...。
寿比南山..松不老啊，

福如呀啊呀..东海.水流啰..长....。

祖先.移居..三亚港啊呀啊呀啊呀啊,
海洋.耕耘..千年啰..长...。
疍家故事..人人讲啊,
传承呀啊呀..文化.要发啰..扬....。

疍家故事..人人讲啊,
传承呀啊呀..文化.要发啰..扬....。

作词：郑森家

海南自由贸易港

（白啰调）

中国.特色..又一举啊.哎啊呀啊呀啊....，
海南.建设..贸易啰.港....，
物资..入岛..免关税啊，
自由呀啊呀..贸易.生意啰..旺....。

建设.自由..贸易港啊.哎啊呀啊呀啊....，
海南.名声..四海啰..扬....，
世界..关注..港建设啊，
盼望呀啊呀..贸易.早开啰呀..张....。

我们.建设..自贸港啊.哎啊呀啊呀啊....，
和谐.世界..树榜啰..样....，
世界..和谐..人身安啊，
发展呀啊呀..经济.有希啰..望....。

世界.最大..贸易港啊.哎啊呀啊呀啊....，
全球.物资..大货啰呀..仓....，
各国.人民..常来往啊，
世界呀啊呀..和谐.最理啰呀..想....。

为了.建设..自贸港啊.哎啊呀啊呀啊....，
作首.歌仔..来歌啰呀..唱....，
海南..人民..真幸福啊，

感谢呀啊呀..中国.共产党....。

海南..人民..真幸福啊,

感谢呀啊呀..中国.共.产.党....。

作词:郑石喜

红沙是个好地方

（白啰调）

红沙.是个..好地方啊呀啊呀啊呀啊，
靠海.揾食..资源啰..多...。
朝早①开网..纲吹仔啊，
晚旺②呀啊呀..开网.纲天啰呀.剂...。

红沙.是个..好地方啊呀啊呀啊呀啊，
港里.螺蟹..真是啰..多...。
红螺成遍..任你捡啊，
螃蟹呀啊呀..成居.抓无啰呀.晒....。

红沙.是个..好地方啊呀啊呀啊呀啊，
珊仔.横沙..鱼是啰..多...。
肉勒大居..船边过啊，
天剂呀啊呀..排队.向天啰呀.歌....。

红沙.是个..好地方啊呀啊呀啊呀啊，
疍民.揾食..不奔..波...。
世居红沙..数百载啊，
红沙呀啊呀..恩情.编成啰..歌....。

世居红沙..数百载啊，
红沙呀啊呀..恩情.编成啰啊..歌....。

作词：郑森家

---

① 朝早：早晨。

② 晚旺：傍晚。

家乡白排

（白啰调）

港口.对开..是白排啊呀啊呀啊呀啊，

白排.灯塔..责任啰..大...。

晚上灯光..又睇见啊，

船艇呀啊呀..返港.睇灯啰..迈...。

港口.对开..是白排啊呀啊呀啊呀啊，

白排.护港..责任啰...大...。

西风吹来..白排挡啊，

水干呀啊呀..睇似.一条啰..街...。

港口.对开..是白排啊呀啊呀啊呀啊，

保护.渔船..功劳啰..大...。

阻挡风浪..船开迈啊，

渔船呀啊呀..开迈.人愉啰..快...。

旧时.揾食..在白排啊呀啊呀啊呀啊，

白排.螺蟹..走一啰..街...。

珊脚螺多..任你捡啊，

螃蟹呀啊呀..遍地.捉无啰呀.晒...。

初八.退潮..去白排啊呀啊呀啊呀啊，

赶海.人仔..真勤啰..快...。

你挖螺来..我捉蟹啊，

欢乐呀啊呀..心情.笑开啰..怀...。

十五.涨潮..去白排啊呀啊呀啊呀啊，
涨潮.鱼儿..走到啰..迈...。
你放网来..我下纲啊，
鱼虾呀啊呀..满舱.摇返啰..迈...。

家乡.白排..一块宝啊呀啊呀啊呀啊，
而今.变成..凤凰啰..岛...。
旧时白排..真是好啊，
作首呀啊呀..歌仔.记白啰..排...。

旧时白排..真是好啊，
作首呀啊呀..歌仔.记白啰..排....。

作词：郑石喜

祖国生日

（白啰调）

七十.周年..忆岁月啊呀啊呀啊呀啊，

艰苦.奋斗..建伟啰..业...。

祖国气象..一片新啊，

祖国呀啊呀..富强.民安啰呀..心...。

祖国.生日..人兴奋啊呀啊呀啊呀啊，

我和.祖国..一条啰..心..。

实现中国..复兴梦啊，

祖国呀啊呀..统一.已临啰..近...。

祖国.生日..七十年啊呀啊呀啊呀啊，

经济.发展..大步啰..进...。

国防建设..大发展啊，

航母呀啊呀..梦想.已成呀..真...。

今天.祖国..是生日啊呀啊呀啊呀啊，

全国.人民..同一啰呀..心...。

祖国你好..我爱你啊，

祝贺呀啊呀..祖国.日日啰呀..新...。

祖国你好..我爱你啊，

祝贺呀啊呀..祖国.日日.啰呀..新....。

作词：郑石喜

鹿岭山下

（白啰调）

三亚.有个..新渔村啊呀啊呀啊呀啊，
旧时.叫作..大山啰..园...。
清明拜祭.有人烟啊，
平时呀啊呀..人烟.无人啰..见...。

三亚.渔村..面貌变啊呀啊呀啊呀啊，
高楼.林立..气象啰...鲜....。
人人路过..都睇见啊，
繁华呀啊呀..渔村.多人啰呀..烟...。

鹿岭.山下..是渔村啊呀阿呀阿呀啊，
渔村.疍家..不同啰...前....。
海上驶船..人人会啊，
陆上呀阿呀..开车.不新啰呀..鲜....。

鹿岭.山下..是家乡啊呀阿呀阿呀啊，
家乡.渔船..生产啰...忙....。
机器隆隆..四海闯啊，
一夜呀啊呀..抓鱼.到天啰呀..光....。

机器隆隆..四海闯啊，
一夜呀啊呀..抓鱼.到天啰呀...光....。

作词：郑石喜

79

永远跟着共产党

（白啰调）

我们.做人..要识相啰......，
哦党的.恩情..不能啰..忘...。
幸福.生活..来不易啊，
今天呀啊呀..幸福.全靠..党...。

我们.做人..要识相啰......，
哦革命.历史..经常啰..讲...。
翻身解放..做主人啊，
翻身呀啊呀..不忘.共产..党...。

我们.做人..要识相啰......，
哦不忘.初心..记心啰..上...。
改革.开放..日子好啊，
感恩呀啊呀..报答.共产..党...。

我们.做人..要识相啰......，
哦记住.初心..有力啰..量...。
小康.道路..真理想啊，
永远呀啊呀..跟着.共产..党...。

小康.道路..真理想啊，
永远呀啊呀.跟着.共产..党....。

作词：郑石喜

开馆五年

（白啰调）

九月.廿八..馆开张啊呀啊呀啊呀啊，

开张.至今..五年啰..长...。

四方.客人..来观看啊，

异口呀啊呀..同声.齐赞啰..扬...。

疍家.展馆..做得好啊呀啊呀啊呀啊，

疍民.文化..名声啰..扬...。

美丽.三亚..特一色啊，

浪漫呀啊呀..天涯.树标..杆...。

今天.纪念..展馆开啊呀啊呀啊呀啊，

心情.喜悦..恭贺啰..来...。

恭贺.展馆..建得好啊，

疍民呀啊呀..文化.记心啰..上...。

今天.展馆..真热闹啊呀啊呀啊呀啊，

展馆.楼下..歌声啰..扬...。

咸水.歌谣..人人唱啊，

唱出呀啊呀..渔村.新气啰..象...。

展馆.建设..真理想啊呀啊呀啊呀啊，

大家.齐心..有力啰..量...。

今天.作首..歌仔唱啊，

歌唱呀啊呀..蜑民.新希啰..望...。

今天.作首..歌仔唱啊,
歌唱呀啊呀..蜑民.新.希.啰..望....。

作词：郑石喜

大 喜 讯

（白啰调）

今天.传来..大喜讯啰......，
哦大家.听了..真兴..奋...。
疍歌入选..国家级啊，
庆祝呀啊呀..活动.大家啰..忙...。

疍歌.非遗..有特色啰......，
哦四调.五唱..歌声..碧...。
从古歌唱..到如今啊，
几代呀啊呀..梦想.变成啰..真...。

疍民.疍歌..疍渔船啰......，
哦有船.有人..有歌..声...。
歌声悠扬..人振奋啊，
伴随呀啊呀..疍民.走到啰..今...。

疍歌.传唱..几百年啰......，
哦唱了.一年..又一啰..年...。
古人作歌..后人唱啊，
疍歌呀啊呀..文化.要承啰..传...。

今天.雅兴..来写歌啰......，
哦作首.歌仔..来恭啰..贺...。
欢歌载舞..尽欢庆啊，

大家呀啊呀..高兴.唱疍啰..歌...。

欢歌（个）载舞..尽欢庆啊，

大家呀啊呀..高兴.唱疍.啰..歌...。

作词：郑石喜

叠歌五唱

（白啰调）

一唱.（白啰）..人兴奋啊.呀啊呀啊呀啊，

出海.捕鱼..有精啰..神...。

下网作业..唱两句啊，

收网呀啊呀..返港.唱返啰..回...。

二唱.（咕哩妹）..歌声脆啊，呀啊呀啊呀啊，

歌声.悠扬..让人啰..醉...。

阿妹摇艇..叫哥等啊，

阿哥呀啊呀..停橹.妹摇啰..近...。

三唱.（木鱼诗）..调句啊.呀啊呀啊呀啊，

句句.扣心..心头啰..碎...。

阿哥想妹..表偶句啊，

阿妹呀啊呀..思哥.流眼啰..泪...。

四唱.（生礼）..叹家姐啊.呀啊呀啊呀啊，

家姐.出嫁..过婆啰..家...。

孝敬公婆..要做好啊，

唔使呀啊呀..经常.家过啰..家...。

五唱.（死礼）..叹爹娘啊.呀啊呀啊呀啊，

爹娘.养育..不能啰..忘...。

爹娘生前..要孝敬啊，

孝敬呀啊呀..爹娘.名声啰..扬...。

爹娘（个）生前..要孝敬啊,

孝敬呀啊呀..爹娘.名声.啰..扬....。

作词：郑石喜

忆 当 初

（白啰调）

五十.周年..忆当初啊..呀啊呀啊呀啊..，
教室.书声..似唱啰呀..歌..。
童年天真...已经过啊，
憧憬呀啊呀.少年.在上啰呀..课...。

五十.周年..忆当初啊..呀啊呀啊呀啊..，
十年.同窗..故事啰..多..。
作业无交..被罚过啊，
抄写呀啊呀.作业.无奈啰..何...。

五十.周年..忆当初啊..呀啊呀啊呀啊..，
同学.情谊..永恒啰..河..。
半百光阴..瞬眼过啊，
迎来呀啊呀.甲子.白柳啰..多...。

五十.周年..来庆贺啊..呀啊呀啊呀啊..，
同学.聚会..笑言啰..多..。
撰写人生..眨眼过啊，
一路呀啊呀.风尘.一路啰..歌...。

撰写人生..眨眼过啊，
一生呀啊呀..红尘.一世啰呀..歌....。

作词：郑石喜

光辉历史

（白啰调）

全国．人民．．齐欢庆啰．．．．．．，

哦庆祝．建党．．一百啰．．年．．．．。

一百周年．．光辉史啊，

光辉呀啊呀．．历史．要记啰．．住．．．．。

一百．周年．．忆当初啰．．．．．．，

哦被侵．耻辱．．受人啰．．欺．．．。

一遍乌黑．．广天地啊，

人民呀啊呀．．日子．黄莲啰．．味．．．．。

党的．领导．．真英明啰．．．．．．，

哦领导．人民．．闹革啰．．命．．．。

赶走帝国．．侵略者啊，

人民呀啊呀．．翻身．做主啰．．人．．．。

一百．周年．．风云雨啰．．．．．．，

哦自然．灾害．．常有啰．．事．．．。

有党为民．．挡风雨啊，

人民呀啊呀．．才有．好日啰．．子．．．．。

艰苦．奋斗．．一百年啰．．．．．．，

哦丰功．伟绩．．举世啰呀知．．．。

改天换地..气象新啊，

人民呀啊呀..跟党.做强啰..人....。

一百.周年..崎岖路啰......，

哦党的.带路..有功啰..劳...。

扫平障碍..往前走啊，

人民呀啊呀..走上.小康啰..路....。

扫平障碍..往前走啊，

人民呀啊呀..走上.小康啰...路....。

作词：郑石喜

上山担水

（白啰调）

旧时.纲鱼..在石角啰......，
哦水缸.无水..上山啰呀..担...。
山上..路仔..曲弯弯啊，
挑担呀啊呀..水吃.真艰啰..难...。

上山.揾水..拿埕担啰......，
哦山路.石多..路难啰..行...。
担水..下山..睁大眼啊，
石头呀啊呀..碰脚.埕打啰..烂...。

上山.担水..揾水潭啰......，
哦山上.揾水..是艰啰..难...。
雨水..天时..容易揾啊，
天旱呀啊呀..揾水.山过啰呀..山...。

讲起.旧时..真是惨啰......，
哦纲鱼.揾食..无时啰..闲...。
担心..网里..无鱼游啊，
又怕呀啊呀..上山.空手啰呀..返...。

担心..网里..无鱼游啊，
又怕呀啊呀..上山.空手啰呀..返....。

作词：郑石喜

新村有特色

（白啰调）

今天.来到..新村港啊哎啊呀啊呀啊....，
新村.街道..气象啰鲜....。
道路宽畅..卫生好啊，
高楼呀啊呀.林立.在海啰呀.边....。

新村.渔排..真是多啊哎啊呀啊呀啊....，
疍民.养鱼..又奔啰呀波....。
朝早喂饵..清网箱啊，
晚上呀啊呀..抓鱼.到天啰呀光....。

新村.渔排..大排档啊哎啊呀啊呀啊....，
美食.名声..全国啰扬....。
生意兴隆..客来往啊，
艇仔呀啊呀..送人.真是啰忙....。

新村.渔排..民宿辉啊哎啊呀啊呀啊....，
民宿.特色..多人啰睇....。
客来客往..房住齐啊，
早餐呀啊呀..蟹粥.光盆啰底....。

新村.吊篮..横过海啊哎啊呀啊呀啊....，

吊篮.梭串..不停啰过....。

篮上观排..一景色啊，

疍家呀啊呀..渔排.水乡啰城....。

今日.来到..新村港啊哎啊呀啊啊呀啊....。

新村.面貌..彩虹啰色....。

作首歌仔..唱新村啊，

新村呀啊呀..发展.有特啰色....。

作首歌仔..唱新村啊，

新村呀啊呀..发展.有特啰色....。

作词：郑石喜

疍 家 人

（白啰调）

陵水.有个..新村港啰......，
哦新村.居住..疍家啰.人....。
抓鱼谋生..年复年啊，
渔排呀啊呀..养鱼.几十啰.年....。

三亚.有个..新渔村啰......，
哦渔村.居住..疍家啰.人....。
耕海搵食..数百载啊，
疍家呀啊呀..抓鱼.祖业啰.传....。

新村.渔村..同文化啰......，
哦两地.文化..是一啰呀.家....。
两地同唱..咸水歌啊，
疍歌呀啊呀..传承.靠大啰.家....。

旧时.疍家..被人欺啰......，
哦街上.无块..企脚啰.地....。
做海搵食..风浪斗啊，
讲起呀啊呀..旧时.眼泪啰.流....。

今天.疍家..面貌新啰......，
哦家家.住上..小洋啰.楼....。
帆船淘汰..开机船啊，

机器呀啊呀..隆隆.生产啰.忙....。

两地.疍家..翻了身啰......，
哦各项.各业..有强啰.人....。
疍家翻身..全靠党啊，
幸福呀啊呀..生活.感党啰呀.恩....。

疍家翻身..全靠党啊，
幸福呀啊呀..生活.感党啰呀.恩....。

作词：郑石喜

扒 龙 舟

（白啰调）

五月.初五..端午节啊.哎啊呀啊呀啊,
粽子.飘香..祭屈啰..原....。
屈原投河..故事传啊,
龙舟呀啊呀..竞赛.年复啰..年....。

龙舟.庙前..来祈愿啊.哎啊呀啊呀啊,
风调.雨顺..人安啰..全....。
顺风顺水..顺人意啊,
得财呀啊呀..得福.得天啰..时....。

五月.初五..扒龙舟啊.哎啊呀啊呀啊,
龙舟.竞渡..争头啰..游....。
喊号挥桨..要齐手啊,
桨落呀啊呀..水花.添锦啰呀..绣....。

五月.初五..扒龙舟啊.哎啊呀啊呀啊,
龙舟.鼓响..壮志啰..酬....。
龙舟竞渡..要讲究啊,
团队呀啊呀..精神.是理啰..由....。

五月.初五..扒龙舟啊.哎啊呀啊呀啊,
人山.人海..观舟啰..游....。
挥手喊号..又加油啊,

爆竹呀啊呀..声声.贺头啰..游....。

五月.初五..扒龙舟啊.哎啊呀啊呀啊,
你追.我赶..争先啰..头....。
冲刺抢标..尽力扒啊,
第一呀啊呀..名声.人风啰..流....。

冲刺抢标..尽力扒啊,
第一呀啊呀..名声.人风啰..流....。

作词：郑石喜

五月节来包果粽

（白啰调）

五月.初五..端午节啊.哎啊呀啊呀啊，
端午.佳节..有传啰..说.....。
传说包粽..祭屈原啊，
果粽呀啊呀..投河.祈心啰..愿.....。

五月.节来..包果粽啊.哎啊呀啊呀啊，
传统.文化..代代啰..传.....。
果粽美食..年年包啊，
岁岁呀啊呀..吉祥.人安啰呀..康.....。

五月.节来..包果粽啊.哎啊呀阿呀啊，
家家.户户..来准啰..备.....。
果粽好吃..靠配味啊，
五味呀啊呀..落齐.味道啰..美.....。

五月.节来..包果粽啊.哎啊呀啊呀啊，
包粽.手口..一齐啰..来.....。
能手包粽..一样大啊，
巧手呀啊呀..包粽.真是啰..辉.....。

五月.节来..包果粽啊.哎啊呀啊呀啊，
大锅.熬粽..到鸡啰..啼.....。
加水翻粽..经常睇啊，

唔使呀啊呀..又烂.又生啰呀..米....。

果粽.飘香..寓意深啊.哎啊呀啊呀啊,
吉祥.如意..行鸿啰..运....。
东来紫气..西来福啊,
南进呀啊呀..祥光.北进啰..财....。

东来紫气..西来福啊,
南进呀啊呀..祥光.北进啰..财....。

作词：郑石喜

歌颂二十大
（白啰调）

十月.十六..祥光照啊.哎啊呀啊呀啊，
二十.大会..北京啰呀..开....。
人民会堂..真宽广啊，
世界呀啊呀..一流.大会啰..场....。

北京.召开..二十大啊.哎啊呀啊呀啊，
代表.进场..真豪啰..迈....。
肩负重任..来开会啊，
国家呀啊呀..大事.记心啰..怀....。

北京.召开..二十大啊.哎啊呀啊呀啊，
高举.中国..特色啰..旗....。
弘扬建设..党精神啊，
复兴呀啊呀..伟大.中国啰..梦....。

北京.召开..二十大啊.哎啊呀啊呀啊，
自信.自强..有信啰呀..心....。
踔厉奋发..往前行啊，
建设呀啊呀..现代.化国啰呀..家....。

北京.召开..二十大啊.哎啊呀啊呀啊，
习总.书记..来掌啰呀..舵....。
大海航行..靠舵手啊，

人民呀啊呀．．跟党．做强啰．．人．．．．。

十月．廿二．．胜利会啊．哎啊呀啊呀啊，
大会．精神．．要领啰．．会．．．．。
学习习总．．的金句啊，
团结呀啊呀．．奋斗．振中啰．．华．．．．。

学习习总．．的金句啊，
团结呀啊呀．．奋斗．振中啰．．华．．．．。

作词：郑石喜

九九重阳节

（白啰调）

今天.又逢..九月九啊..哎啊呀啊呀啊....，
祝福.亲人..和朋啰..友...。
重阳..佳节.人安康啊，
老人呀啊呀..天天.脸祥啰..光....。

今天.重阳..去登高啊..哎啊呀啊呀啊....，
登高.望远..身体啰呀..好...。
阳光..心态.人不老啊，
幸福呀啊呀..生活.步步啰..高....。

今天.相逢..在重阳啊..哎啊呀啊呀啊....，
岁岁.相逢..祝平啰..安...。
欢庆..佳节.人心爽啊，
讴歌呀啊呀..一曲.庆重啰..阳....。

今天.一起..庆重阳啊..哎啊呀啊呀啊....，
祝福.老人..身健啰..康...。
健康..身体.家幸福啊，
幸福呀啊呀..家庭.人寿啰..长....。

健康..身体.家幸福啊，
幸福呀啊呀..家庭.人寿啰..长....。

作词：郑石喜

返北扔头①

（白啰调）

男：返北.抛港..艇扔头啊.哎啊呀啊呀啊，
　　睇见.阿妹..满脸啰...忧....，
　　想问..阿妹..难开口啊，
　　阿妹呀啊呀..忧愁.因何啰...由....。

女：阿妹.想哥..在心头啊.哎啊呀啊呀啊，
　　睇见.阿哥.心头啰...忧....，
　　开口..叫哥..又怕羞啊，
　　女人呀啊呀..贞节.礼要啰呀...有....。

男：返北.抛港..艇扔头啊.哎啊呀啊呀啊，
　　见妹.煮饭..在灶啰呀...口....，
　　有意..问妹..借豉油啊，
　　阿妹呀啊呀..老豆.摆摆啰呀...手....。

女：阿哥.故意..借豉油啊.哎啊呀啊呀啊，
　　阿妹.想借..怕老啰...豆....，
　　阿妹..知道..哥用意啊，
　　阿哥呀啊呀..不是.借豉啰...油....。

男：返北.抛港..艇扔头啊.哎啊呀啊呀啊，
　　朝早.见妹..来梳啰...头....，

---

① 返北扔头：疍家话，意思是吹北风船不能出海，将船靠在一起。

梳起..辫来..真系靓啊，
阿哥呀啊呀..睇见.心荡啰...游....。

女：阿妹.梳头..为哥妆啊.哎啊呀啊呀啊。
阿妹.见哥..似块啰...糖....。
心想..阿哥..早来接啊，
早日呀啊呀..做哥.的新啰...娘....。

心想..阿哥..早来接啊，
早日呀啊呀..做哥.的新啰...娘....。

作词：郑石喜

龙年元宵节

（白啰调）

十五.月亮..真是圆啰...，
哦今天.元宵..来祈啰..愿...，
三柱..明香.举胸前啊，
双膝呀啊呀..下跪.拜神啰..明....。

十五.月亮..高空挂啰...，
哦今天.来到..神明啰..前...，
双手..合十.来恭拜啊，
神明呀啊呀..保佑.天太啰..平....。

十五.月亮..挂空中啰...，
哦普照.人间..路畅啰..通...，
路通..财通.生意旺啊，
人人呀啊呀..拜谢.神明啰..公....。

龙年.十五..来上庙啰...，
哦庙中.香火..映神啰..明...，
神明..显灵.保众生啊，
众生呀啊呀..感恩.众神啰..明....。

神明..显灵.保众生啊，
众生呀啊呀..感恩.众神啰..明....。

作词：郑石喜

咕哩妹调歌词

说鱼（一）

（咕哩妹调）

男：乜鱼你会哎..飞....乜鱼你.你车旗咧...，

　　咕哩妹唉...唉...唉....，

　　乜鱼你.你爬地啊...哎，

　　乜鱼你占呀..地...啰....。

女：飞鱼你会哎..飞....旗鱼你.你车旗咧...，

　　哥唉..唉...唉....，

　　章鱼你.你爬地啊...哎，

　　泥龙你占呀..地...啰....。

男：乜鱼你嘴呀..尖....乜鱼你.你嘴长咧...，

　　咕哩妹唉..唉...唉....，

　　乜鱼你.你口大啊...哎，

　　乜鱼你眼呀..细...啰....。

女：青鹤你嘴呀..尖....弹弓蛇你.你嘴长咧...，

　　哥唉..唉...唉....，

　　石斑你.你口大啊...哎，

　　鲨鱼你眼呀..细...啰....。

男：乜鱼你为大哎..咧....乜鱼你.你为王咧...，

　　咕哩妹唉..唉...唉....，

　　乜鱼你.你倒尾游啊...哎，

乜鱼你抱石呀..头...啰....。

女：海公为大呀..咧....虎鲨你.你为王咧...，

哥唉..唉...唉....，

鱿鱼你.你倒尾游啊...哎.，

鲍鱼你抱石呀..头...啰....。

男：乜鱼你口细哎..咧....乜鱼你.口大咧...，

咕哩妹唉..唉...唉....，

乜鱼你.你头大啊...哎.，

乜鱼你头呀..细...啰....。

女：泥鳗你口细哎..咧....岸鲨你.你口大咧...，

哥唉..唉...唉....，

海公你.你头大啊...哎.，

白春你头呀..细...啰....。

合：我们说.说鱼啊...哎.，

说.无.晒.呀...啰....。

作词：郑石喜

说鱼（二）

（咕哩妹调）

男：乜鱼你生哎..辉....乜鱼你.你丑鬼咧...，
　　咕哩妹唉..唉...唉....，
　　乜鱼你.你嬲排底啊...哎，
　　乜鱼你吃沙呀..泥...啰....。

女：红斑你生得哎..辉....石鱼你.你丑鬼咧...，
　　哥唉..唉...唉....，
　　林刀你.你嬲排底啊...哎，
　　黄鱼你吃沙呀..泥...啰....。

男：乜鱼你成哎..双....乜鱼你.你成对咧...，
　　咕哩妹唉..唉...唉....，
　　乜鱼你.你占石沟啊...哎，
　　乜鱼你头带呀..印...啰....。

女：黄勒你成哎..双....软筛鱼你.你成对咧...，
　　哥唉..唉...唉....，
　　勒追你.你占石沟啊...哎，
　　鱼印你头带呀..印...啰....。

男：乜鱼全身是刺哎..咧...乜鱼你.你披甲咧...，
　　咕哩妹唉..唉...唉....，
　　乜鱼你.你嘴似锯啊...哎，

乜鱼你眼有呀..眉...啰....。

女：鸡浮全身是刺哎..唎...牛婆你.你披甲唎...，

哥唉..唉...唉....，

剑鲨你.你嘴似锯啊...哎.，

苏眉你眼有呀..眉...啰....。

男：乜鱼皮似沙纸哎..唎...乜鱼你.你皮似沙布唎...，

咕哩妹唉..唉...唉....，

乜鱼你.你无鳞啊...哎.，

乜鱼你有呀..壳...啰....。

女：沙鳗皮似沙纸哎..唎...鲨鱼皮你.你似沙布唎...，

哥唉..唉...唉....，

牙带马鲛无.无鳞啊...哎.，

鲍鱼你有呀..壳...啰....。

合：我们说.说鱼啊...哎.，

说.无.晒.呀...啰....。

作词：郑石喜

等妹摇前

（咕哩妹调）

男：一橹推啊..开......二橹你拉.拉迈咧，

　　咕哩妹唉..唉...唉....。

　　推开你拉..拉迈啊...哎，

　　妹你睇边个摇呀..快..啰......。

女：橹头摇啊..弯......橹尾你起.起漩咧，

　　哥..唉...唉....。

　　你拉疏呀两..两橹啊...哎，

　　等妹我摇呀..前..啰....。

男：手抓橹头..啊咧......力度你放.放慢咧...，

　　咕哩妹唉..唉...唉....。

　　放低呀橹..橹头啊...哎，

　　等妹你摇呀..前..啰......。

女：哥你有啊..心......妹我亦.亦有意咧...，

　　哥..唉.....唉....。

　　我摇快两..两橹啊...哎，

　　同哥你齐呀..摇..啰....。

合：橹头摇啊..弯......橹尾你起.起漩咧，

男：妹唉...唉......我同妹齐.齐摇啊....。

女：哥唉...唉......我同哥齐.齐摇啊....。

合：　一起返啰..船..啰......。

作词：郑石喜

111

东南西北风

（咕哩妹调）

女：东风吹啊开……阵吹你阵.阵猛咧...，

哥.唉..唉...唉....。

阵吹你呀阵.阵猛啊....哎，

哥你扔紧你头啰缆..啰....。

男：南风吹啊返……越吹你越.越暖咧...，

咕哩妹唉..唉...唉....。

越吹你越.越暖啊....哎，

妹你顶高你头啰蓬..啰....。

女：西风吹啊返……越吹你越.越猛咧...，

哥..唉..唉...唉....。

越吹你越.越猛啊....哎，

哥你抛好你锭啰缆..啰....。

男：北风吹啊开……阵吹你阵.阵冻咧...，

咕哩妹唉..唉...唉....。

阵吹你阵.阵冻啊....哎，

妹你拉底你头啰蓬..啰....。

合：阵吹你阵.阵冻啊....，

男：妹你拉底你头啰蓬..啰....。

女：哥你拉底你头啰蓬..啰....。

送哥迈街

（咕哩妹调）

男：妹你摇来啊咧……送哥我迈.迈呀街咧…，

　　咕哩妹唉…唉….唉….，

　　送哥我迈.迈呀街啊….哎，

　　买对你花啰….鞋….啰……。

女：火烧你大啊街……亦无你嘢.嘢买…咧，

　　哥唉…唉…唉….，

　　火烧呀艇.艇仔啊….哎，

　　亦无艇你开啰….迈….啰……。

男：妹你唔使咁啊嬲……因乜你何.何呀由咧…，

　　咕哩妹唉…唉….唉….，

　　送哥我迈.迈呀街啊….哎，

　　帮妹你买对花啰….鞋….啰……。

女：南流你到啊街……财香你到.到寨咧…，

　　哥唉…唉…唉….，

　　财香你到.到寨啊….哎，

　　妹我送哥你开啰….迈….啰……。

合：财香你到.到寨啊….哎，

　　我们一起开啰….迈….啰……。

作词：郑石喜

拖 风

（咕哩妹调）

女：九冬十月啊咧......东风你又.又起咧...，

哥唉...唉...唉....，

东风你又.又起啊....哎，

拖风你季节....来....啰......。

拖风作业啊咧......又挨你风.风浪咧...，

哥唉...唉...唉....，

朝开你晚.晚迈啊....哎，

哥你一身啰....泥....啰......。

拖风作业啊咧......四更你驶.驶向东咧...，

哥唉...唉...唉....，

朝早你落.落网啊....哎，

向西你拖顺....风....啰......。

拖风作业啊咧......绞梗你要.要用功咧...，

哥唉...唉...唉....，

绞梗你要.要齐力啊....哎，

防止翻梗打到人...啊....啰......。

绞梗你要.要齐力啊....哎，

防止翻梗打到人....啊....啰......。

作词：郑石喜

无心无机

（咕哩妹调）

男：妹你无心无啊机⋯⋯因乜你何.何呀由咧⋯，
　　咕哩妹唉⋯唉⋯唉⋯，
　　妹你有乜心.心事啊⋯哎，
　　哥帮你解开心啰⋯头⋯啰⋯⋯。

女：无心无啊机⋯⋯茶饭亦无.无味咧⋯，
　　哥唉⋯唉⋯唉⋯，
　　等哥你唔.唔到啊⋯哎，
　　娘叫嫁过别啰⋯埠⋯啰⋯⋯。

男：妹你真心想啊哥⋯⋯就不要嫁.嫁过别埠咧⋯，
　　咕哩妹唉⋯唉⋯唉⋯，
　　又等多几.几日啊⋯哎，
　　哥我派人去啰⋯问⋯啰⋯⋯。

女：哥你真心想妹啊咧⋯⋯就快点派.派人来问咧⋯，
　　哥唉⋯唉⋯唉⋯，
　　今日同哥相.相会啊⋯哎，
　　妹我放落心啰⋯头⋯啰⋯⋯。

女：今日同哥相.相会啊⋯哎，
男：今日同妹相.相会啊⋯哎，

合：我们放落心啰⋯头⋯啰⋯⋯。

作词：郑石喜

妹是风哥是雨

（咕哩妹调）

女：手巾给啊哥......亦作你凭.凭啊记咧...，
　　哥唉...唉...唉....，
　　哥你唔使听.听人疏摆啊....哎，
　　把妹丢呀....离....啰......。

男：接妹你手啊巾......请妹你放.放呀心咧...，
　　咕哩妹唉...唉...唉....，
　　又等你爹娘答.答应啊....哎，
　　接妹你返呀....来....啰......。

女：东面你张啊张......又无见落.落呀雨咧...，
　　哥唉...唉...唉....，
　　塘中你无.无水啊....哎，
　　难养你金呀....鱼....啰......。

男：妹你是啊风......哥我是.是呀雨咧...，
　　咕哩妹唉...唉...唉....，
　　我们风雨一.一起啊....哎，
　　养大我们孩呀....儿....啰......。

　⌈女：妹我是风啊....哎，
　⌊男：哥我是雨啊....哎，

合：养大我们孩呀....儿....啰......。

作词：郑石喜

抛　鱼
（咕哩妹调）

男：旧时你抛鱼啊咧.....鱼居你真.真是多咧...，

　　咕哩妹唉...唉...唉....，

　　抛鱼佬你抛.抛鱼啊...哎，

　　又等水你回啊...流....啰......。

　　手抓抛网啊咧.....腰背你鱼.鱼呀篓咧...，

　　咕哩妹唉...唉...唉....，

　　流水你翻.翻大啊...哎，

　　鱼居你走迈....来....啰......。

　　手抓抛网啊咧.....街边你漫.漫行咧...，

　　咕哩妹唉...唉...唉....，

　　望海你睇.睇鱼啊...哎，

　　又靠你眼啰....利....啰......。

　　抛鱼搵食啊咧.....是祖传作.作业咧...，

　　咕哩妹唉...唉...唉....，

　　如今你无.无鱼抛啊...哎，

　　抛网你收起....来....啰......。

　　如今你无.无鱼抛啊...哎，

　　抛网你收起....来....啰......。

作词：郑石喜

纲罾

（咕哩妹调）

男：一、二月你纲啊罾......东南仔又.又起咧...，
咕哩妹唉...唉...唉....，
东南仔吹.吹来啊....哎，
马交你走迈....来....啰......。

三、四月你纲啊罾......南风仔又.又起咧...，
咕哩妹唉...唉...唉....，
南风仔吹.吹来啊....哎，
鲭鲣你走迈....来....啰......。

五、六月你纲啊罾......大西南又.又起咧...，
咕哩妹唉...唉...唉....，
大西南吹.吹来啊....哎
白鱼你走迈....来....啰......。

七月你纲啊罾......南流又到.到迈咧...，
咕哩妹唉...唉...唉....，
南流你到.到迈啊....哎，
财香你到啰....寨....啰......。

南流你到.到迈啊....哎，
财香你到啰....寨....啰......。

作词：郑石喜

叠 歌

（咕哩妹调）

男：叠歌你好啊听......啊妹你．你来唱咧...，
　　咕哩妹唉...唉...唉....，
　　妹你唱番一．一首白啰啊....哎，
　　妹你心情愉啊....快....啰......。

女：叠歌你好啊听......啊哥你．你来唱咧...，
　　哥唉...唉...唉....，
　　哥你唱番一．一首木鱼诗啊....哎，
　　哥你生意兴啊....隆....啰......。

男：叠歌你好啊听......啊妹你．你来唱咧...，
　　咕哩妹唉...唉...唉....，
　　妹你唱番一．一首咕哩妹啊....哎，
　　妹你一生平啊....安....啰......。

女：叠歌你好啊听......啊哥你．你来唱咧...，
　　哥唉...唉...唉....，
　　哥你唱番一．一首叹家姐啊....哎，
　　哥你如意吉啊....祥....啰......。

女：我同哥一．一起唱啊....哎，
男：我同妹一．一起唱啊....哎，
合：我们幸福万年....长....啰......

作词：郑石喜

疍歌能解人忧愁

（咕哩妹调）

男：（木鱼诗）你好啊听⋯⋯想同妹你.你来唱咧⋯,
　　咕哩妹唉⋯唉⋯唉⋯,
　　想同妹你唱.唱番一首啊⋯哎,
　　解哥我忧啰⋯愁⋯啰⋯。

女：哥你唔使咁啊忧⋯⋯容乜你易.易阿瘦咧⋯,
　　哥唉⋯唉⋯唉⋯,
　　又等妹我唱.唱番一首啊⋯哎,
　　解哥你忧啰⋯愁⋯啰⋯。

男：哥我日忧夜啊忧⋯⋯为妹你易.易阿瘦咧⋯,
　　咕哩妹唉⋯唉⋯唉⋯,
　　想同妹你结.结成姻缘啊⋯哎,
　　解哥我忧啰⋯愁⋯啰⋯。

女：哥你唔使咁啊忧⋯⋯有妹帮你.你解愁咧⋯,
　　哥唉⋯唉⋯唉⋯,
　　又等九冬十.十月啊⋯哎,
　　哥你摇艇来接啰⋯人⋯啰⋯。

合：又等九冬十月啊⋯哎,
　　摇艇来接啰⋯人⋯啰⋯。

作词：郑石喜

叠歌真好听

（咕哩妹调）

男：你好啊听......又想妹你．你来唱咧...，
　　咕哩妹唉...唉...唉....，
　　又等妹你唱．唱番一首啊....哎，
　　解哥我心啰...头....啰....。

女：哥你想啊听......妹我只对．对哥一人唱咧...，
　　哥唉...唉...唉....，
　　又等哥你摇．摇来啊....哎，
　　妹帮哥你解开心啰..头....啰....。

男：你好啊听......又想妹你．你对哥表白咧...，
　　咕哩妹唉...唉...唉....，
　　等哥我赚．赚钱啊....哎，
　　接妹你番啰...来...啰....。

女：哥你唔使咁啊急......等妹我想．想下咧...，
　　哥唉...唉...唉....，
　　等妹我想．想好啊....哎，
　　答复哥你未呀迟....啰....。

合：等妹你想．想好啊....哎，
　　答复未呀迟，....啰....。

作词：郑石喜

哥妹齐摇

（咕哩妹调）

男：　橹头摇啊．弯．．．．橹尾你起．起漩唎．．．，

咕哩妹唉．．．唉．．．唉．．．．，

哥我拉慢两橹啊．．．．哎，

等妹你齐啰．．．摇．．．．。

女：　橹头摇啊．弯．．．．橹尾你起．起漩唎．．．，

哥唉．．．唉．．．唉．．．．，

妹我摇快两橹啊．．．．哎，

同哥你齐啰．．．摇．．．．。

男：　丝线橹啊．迈．．．．银线你橹．橹扣唎．．．，

咕哩妹唉．．．唉．．．唉．．．．，

妹你摇断橹迈啊．．．．哎，

打妹你心啰．头．．．．。

女：　丝线橹啊．迈．．．．银线你橹．橹扣唎．．．，

哥唉．．．唉．．．唉．．．．，

妹我摇艇追哥啊．．．．哎，

妹我挂在心啰．．头．．．．。

合：　哥妹．齐摇啊．．．．哎．喜在．心啰．．．．头．．．．。

作词：郑森家

日忧夜忧

（咕哩妹调）

男： 妹你日忧.夜啊..忧......，
　　妹你.用乜易.易瘦咧.咕哩妹唉...唉...唉....，
　　见妹口青.面脆啊....哎，
　　问妹你因乜啰呀...由....。

女： 我日忧.夜啊..忧......，
　　为哥.你易.易瘦咧.哥唉...唉...唉....，
　　如今遇到我哥啊....哎，
　　妹我放落心啰..头....。

男： 东面你张.啊..张......，
　　又无.见落.落雨咧.咕哩妹唉...唉...唉....，
　　塘中呀无水啊....哎，
　　难养.金啰..鱼....。

女： 南流.到啊..街......，
　　财香.你到.到寨咧.哥唉...唉...唉....，
　　财香呀到寨啊....哎，
　　南流你到啰..迈....。

合： 财香呀到寨啊....哎，
　　南流你到啰..迈....。

作词：郑森家

123

南 流 迈

（咕哩妹调）

男：南流到啊街......，
　　财香又到.到寨咧.咕哩妹唉...唉...唉....，
　　财香呀到寨啊....哎，
　　南流你到啰..迈....。

　　南流到啊街......，
　　鱼居又到.到迈咧.咕哩妹唉...唉...唉....，
　　纲罾呀纲鱼啊....哎，
　　满载你返啰..迈....。

　　南流到啊街......，
　　鲭鲌又到.到迈咧.咕哩妹唉...唉...唉....，
　　摆网呀摆鱼啊....哎，
　　车旗你返啰..迈....。

　　南流到啊街......，
　　鸡鲳又到.到迈咧.咕哩妹唉...唉...唉....，
　　罟什呀围鱼啊....哎，
　　挡流罟起啰..迈....。

　　罟什呀围鱼啊....哎，
　　挡流罟起啰..迈....。

作词：郑森家

同哥扔头

（咕哩妹调）

女：艇头你尖啊尖.....等哥你摇.摇前咧...,

　　哥唉...唉...唉....,

　　等哥你摇.摇前啊....哎,

　　同哥你扔啰..头..啰....。

男：橹梁你两啊边.....两边又摇.摇橹咧...,

　　咕哩妹唉...唉...唉....,

　　摇前来接.接妹啊....哎,

　　同妹你返啰..船..啰....。

女：大帆挡啊风.....竹蓬又遮.遮雨咧...,

　　哥唉...唉...唉....,

　　晚间呀瞓..瞓落啊....哎,

　　同哥你盖啰..蓬..啰....。

男：桅尾你指啊天.....插板你又.又指水咧...,

　　咕哩妹唉...唉...唉....,

　　是哥我姻.姻缘啊....哎,

　　等妹你迈啰..年..啰....。

女：大帆你三啊行.....头帆你扯.扯尽咧...,

　　哥唉...唉...唉....,

　　落山呀风.风仔啊:...哎,

吹来你阵啰..阵..啰....。

男：石角你纲啊署......又是你近.近寨咧...，
　　咕哩妹唉...唉...唉....，
　　望妹你船.船到啊....哎，
　　装鱼你返啰..来..啰....。

女：朝早你北啊风......晚间你南.南风咧...，
　　哥唉...唉...唉....，
　　我一夜等.等哥啊....哎，
　　无见哥你啰..呀..来....。

男：东边你风啊青......风仔你落.落山咧...，
　　咕哩妹唉...唉...唉....，
　　望妹你船.船到啊....哎，
　　见妹你街边扣啰..蓬..啰....。

合：四更你南啊风......石角你浪.浪响咧...，
　　（男）妹（女）哥唉......唉......，
　　流东你浪.浪大啊....哎，
　　流西你压啰..迈..啰....。

　　流东你浪.浪大啊....哎，
　　流西你压啰..迈..啰......。

作词：郑森家

哥有情妹有意

（咕哩妹调）

男：火船开咧.. 车....，
船尾你起. 起浪咧.咕哩妹唉...唉...唉....，
搞浮门.大. 大锭啊..哎..，
离别你姑啰..娘....。

女：西北张咧..张....，
石角你起. 起浪咧.哥唉...唉...唉....，
扯起呀.大. 大帆啊..哎..，
离别你爹啰..娘....。

男：妹你有咧..心....，
哥我有. 有意咧.咕哩妹唉...唉...唉....，
两家呀. 有. 有情呀啊..哎..，
叫个媒啰..人....。

女：哥你有咧..心....，
妹我亦. 亦有意咧.哥唉...唉...唉....，
即愿我们相好啊..哎..，
使乜你媒啰..人....。

合：即愿我们相好啊..哎..，
使乜你媒啰..人....。

作词：郑森家

127

槟榔问亲

（咕哩妹调）

男：蒌叶你哎...青....，

　　槟榔你.你园咧....，

　　咕哩妹唉...唉...唉....，

　　哥我今.今日摘槟榔啊....哎，

　　想妹你来帮呀...忙....啰....。

女：槟榔树你哎...高....，

　　槟榔你.你又多咧....，

　　哥唉...唉...唉....，

　　妹我想.想帮哥忙啊....哎，

　　又怕越帮越呀....忙....啰....。

男：槟榔树花哎...开....，

　　花开又.又一春咧....，

　　咕哩妹唉...唉...唉....，

　　哥想妹你.你来约会啊....哎，

　　心想口难....开....啰....。

女：槟榔树花哎...开....，

　　花开又.又结子咧....，

　　哥唉...唉...唉....，

　　哥你想.想妹啊....哎，

　　槟榔来问呀....亲....啰....。

哥你想. 想妹啊....哎. ，
槟榔来问呀....亲....啰....。

作词：郑石喜

木棉花开

（咕哩妹调）

男：木棉.花你哎...开....，
　　花开真.真是..靓咧....，
　　咕哩妹唉...唉...唉....，
　　妹你.你十七十八啊....哎，
　　似朵木棉花....呀....啰....。

女：三月.木棉花哎...开....，
　　妹我在.在树下..等哥咧....，
　　哥唉...唉...唉....，
　　等哥你.你来约会啊....哎，
　　哥你是否想啊....妹....啰....。

男：哥我.有瓶红哎...酒....，
　　又等妹你.你来..开咧....，
　　咕哩妹唉...唉...唉....，
　　等妹你.你开个支红酒啊....哎，
　　同妹你饮一杯....呀....啰....。

女：红酒你.好哎...饮....，
　　妹我又.又怕..醉咧....，
　　哥唉...唉...唉....，
　　哥你.你是真心啊....哎，
　　等明年木棉花开....呀....啰....。

合：我们俩.俩人真心啊....哎.，

等明年.木棉花.开....呀....啰.....。

作词：郑石喜

木鱼诗调歌词

水仙花·青楼悲曲（一）

（木鱼诗调）

一

水仙哎花.与及.香芹呀.菜..，

昨晚应承啊..今晚开哎.啊.呀.来...。

难为舍心..丢妹咁呀.耐..，

并无书信.寄封开哎.啊.呀.来...。

北风呀去.南风呀..啊.番..，

问郎出路..几时呀..还...。

快者离桥..三两呀..晚..，

迟者离桥..半个月哎..间...。

君唉.你出到.埠头..，

钱财.莫唔好.尽呀散...。

钱财尽散.实见艰哎.啊.呀.难...，

有情啊酒.斟落.无情哎..杯...。

饮过此杯.未知何时呀.回..，

四海江湖.尽在此呀.啊.杯...。

临行.玉手.拍下.郎腰呀.背..，

去舍.难..哎.分.别舍.难..呀.回...。

二

阴功.出在.由甘呀.子..，

共郎.分别啊..尽在.此哎.呀.呀.时...。

金橘.马蹄.为表呀.记.，

金橘.相逢啊.最怕.别.呀.离...。

临行.我有咁多言词吩咐过呀..你.，

天时.寒冷.要加呀..啊..衣...。

水路情长.难顾啊..你..，

莫话.听人.唆把啊..把妹丢哎.啊.呀.离...。

戒子挑通.藏万啊.字..，

我有咁多恩情.话过你呀..哎..知...。

今日父母.丢疏.由妹主哎.意，

拂盘.清水啊..养金哎.呀.呀.鱼...。

养大金鱼.摆摆呀.尾，

共郎乞食啊..世无分哎.呀.呀.离...。

三

大块莲叶.包冰啊..片..,

望我多情人仔.带妹出生呀.啊..天...。

今日自古.有针.来引呀.线..,

有针.无线啊..枉妹少呀..年...。

天边啊月.照住妹梳呀.啊..妆..,

人人看见啊..实觉凄哎.啊.呀.凉...。

你有真金白银.来买呀.我..,

做乜时常.打闹.咁多呀.啊..多...。

真屈呀火..衫袖内头.藏白..果..,

亲生儿女啊...卖落江哎.啊.呀.河...。

卖落江河...人作啊..贱..,

犹如猪胆啊...苦过黄呀..连...。

花针吉住莎梨呀..丁,

提起情哥条路.眼泪唔呀..停...。

打响三更..人瞓啊..静..,

想起情哥..叫妹一哎.啊.呀.声...。

扎醒之时..唔见郎君呀..应..,

枕边流泪啊...哭到.天哎.啊.呀.明...。

四

新出芙蓉..与及莲藕呀..丁..，

你要留情心事啊...我亦留...呀.情...。

造七打斋..同个碟呀.菜..，

生时同哥共枕死亦不分呀.啊.开...。

鸡心呀柿.与及.香呀.啊.蕉..，

三群五队啊...走去.嫖...。

当嫖成瘾.银散呀.了..，

阴功出在啊...扯皮..条...。

红丝呀线...绿丝呀线...，

串住个文大光哎.啊.呀.钱...。

共郎.发誓.咬开呀.啊.边..，

保住咬番.郎个哎.边...。

望郎带妹啊...万千哎.呀.啊.年..，

粟米衣多.难见啊.面...，

葡萄离核啊...有口难呀.言...。

花针吉住..鹅毛呀.扇..，

有心开来啊...带便...钱...。

五

日久赊多.父母厌啊.贱..,

苦迫奴奴.要吞呀.啊.烟...。

首饰贴埋.君买呀.菜..,

但烦早日啊..赎番开哎.啊.呀.来...。

赎番开来..见我啊..面,

迟日赎番开来啊..送到山哎.啊.呀.前...。

十六钱买个.新沙呀.啊.煲,

落齐材料啊..无乜功哎.啊.呀.劳...。

教精人女..唔使待君咁呀.啊.好,

十个情哥啊..有九个跳呀.槽...。

你有跳槽.我有利啊.刀,

一刀斩落啊...无情呀..路...。

今生难望有仔捧你.烂香哎.啊.呀.炉...,

薄荷呀叶.薄荷呀.油..。

薄情人仔.令人心呀.啊.翾,

女仔薄情.世间少呀.有...。

男仔薄情.引人上树把梯呀.啊.收..,

君呀.你读得书多和咁情呀.厚..。

丢了残花啊..去采石呀.榴,

咁样行为..莫顾呀.后..,

众人听过啊..白发.齐.呀.头...。

水仙花 · 青楼悲曲（二）

（木鱼诗调）

一

言再呀续..送情啊..哥.，

自从一别啊...拆散鸳呀.和...。

临别之时..你安慰过呀.我..，

叫奴千万.不可心呀...啊多...。

总之有日.来会呀.过..，

男情女义啊...共结丝哎.啊.呀.啰...。

近日我不是心意改呀.过..，

丢下奴奴实觉哀呀.啊.疏...。

可惜娇花.无人呀.采..，

恐怕蜜蜂啊...蝴蝶采花哎.啊.呀.来...。

点得魂魄.飞到郎府呀.内..，

与郎携手啊...下瑶啊.台...。

免令你妹.望咁啊.耐.，

好似隔住了.银呀..河...。

何况我双亲.辞世呀.早.，

早隔阴间.命苦劫呀.啊.多...。

多少红颜.怨薄哎.命.，

命中生成啊...受灾呀.啊..磨...。

磨折之中.有谁识呀.我.，

我在.青楼啊...泪流成呀..河...。

二

泪滔至今知运到.，

到底还完花债.奈哎.啊.呀.何...。

河面忽呀闻.打一哎..更，

更加愁闷.一阵呀..叹...。

层层香茗.留人呀.心，

等候.五湖四海啊..客来呀.临...。

临得擂鼓.响三哎.声，

星月辉煌啊..万里呀.明...。

明星月体.对奴呀.照，

照见青楼啊..妹有呀.情...。

情客何时.将妹呀.聘，

聘妹上岸啊..唔使泪盈呀.盈...。

盈盈鼓响.四更哎.天，

天涯佳客啊..到门呀.前...。

前朝有个.多情呀.妓，

妓女从来啊..立意哎.坚...。

坚心等待.风流呀.客，

客也无心.亦枉哎.啊.呀.然...。

三

言词恨到.五更呀.残.，

残花败柳啊..想唔..啊.番...。

番思情惨.抱恨呀.烦，

烦恼何时..得开.呀.散...。

散夫.晓日.下楼啊.栏，

烂命一条...常自呀...叹...。

叹惜几回.难入呀.眼，

眼前风月啊..几咁虚哎.啊.呀.闲...。

闲时劝君.莫把妹分呀.散，

散尽钱财啊...见..就..难...。

难为你妹...时常呀..盼，

盼望我哥..早日哎.啊.哎.返...。

返心想起.将奴呀.劝，

劝奴万事啊..莫心哎.啊.呀.烦...。

烦学作书.句字呀.难.，

句句连环.字所呀.啊.生...。

生意多多.银有啊.赚，

众君听过啊..福寿连..呀..环...。

哥 送 我

（木鱼诗调）

哥送呀我.送到田啊..基...，
田基有对.大蜢呀蜞..。
你睇见畜生行路.还有思情呀你..，
今日同哥行路.无乜心哎..机...。

哥送呀我.送到河.啊..边...，
河边有对.打渔呀船..。
咁好顺风.你唔扯呀帆.愚人蠢笨不知呀.啊.天..，
只见掌撑.船来窦呀.瞓..，
唔见你掌撑船.前来去窦啊船...。

哥送呀我.送到桥呀..头...，
桥头有棵.白石呀.榴..。
只话摘来.同哥来解哎.渴..，
恐哥知味啊..又回呀..头...。

哥送呀我.送到井.啊..边...，
两人携手.照银呀.容..。
今日咁好.银容分别呀.去..，
未知何日.再得相哎.啊.呀.逢...。

哥送呀我.送到庙.呀..堂...，
庙堂有个.泥舟木丈呀.郎..。

中间小个做媒呀娘.特起架杯来问呀下..,
我是阴时啊..你是呀阳.乾坤日月是阴啊.阳..,
我讲夫妻同陪啊下.你讲天地.做阴啊.阳...。

哥送呀我.送到学.呀..堂...,
学堂书友.同一哎..张..。
花衣棉被.同哥啊.盖..,
不识英台啊..是个女呀.娘..,
后来知道啊..恨断呀..肠...。

来 海 南

（木鱼诗调）

蜑家人．想．．好日子呀．过．．，

来海南啊．．离开．故啰．．乡．．．。

盖棚船仔．．过海过呀．洋．．，

挨尽海上啊．．几多风啊．浪．．．。

天黑海暗．．心惊呀．慌．．，

提心吊胆啊．．漂流海啊．呀．上．．．。

未知水路．．有几呀．远．．，

为了生存啊．．背井离啰．乡．．．。

一家老幼．．在船呀．上．．，

求神拜佛啊．．保平啰．安．．．。

千里迢迢．．水路呀．远．．，

日漂夜流啊．．几多凄呀．凉．．．。

西北打雷．．风雨呀．猛．．，

咬紧牙根啊．．顶过风呀．浪．．．。

日望夜睇．．几时呀．到．．，

心情沉重啊．．瞓无啊．安．．．。

前方朦胧．．七洲呀．岛．．，

这时放落啊．．身上石呀．头．．．。

迈紧帆缭．．洲洋呀．过．．，

返港抛锭啊．．放落心哎．啊．呀．．肠．．．。

十月种花

（木鱼诗调）

正月种啊花.日头呀黄.种花人仔啊脸带宽啊呀容。

二月种啊花.人人去啊玩.种花人仔啊夜看花啊呀兰。

三月种啊花.河雾呀暗.种花人仔啊日日精啊呀神。

四月种啊花.人说日呀晒.花盆照烈啊难合番啊呀袂。

五月种啊花.门口啊倚.花盆照烈啊雨水来啊呀淋。

六月种啊花.雨水涌啊动.烂心择迈啊无点鲜啊呀红。

七月种啊花.林七妹偷啊花.又拆烂呀晒.又等林七妹落地过时啊又合番啊呀袂。

八月种啊花.夜间咁啊长.日间咁呀短.种花人仔啊夜香花啊呀园。

九月种啊花.无同咁啊样.种花人仔啊又厌夜啊呀长。

十月种啊花.树尾啊黄.种花人仔啊无点功啊呀劳。

接 新 娘

（木鱼诗调）

早早出门.接新呀..娘...，
返来拜堂啊...天未.啰..光...。
递茶递酒.敬大呀..细...，
叔公老大啊...要分高哎.呀.啊.低...。

接嫂返来.离娘呀..家...，
离别娘家啊...要听.啰...话...。
日后听从.安人呀...讲...，
莫好闲来啊...家过哎.呀.啊.家...。

接嫂返来.到路呀..口...，
敬老孝顺啊...记心啰...头...。
晚间香火.来敬呀...神...，
时餐食饭啊...要叫安哎啊人...。

接嫂返来.到门呀..前...，
入门叫声啊...公婆啰...先...。
今天过门.好表呀...现...，
递茶递酒啊...声要啰.呀.甜...。

接嫂返来.到船呀..头...，
祝嫂顺风啊...又顺啰..流...。
日后做人.礼讲呀..究...，
行礼长辈啊...要低啰.呀.头...。

接嫂返来.大红呀..花...，
开枝散叶啊...到人啰..家...。
望子成龙.骑白呀..马...，
金榜题名啊...中探啰.呀.花...。

接嫂返来.离别呀..乡...，
望嫂身体啊...人健啰..康...。
两头父母.常来呀..往...，
两头孝心啊要一哎啊呀.样...。

唱了阿嫂.唱条呀..添...，
阿嫂情谊啊...唱不啰..完...。
日头东升.日日呀..见...，
年年初二啊...嫂拜啊.呀.年...。

作词：郑森家

捉鱼天时

（木鱼诗调）

先唱祖先.千万呀..年...,
鲁班搞计啊...来装啰...船...。
渔翁搞计.拖罟呀..网..,
渔民捉鱼啊...代代呀.啊.传...。

飞一二月.纲罾呀..起...,
纲罾作业..来准啰...备...。
正月十五.拾部呀...起...,
头部二部啊...跟住啰.啊.来...。

三月天时.东南呀..仔...,
东南水清...鱼迈啰...来...。
朝早马鲛.行部呀...快...,
晚头青鹤啊...流到哎啊呀街...。

四月天时.南风呀..起...,
四更南风啊...吹迈啰...来...。
南风有浪.鱼群呀...起...,
安章西角啊...大铁啰.呀..居...。

五月天时.西南呀..仔...,
西南天时啊...鲭鲋啰..多...。
朝头纲鱼.挨到呀..晚...,

晚头摆鱼啊...四五啰.呀.更...。

六月七月.黄水呀..起...，
大海白鱼啊...走迈啰..来...。
白鱼行红.水花呀..起...，
珊龙白鱼啊...真大啰.呀.居...。

八月九月.东风呀..起...，
拖船落缆啊...作准啰.备...。
头春鲈鱼.真大呀..居...，
绞到卡头啊...浮网哎啊呀.尾...。

八月九月.东风呀..起...，
石暗黄什啊...一居啰..居...。
密罾捕落.水花呀..起...，
网两行红啊...有鱼啊.呀.居...。

十月十一月.东北呀..起...，
晚旺巴淋啊...走迈啰..来...。
地网围落.艇上呀.喊...，
街上拉网啊...艇中啊.呀.间...。

十二月天时.北风呀..起...，
大海马鲛啊...走迈啰..来...。
四更落雾.马鲛呀..起...，
回流落网啊...马鲛啊.呀.居...。

唱了天时.唱条呀..添...,
艇仔扔迈啊...来过啰..年...。
近年迈南.天时呀..好...,
捉返马鲛啊...来过啊.呀.年...。

近年迈南.天时呀..好...,
捉返马鲛啊...来过啊.呀.年...。

作词：郑森家

十送姑娘

（木鱼诗调）

一送姑娘.别娘呀..亲...，
爹妈养育啊...勿忘啰..恩...。
几多心血.唔在呀..讲...，
叫姑记着啊...你双啰.呀.亲...。

二送姑娘.别乡呀..亲...，
父母恩情啊...似海啰..深...。
养育之恩.心记呀..紧...，
咸鱼餸饭啊...养成啰.呀.人...。

三送姑娘.又丢呀..疏...，
离别父母啊...嫂同啰..哥...。
姑娘离别.心难呀..过...，
千期勿忘啊...嫂当哎啊呀.初...。

四送姑娘.记心呀..间...，
亲戚大细啊...送姑啰..行...。
饭菜张开.咸同呀..淡...，
唔使怕丑啊...饿一啰.呀.餐...。

五送姑娘.离别呀..家...，
离别父母啊...要听啰..话...。
日后听从.安人呀..讲...，

唔使话多啊...家过啰.呀.家...。

六送姑娘.出门呀..口...,
和睦孝顺啊...记心啰..头...。
时餐食饭.叫安呀..人...,
晚间香火啊...来敬啰.呀.神...。

七送姑娘.到门呀..前...,
阿姑结婚啊...在今啰..天...。
旧事浮云.风吹呀..远...,
勤劳持家啊...富裕啰.呀.年...。

八送姑娘.到船呀..头...,
祝姑顺风啊...又顺啰...流...。
去到人家.大门呀..口...,
入门行礼啊...要低啰.呀.头...。

九送姑娘.大红呀..花...,
开枝散叶啊...到人啰..家...。
望子成龙..骑白呀..马...,
金榜题名啊...中探啰.呀.花...。

十送姑娘.离别呀..乡...,
望姑身体啊...人健啰..康...。
两头父母.常来呀..往...,
孝心服侍啊...系爹哎啊呀.娘...。

唱了送别. 唱条呀..添...，

姑嫂情谊啊...唱无啰..完...。

日头东红. 日日呀..见...，

年年初二啊...姑拜啊.呀.年...。

日头东红. 日日呀..见...，

年年初二啊...姑拜啊.呀.年...。

作词：郑森家

十别家嫂

（木鱼诗调）

一别家嫂.记在呀..心...，
离别家嫂啊...别亲啰..人...。
千家条路.常来呀..往...，
离别家嫂啊...苦肝呀.啊.肠...。

二别家嫂.到人呀..家...，
家中事务啊...嫂跟啰..寻...。
家嫂一面.好人呀..品...，
服侍老爹啊...同安啰.呀.人...。

三别家嫂.水路呀..长...，
姑嫂情义啊...姑无啰..忘...。
家嫂当我.仔女呀..看...，
问寒问暖啊...做衣哎啊呀裳...。

四别家嫂.记心呀..间...，
多谢家嫂啊...送姑啰..行...。
阿姑学勤.无学呀..懒...，
鸡啼早早啊...起三啰.呀.更...。

五别家嫂.别大呀..家...，
离别家嫂啊...想爹啰..妈...。
旧时做女.少讲呀...话...，

如今做嫂啊...学当啰.呀.家...。

六别家嫂.想当呀..初...,
教姑煎食啊...补衣啰..裳...。
河水咁深.点样呀...过...,
多得家嫂啊...背过啰.呀.河...。

七别家嫂.心慌呀..慌...,
外家条路啊...系家啰...乡...。
有情有义.常来呀...往...,
真心想嫂啊...系姑啰.呀.娘...。

八别家嫂.人齐呀..齐...,
家嫂教姑啊...识高啰...低...。
做人要识.大同呀...细...,
叔公老大啊...分高啰.呀.低...。

九别家嫂.系真呀..心...,
家嫂对我啊...情义啰...深...。
失钱失银.无要呀...紧...,
失嫂情义啊...难跟啰.呀.寻...。

十别家嫂.船头呀..开...,
水路程长啊...返外啰...家...。
家嫂送姑.样样呀...有...,
三日回面啊...正中哎啊呀.秋...。

唱了家嫂.唱条呀..添...,
姑嫂情义啊...唱无啰...完...。
日头东红.日日呀...见...,
年年初二啊...姑拜啊.呀.年...。

日头东红.日日呀...见...,
年年初二啊...姑拜啊.呀.年...。

作词：郑家森

对　歌

（木鱼诗调）

男：大海茫茫.无见呀..山...,
　　船艇在开啊...又向啰...南...。
　　青甘大居.睇尽呀...眼...,
　　海公大条啊...似假啰.呀.山。

女：大海茫茫.无见呀..山...,
　　流界生西啊...又向啰...南...。
　　流界渔群.睇尽呀...眼...,
　　日头落海啊...见假啰.呀.山...。

男：大海茫茫.水连呀..天...,
　　疍民捉鱼啊...要安啰...全...。
　　睇开睇迈.山无呀...见...,
　　小心驶艇啊...万年啰.呀.船...。

女：大海茫茫.水连呀..天...,
　　疍民捉鱼啊...万千啰...年...。
　　驶开驶迈.有经呀...验...,
　　小心驶艇啊...理当啰.呀.先...。

　　驶开驶迈.有经呀...验...,
　　小心驶艇啊...理当啰.呀.先...。

作词：郑森家

百　啰

（木鱼诗调）

鱼网破烂. 要换呀.. 新...，
出海捉鱼啊... 要精啰... 神...。
积极读书. 为上呀... 进...，
捉鱼致富啊... 春过啰. 呀. 春...。

五更北斗. 天至呀.. 光...，
捉鱼人仔啊... 识风啰... 浪...。
晚头迈东. 跟住呀.. 尾...，
艇头见风啊... 船尾起啰. 呀. 浪...。

八月十五. 天时呀.. 好...，
朝北晚南啊... 半夜啰... 东...。
朝北驶艇. 系顺呀... 风...，
晚南捉鱼啊... 半夜啰. 呀. 东...。

惹事惹非. 无在呀.. 讲...，
醉酒话多啊... 得罪啰... 人...。
鸦片洋烟. 无使呀.. 近...，
行近上瘾啊... 是贱啰. 呀. 人...。

做人凡事. 识理呀.. 恩...，
凡事做人啊... 识良啰... 心...。
多做好事. 人人呀... 敬...，
莫好做坏啊... 人人啰. 呀. 憎...。

阿哥阿嫂.无偏呀..心...，
做人学好啊...来孝啰...顺...。
饮水不忘.开井呀...人...，
长大不忘啊...父母啰.呀.恩...。

千万莫要.笑穷呀..人...，
花花绿绿啊...似浮啰...云...。
海水有龙.运来呀...到...，
时来运转啊...做富啰.呀.人...。

世上何苦.咁伤呀..心...，
世上难逢啊...百岁啰...人...。
咁多贫穷.同富呀...贵...，
人生由命啊...不由啰.呀.人...。

好人生来.有好呀..报...，
恶人生来啊...人人啰...恨...。
做人施恩.勿记呀...报...，
前人种树啊...后遮啰.呀.荫...。

阿哥驶艇.要小呀..心...，
驶开驶迈啊...要精啰...神...。
石角浪响.要认呀...准...，
安全起见啊...不驶啊.呀.近...。

石角浪响.要认呀...准...，
安全起见啊...不驶啊.呀.近...。

作词：郑森家

说　船

（木鱼诗调）

船头抛锭.船向呀..风...，
吹风落雨啊...扔迈.啰..蓬...。
风过雨停.去晒呀..网...，
朝早出海啊...等天哎.呀.啊.红...。

船头尖尖.又向呀..风...，
船尾后面啊...又盖.啰..蓬...。
插斗深深.入海呀..中...，
插板落水啊...船向哎.呀.啊.风...。

桅尾高高.又指呀..天...，
桅甲夹桅啊...在中.啰..间...。
桅尾风针.跟风呀..转...，
有风驶船啊...船向哎.呀.啊.前...。

舦头底底.又指呀..天...，
舦甲原来啊...在两.啰..边...。
橹脐摇橹.左右呀..转...，
橹脐无油啊...声又哎.呀.啊.尖...。

想起旧时.无系呀..假...，
一只艇仔啊...住一.啰..家...。
晚间钩饵.朝早呀..下...，
晚头迈东啊...驶回哎.呀.啊.家...。

驶船扣蓬.要细呀..心...,
风仔吹来啊...一阵.啰..阵...。
转扣搭帆.舤掌呀..稳...,
缭丝绕好啊...船标哎.呀.啊.身...。

橹梁放橹.在两呀..边...,
立架两边啊...护船.啰..舷...。
船头左右.舤指呀..点...,
起头转扣啊...得安哎.呀.啊.全...。

头梁横横.睇两呀..边...,
梁头樟中啊...来扔.啰..船...。
船头向风.跟住呀..转...,
船尾摆风啊...水起哎.呀.啊.漩...。

头蓬扁扁.又向呀..底...,
大蓬夹仔啊...四边.啰..齐...。
向蓬顶高.又向呀..底...,
尾蓬后面啊...灶仓哎.呀.啊.枢...。

说船话题.真是呀..多...,
讲起话题啊...一大.呀..箩...。
工具劳作.经常呀..讲...,
讲起说船啊...是一哎.呀.啊.课...。

工具劳作.经常呀..讲...,
讲起说船啊...是一哎.呀.啊.课...。

作词：郑森家

十唱新渔村

（木鱼诗调）

第一先唱.新渔呀..村...，
旧时渔村啊...少人.啰..烟...。
吹风落雨.暗阴呀..天...，
疍民传说啊...大山哎.呀.啊.园...。

第二又唱.新渔呀..村...，
挖山填海啊...争头.啰..先...。
大干苦干.加油呀..干...，
造福后代啊...传万哎.呀.啊.年...。

第三又唱.新渔呀..村...，
渔村建设啊...几十.啰..年...。
冰厂船排.机械呀..厂...，
渔业后勤啊...真方哎.呀.啊.便...。

第四又唱.新渔呀..村...，
红沙养鱼啊...几十.啰..年...。
渔排发展.人来呀..往...，
生意兴隆啊...人兴哎.呀.啊.旺...。

第五又唱.新渔呀..村...，
渔村建设啊...几十.啰..年...。
六叔带头.公路呀..建...，
作首歌仔啊...来纪哎.呀.啊.念...。

第六又唱.新渔呀..村...，
疍家铁船啊...去南.啰..沙...。
铁船南沙.来守呀.岛...，
守岛铁船啊...为国哎.呀.啊.家...。

第七又唱.新渔呀..村...，
文化展馆啊...建几.啰..年...。
大家积极.来捐呀..钱...，
疍家文化啊...代代哎.呀.啊.传...。

第八又唱.新渔呀..村...，
三亚渔港啊...少渔.啰..船...。
渔船搬迁.新渔呀..港...，
崖州渔港啊...多渔哎.呀.啊.船...。

第九又唱.新渔呀..村...，
疍民捕鱼啊...几百.啰..年...。
如今发展.驶铁呀..船...，
铁船捕鱼啊...到天哎.呀.啊.边...。

第十又唱.新渔呀..村...，
渔村发展啊...气象.啰..鲜...。
高楼林立.多人呀..见...，
疍民生活啊...比蜜哎.呀.啊.甜...。

高楼林立.多人呀..见...，
疍民生活啊...比蜜哎.呀.啊.甜...。

作词：郑森家

十二生肖

（木鱼诗调）

十二生肖.鼠在呀..先...，
子时半夜啊...鼠乱.啰..窜...。
偷吃又怕.被人呀..见...，
一生逍遥啊...似神哎.呀.啊.仙...。

十二生肖.牛跟呀..上...，
丑时牛正啊...刍咀.啰..嚼...。
从来耕田.不叫呀..苦...，
附首甘为啊...人间哎.呀.啊.奴...。

十二生肖.虎称呀..三...，
寅时老虎啊...最凶.啰..猛...。
虎威作恶.林称呀..霸...，
独占一山啊...称为哎.呀.啊.王...。

十二生肖.兔行呀..四...，
卯时天光啊...兔出.啰..来...。
两只耳朵.动起呀..来...，
兔仔吃草啊...真有哎.呀.啊.味...。

十二生肖.龙占呀..五...，
辰时雾起啊...龙腾.啰..飞...。
龙卷风来.天地呀..暗...，

二月初二啊...龙抬哎.呀.啊.头...。

十二生肖.蛇第呀..六...，
巳时艳阳啊...蛇忙.啰..碌...。
身披鳞甲.行弯呀..曲...，
冬眠洞中啊...不出哎.呀.啊.屋...。

十二生肖.马排呀..七...，
午时骏马啊...奔跑.啰..急...。
马到成功.百业呀..旺...，
一马当先啊...家和哎.呀.啊.睦...。

十二生肖.羊第呀..八...，
未时放羊啊...草无.啰..湿...。
草湿放羊.易得呀..病...，
养羊必须啊...盐供哎.呀.啊.给...。

十二生肖.猴老呀..九...，
申时日落啊...又偏.啰..西...。
猕猴成群.耍技呀..秀...，
雄猴搏斗啊...争风哎.呀.啊.流...。

十二生肖.鸡第呀..十...，
酉时太阳啊...快落.啰..山...。
鸡媤带仔.返鸡呀..笼...，
传说晚间啊...鸡发哎.呀.啊.盲...。

十二生肖.狗十呀..一...，
戌时天黑啊...狗护.啰..院...。
不嫌主人.穷与呀..富...，
甘当主人啊...护院哎.呀.啊.神...。

十二生肖.猪在呀..尾...，
亥时人静啊...猪拱.啰..槽...。
吃饱呼噜.大觉呀..瞘...，
无忧无愁啊...真好哎.呀.啊.命...。

吃饱呼噜.大觉呀..瞘...，
无忧无愁啊...真好哎.呀.啊.命...。

作词：郑石喜

十二时辰

（木鱼诗调）

子时来到.夜半呀..天...，
北斗星宿啊...在北.啰..边...。
银河望去.又睇呀..见...，
满天星宿啊...数无哎.呀.啊.完...。

丑时三点.雄鸡呀..啼...，
摆鱼最怕啊...大流.啰..西...。
流急鱼居.行沉呀..底...，
转流收网啊...驶回哎.呀.啊.归...。

寅时鸡啼.光星呀..起...，
朝早下鱼啊...来准.啰..备...。
下鲨开始.来剁呀..饵...，
鲨纲下来啊...船速哎.呀.啊.飞...。

卯时凉爽.东边呀..光...，
大罾开网啊...工作.啰..忙...。
开网刚好.鱼入呀..网...，
朝早扯袂啊...白鱼哎.呀.啊.居...。

辰时日出.一竹呀..杆...，
下纲回头啊...去收.啰..纲...。
红鱼波立.跟住呀..上...，

两勒纲后啊...鱼满哎.呀.啊.仓...。

巳时日出.在半呀..天...，
石角纲鱼啊...有风.啰..旋...。
落山风仔.阵阵呀..转...，
龙卷水柱啊...飞上哎.呀.啊.天...。

午时来到.天中呀..间...，
七月纲鱼啊...无得.啰..闲...。
南流到街.鱼居呀..多...，
南流到迈啊...财到哎.呀.啊.寨...。

未时日落.又转呀..西...，
有女无嫁啊...拖风.啰..仔...。
朝开晚迈.一身呀..泥...，
起头绞网啊...驶返哎.呀.啊.迈...。

申时日落.阵阵呀..低...，
密罾铺落啊...纲天.啰..剂...。
晚旺天剂.返齐呀..网...，
扯袂天剂啊...跳过哎.呀.啊.蓬...。

酉时日落.阵阵呀..辉...，
地网劳作啊...人到.啰..齐...。
船在开网.街在呀..睇...，
拉袂巴淋啊...装满哎.呀.啊.柜...。

戌时来到.水花呀..起...,

白鱼行红啊...走成.啰..居...。

罟网围落.饱网呀..尾...,

满柜唱歌啊...摇返哎.呀.啊.迈...。

亥时月出.是十呀..八...,

灯光作业啊...在月.啰..黑...。

趁月未出.围一呀..网...,

起网之后啊...东面哎.呀.啊.红...。

趁月未出.围一呀..网...,

起网之后啊...东面哎.呀.啊.红...。

作词：郑石喜

望 夫 归

（木鱼诗调）

女：无风驶船帆角齐.，

　　丢低麻篮望夫归.，

　　行开海边请只舢板仔.，

　　摇到大船格勒底.，

　　个个行前无个系.，

　　第一问船主老板仔.，

　　第二问船上火头仔.，

　　第三问船上个班伙计好兄弟.，

　　为乜我夫同船去吾见同船归.。

男：你夫到了新州安南埠.，

　　休了前配娶个安南妻.，

　　手尖尖脚细细.，

　　身材生似黄丝蚁.。

女：我夫在新州安南娶了妻.，

　　有乜书信托你带回归.，

　　有乜信物让我睇.，

　　有乜吩咐快快提.。

男：你夫在新州安南娶了妻.，

　　生下孩儿养宝仔.，

没有书信托我带回归.，
没有信物让你睇.，
叫我劝你把他放低.。

男：你夫是个风流仔.，
到了安南忘了妻.，
忘恩负义不用提.，
不要伤心做人给他睇.。

男：你夫离家十八年.，
你不偷心想别人.，
是否同叔常陪饮.，
是否同叔共床枕.，
泥耙犁田没石迹.，
水井打水没旧痕.。

女：我夫离家十八年.，
未曾偷心想别人.，
吾叔在家已有妻.，
做嫂怎会同叔枕.，
泥耙犁田有人跟.，
水井打水有声音.。

男：夫在安南无别人.，
刚才试探把话引.，
是夫久别起疑心.，

雨过天晴真相白.，
乌云已过认亲人.，
今后与妻长相依.，
陪妻皆老共天伦.。

女：是我丈夫拿物睇.，
　　不是丈夫不要跪.，
　　持有信物是夫归.，
　　没有信物是过路仔.。

叹家姐调·
生礼歌词

亲 爹

（叹家姐调·生礼）

亲呀爹...啦..爹啦.我爹都养家..，

责任又重啊..亲爹...，

爹啦..艰难呀搵钱.养家任呀.务..咪...。

亲呀爹...啦..爹啦.我爹都养空..，

用心照顾啊..亲爹...，

爹啦..童年呀快乐.有爹手牵呀.住..咪...。

亲呀爹...啦..爹啦.早出都晚归..，

赚钱养孩儿啊..亲爹...，

爹啦..孩儿呀细时.有爹你维呀.持..咪...。

亲呀爹...啦..爹啦.我爹都对空..，

关心又爱啊..亲爹...，

爹啦..养育呀功劳.永记心呀.头..咪...。

爹啦..养育呀功劳.永记心呀.头..咪...。

作词：王学梅

亲　娘

（叹家姐调·生礼）

亲呀娘..啦.妈啦.得空①都落地..，
见空是宝啊..亲娘...，
妈啦..细心呀照顾.养空成呀.人..唻...。

亲呀娘..啦.妈啦.洗屎都洗尿..，
十指是冻.又带挨眼啊..亲娘...，
妈啦..养空呀长大.几多艰呀.难..唻...。

亲呀娘..啦.妈啦.花盆都种花..，
千日又看啊..亲娘...，
妈啦..日日呀淋水.朵朵同呀.样..唻...。

亲呀娘..啦.妈啦.养育都之恩..，
报答无了啊..亲娘...，
妈啦..千年呀万年.记住亲呀.娘..唻...。

妈啦..千年呀万年.记住亲呀.娘..唻...。

作词：王学梅

———————————

① 空：女儿。

出　嫁

（叹家姐调·生礼）

姑：家啊嫂..啦...，

　　嫂啦.叫嫂都行来..同姑我平坐啊..家嫂...，

　　嫂啦同姑啊.平坐你都教下姑啊.娘..咪...。

嫂：姑娘啊细咖..啦...，

　　姑啦.是我都妹姑.你嫂又.教啊..姑娘...，

　　姑啦.嫂高呀又.教依个姑啊..娘..咪...。

姑：家啊嫂..啦...嫂啦...，

　　真心说心.算嫂都有心.又来陪我啊..家嫂...，

　　嫂啦.一更呀陪.到五更鸡呀.啼..咪...。

嫂：姑娘啊细咖..啦...，

　　姑啦..叫嫂都开言..事话无便啊..姑娘...，

　　姑啦.嫂高未曾去过学堂.人女我唔有经啊..验..咪...。

姑：家啊嫂..啦...，

　　嫂啦.妹姑都开声.唔是拿布啊..家嫂...，

　　嫂啦.妹姑一心呀又.想我都嫂高事呀.话..咪...。

嫂：姑娘啊细咖..啦...，

　　姑啦.你嫂没有礼物嘟畀姑啊.对姑唔过啊..姑娘...，

　　姑啦.对姑呀唔过..对你爹娘唔啊住..咪...。

姑：家啊嫂啦...，

　　嫂啦.妹姑都出嫁.叫嫂你来带啊..家嫂...，

　　嫂啦.嫂高呀唔带.我都妹姑唔啊..行..咪...。

嫂：姑娘啊细咖啦...，

　　姑啦.是我都妹姑..你嫂又.带啊..姑娘...，

姑啦.嫂高一心呀又带我依个姑娘..咦...。

合：亲啊娘啦...，

妈啦.大众都爹娘.大众呀养啊..亲娘...，

妈啦.照书呀排落.你就仔女养.爹呀.娘..咦...。

作词：王学梅

姐妹长情

（叹家姐调·生礼）

家呀姐..啦.姐啦.春季都桃花..，
何谓有景啊..家姐...，
姐啦..同邦啊姐妹.你都.长有呀.情..咻....。

家呀姐..啦.姐啦.夏季都兰花..，
雪白个样啊..家姐...，
姐啦..同邦啊姐妹.你都.念返旧呀.情..咻....。

家呀姐..啦.姐啦.秋季都菊花..，
花叶整齐啊..家姐...，
姐啦..同邦啊姐妹.你都.记在心呀.上..咻....。

家呀姐..啦.姐啦.冬季都梅花..，
火红个样啊..家姐...，
姐啦..同邦啊姐妹.你都.同条心呀.肠..咻....。

姐啦..同邦啊姐妹.你都.同条心呀.肠..咻....。

作词：王学梅

姐妹对叹

（叹家姐调·生礼）

姐：好妹啊.细咖①....啦....，

　　妹啦..姐高②头发啊都转梳呀..，

　　心内未变呀.细咖....，

　　妹啦..心身呀怀念.旧日啲阿莲....唎....。

妹：家啊.姐啦....咋啦....，

　　叫姐左脚啊都迈前..，

　　右脚顾啊后呀.家姐....，

　　姐啦.千期③记住.父母恩由....唎....。

姐：好妹啊.细咖....啦....，

　　妹啦..外家呀都条路..，

　　姐高去谨记呀.细咖....，

　　妹啦..有情呀有义.常回呀....唻....。

妹：家啊.姐啦....姐啦....，

　　又想拦住啊都姐高..，

　　留住啊你呀.家姐....，

　　姐啦.前门都关住呀.后门呀....唻.....。

---

① 细咖：小妹。

② 姐高：姐姐。

③ 千期：千万要。

姐：好妹啊.细咖....啦....，

　　妹啦..一夜呀都..，

　　五更啊无是几长呀.细咖....，

　　妹啦..时辰又到呀姐出门外....唎....。

妹：家啊.姐啦....姐啦....，

　　金鸡啊都会飞呀..，

　　银鸡会啊沉呀.家姐....，

　　姐啦.妹娣又想打条银链.扣姐衫呀奇....唎....。

姐：好妹啊.细咖....啦....，

　　妹啦..你留住啊都姐高呀..，

　　做姐我快活呀.细咖....，

　　妹啦..家头细务唔用呀做....唎....。

妹：家啊.姐啦....姐啦....，

　　回到啊.都人家呀..，

　　和睦孝顺呀.家姐....，

　　姐啦..莫听闲话闲语结冤呀仇....唎....。

作词：王学梅

九冬十月

（叹家姐调·生礼）

家呀兄.啦..哥啦.买番都青麻,

又织番你麻网.啊.家兄...,

哥啦.九冬呀十月.你就马交行啊红...唻...。

家呀兄.啦..哥啦.马交都行红,

又等哥你去抓.啊.家兄...,

哥啦.四更呀落雾.你就马交标啊浮...唻...。

家呀兄.啦..哥啦.马交都标浮,

又等哥你落网.呀.家兄...,

哥啦.错过呀时辰.你就空手返啊来...唻...。

家呀兄.啦..哥啦.我哥都精灵,

又生得你咁靓.啊.家兄...,

哥啦.九冬呀十月.你就想哥难啊眠...唻...。

九冬呀十月.你就想哥.难啊眠....唻....。

作词：郑石喜

姑嫂送别

（叹家姐调·生礼）

嫂：姑娘啊细妹啦.姑啦.，

第一都系送姑.离别爹.爹娘呀世妹.，

姑啦.叫姑呀.，

记.记着你心啰房.。

姑：家啊嫂啦.嫂啦.，

第一都系离别.记在心呀.家嫂.，

嫂啦.离别家嫂.，

系姑啰娘.。

嫂：姑娘啊细妹啦.姑啦.，

第二都系送姑.又记当初.，

姑娘.姑啦.咸鱼呀.餸.餸.，

饭你就养成啰人。

姑：家呀嫂啦.嫂啦.，

第二都系离别.又到人家.啰家嫂.，

嫂啦.家中事.，

事务你就嫂跟啰寻.。

嫂：姑娘啊细妹啦.姑啦.，

第三都系送姑.又丢疏啰.姑娘.，

姑啦.姑娘呀.情.情义.，

你就无使来啰忘.。

姑：家呀嫂啦.嫂啦.，

第三都系离别.水路长呀.家嫂.，

嫂啦.当初呀.，

同姑．做衣啰裳．．

嫂：姑娘啊细妹啦．姑啦．，

第四都系送姑．记在心呀．姑娘．，

姑啦．亲戚啰大．大世．，

送姑啰行．．

姑：家呀嫂啦．嫂啦．，

第四都系离别．嫂有．有心呀．家嫂．，

嫂啦．多谢我．我嫂．，

送姑娘行．．

嫂：姑娘啊细妹啦．姑啦．，

第五都系送姑．离别家啰．姑娘．，

姑啦．离别父．父母要听啰话．．

姑：家呀嫂啦．嫂啦．，

第五都系离别．又到人家啰家嫂．，

嫂啦．你姑呀．，

常常返利睇．爹啰娘．．

嫂：姑娘啊细妹啦．姑啦．，

第六都系送姑．又出门口啰姑娘．，

姑啦．和睦孝心．，

记在啰头．．

姑：家呀嫂啦．嫂啦．，

第六都系离别．唔是假啰．，

家嫂．嫂啦．教姑呀煎．煎食．，

教姑补啰连．．

嫂：姑娘啊细妹啦．姑啦．，

第七都系送姑．又到门．门前啰姑娘．，

姑啦.我姑啦.，

结.结婚你坐个龙啰船.。

姑：家呀嫂啦.嫂啦.，

第七都系离别.心系惊呀.家嫂.，

嫂啦.真心呀.，

想嫂你都系姑啰娘.。

嫂：姑娘啊细妹啦.姑啦.，

第八都系送姑.又到船.船头啰姑娘.，

姑啦.祝姑呀.，

顺.顺风你.顺啰流.。

姑：家呀嫂啦.嫂啦.，

第八都系离别.人都来齐呀.家嫂.，

嫂啦.多谢呀.，

大.大世送姑来啰行.。

嫂：姑娘啊细妹啦.姑啦.，

第九都系送姑.大红花啰姑娘.，

姑啦.开枝呀.，

散.散叶你就顾家啰下.。

姑：家呀嫂啦.嫂啦.，

第九都系离别.系.系真心啰家嫂.，

嫂啦.姑嫂呀.，

情.情义难跟啰寻.。

嫂：姑娘啊细妹啦.姑啦.，

第十都系送姑.离别大.大世啰姑娘.，

姑啦.望姑呀.，

记.记着驶艇返啰利.。

姑：家呀嫂啦.嫂啦.，

第十都系离别.船头开啰家嫂.，

嫂啦.三日呀.，

会.会面.你就年过啰年.。

嫂：姑娘啊细妹啦.姑啦.，

日头都系东红.日日见呀.姑娘.，

姑啦.姑嫂呀.，

情.情义你就无使来啰忘.。

姑：家呀嫂啦.嫂啦.，

米字上头.横过海啰家嫂.，

嫂啦.深层啰.，

事.事话你就想唔啰来.。

作词：郑森家

叹家姐调·
死礼歌词

躺　床

（叹家姐调·死礼）

哎.....是我亲娘啊....是我..妈啦....哎....，

是妈啦..我妈瞓下都躺床..，

个草席买便呀.妈唉....哎....，

是妈啦..我妈于回①个瞓呀.瞓下并无知呀情....呀....。

是我亲娘啊....是我..妈啦....哎....，

是妈啦..我妈瞓下都躺床..，

个魂魄尽散呀.妈唉....哎....，

是妈啦..你嫂高②帮妈.冲凉个洗呀.洗脸换转衣呀裳....呀....。

是我亲娘啊....是我..妈啦....哎....，

是妈啦..我妈瞓下都躺床..，

身着寿衣.白衫去打底呀.妈唉....哎....，

是妈啦..穿鞋个穿呀穿袜样样呀齐....呀....。

是我亲娘啊....是我..妈啦....哎....，

是妈啦..我妈瞓下都躺床..，

你身穿寿衣.是你嫂高打扮呀.妈唉....哎....，

是妈啦..合你白花红花啊心呀.心意合妈你心呀肠....呀....。

是我亲娘啊....是我..妈啦....哎....，

---

① 于回：这回。

② 嫂高：儿媳。

是妈啦..我妈瞴下都躺床..，

你白花嫂高烧香.烟熏你鼻呀.妈唉....哎....，

是妈啦..如今我妈.香烟啊闻呀.闻下难得回呀阳....呀....。

是我亲娘啊....是我..妈啦....哎....，

是妈啦..我妈瞴下都躺床..，

你白花嫂高.甜茶一杯敬妈你又饮呀.妈唉....哎....，

是妈啦..我妈于回个饮呀.饮下补妈你功呀劳....呀....。

是我亲娘啊....是我..妈啦....哎....，

是妈啦..我妈瞴下都躺床..，

你白花嫂高.甜酒一杯我妈你饮下呀.妈唉....哎....，

是妈啦..我妈饮完个茶呀.茶酒你都离别孩呀儿....呀....。

是我亲娘啊....是我..妈啦....哎....，

是妈啦..我妈瞴下都躺床..，

手抓手巾.又包纸银呀.妈唉....哎....，

是妈啦..于回个瞴呀.瞴下口咬银钱....呀....。

是我亲娘啊....是我..妈啦....哎....，

是妈啦..我妈瞴下都躺床..，

个手抓去纸扇呀.妈唉....哎....，

是妈啦..我妈双眼啊闭呀.闭合呀纸扇开横....呀....。

是我亲娘啊....是我..妈啦....哎....，

是妈啦..我妈瞴下都躺床..，

个大银盖脸呀.妈唉....哎....，

是妈啦..如今我妈啊瞓呀.瞓下万千年....呀....。

是我亲娘啊....是我..妈啦....哎....，

是妈啦..我妈瞓下都躺床..，

个大银枕头呀.妈唉....哎....，

是妈啦..西洋个白呀.白布盖妈你齐头....呀....。

是我亲娘啊....是我..妈啦....哎....，

是妈啦..我妈瞓下都躺床..，

个唔有话讲呀.妈唉....哎....，

是妈啦..红花啊挂呀.挂妈你路远长....呀....。

作词：王学梅

帮妈梳头

（叹家姐调·死礼）

哎.....是我亲娘啊....是我..妈啦....哎....，

是妈啦..红花①手抓都骨梳..，

个我妈你头上又梳呀.妈唉....哎....，

是妈啦..红花梳妈啊头呀.头髻我都哭断肝呀肠....呀....。

是我亲娘啊....是我..妈啦....哎....，

是妈啦..往日我妈帮红花梳头..，

个是常见有呀.妈唉....哎....，

是妈啦..今日红花.梳妈啊头呀.头髻我都眼泪长呀流....呀....。

是我亲娘啊....是我..妈啦....哎....，

是妈啦..我妈往日都梳头..，

个唔用我呀.妈唉....哎....，

是妈啦..于回红花梳妈啊头呀.头髻寓意呀何....呀....。

是我亲娘啊....是我..妈啦....哎....，

是妈啦..红花帮妈都梳头..，

我问妈你.知道啊无呀.妈唉....哎....，

是妈啦..如今红花帮妈啊梳呀.梳头补妈你功呀劳....呀....。

是我亲娘啊....是我..妈啦....哎....，

是妈啦..红花帮妈梳头..，

—————————————————

① 红花：女儿。

我妈你头肉无痛呀.妈唉....哎....,

是妈啦..今日梳起我妈啊头呀.头髻唔相呀同....呀....。

是我亲娘啊....是我..妈啦....哎....,

是妈啦..红花帮妈梳头..,

额角都梳番.个真是好睇呀.妈唉....哎....,

是妈啦..梳完个头呀.头髻妈你阴间长呀行....呀....。

是我亲娘啊....是我..妈啦....哎....,

是妈啦..红花帮妈你金髻又梳..,

个金髻又靓呀.妈唉....哎....,

是妈啦..红花帮妈你衣服个换呀.换转①呀耳环戴呀齐....呀....。

是我亲娘啊....是我..妈啦....哎....,

是妈啦..红花丈二红线买番..,

个同妈你咬断呀.妈唉....哎....,

是妈啦..如今红花同妈啊咬呀.咬断万千呀年....呀....。

作词：王学梅

---

① 换转：换过

冥 升

（叹家姐调·死礼）

哎.....是我亲娘啊....是我..妈啦....哎....，

是妈啦..冥升都升高..，

个红绿啊照呀.妈唉....哎....，

是妈啦..众人个看啊.看见去都眼泪长流...呀....。

是我亲娘啊....是我..妈啦....哎....，

是妈啦..个条都冥升..，

你女婿来.起呀.妈唉....哎....，

是妈啦..冥升啊又呀.又起去都有女名字....呀....。

是我亲娘啊....是我..妈啦....哎....，

是妈啦.人讲阿爸是竹..，

个阿妈是木呀.妈唉....哎....，

是妈啦..红花阿又呀.又买丈二呀红...呀....。

是我亲娘啊....是我..妈啦....哎....，

是妈啦..一字都升高..，

个二字又上呀.妈唉....哎....，

是妈啦..众人个看啊.看见去都福禄寿呀长...呀....。

是我亲娘啊....是我..妈啦....哎....，

是妈啦..三字都升高..，

个四字又上呀.妈唉....哎....，

是妈啦..三圆个和啊.和合呀四季兴呀旺....呀....。

是我亲娘啊....是我..妈啦....哎....，

是妈啦..五字都升高..，

个六字又上呀.妈唉....哎....，

是妈啦..五福啊临呀.临门到朝呀堂....呀....。

是我亲娘啊....是我..妈啦....哎....，

是妈啦..七字都升高..，

个八字又上呀.妈唉....哎....，

是妈啦..丁财个两啊.两旺入门呀来....呀....。

是我亲娘啊....是我..妈啦....哎....，

是妈啦..九字都升高..，

个十字又上呀.妈唉....哎....，

是妈啦..十字个团啊.团圆到家呀堂....呀....。

是我亲娘啊....是我..妈啦....哎....，

是妈啦..红线都穿钱..，

个又挂两边呀.妈唉....哎....，

是妈啦..众人个看啊.看见去都富贵荣呀华....呀....。

是我亲娘啊....是我..妈啦....哎....，

是妈啦..白米都两包..，

个倍啊朝上呀.妈唉....哎....，

是妈啦..护保你红花回家个养呀.养大都孩儿....呀....。

是我亲娘啊....是我..妈啦....哎....，

是妈啦..红枣都两串..，

个倍啊朝上呀.妈唉....哎....，

是妈啦..护保你红花回家个揾呀.揾食呀胜过人呀前....呀....。

是我亲娘啊....是我..妈啦....哎....，

是妈啦..莲子都两串..，

个倍啊朝上呀.妈唉....哎....，

是妈啦..护保你红花回家.向东啊成呀.成就呀向西都招财....呀....。

是我亲娘啊....是我..妈啦....哎....，

是妈啦..柏树都两双..，

个倍啊朝上呀.妈唉....哎....，

是妈啦..护保你红花回家.又将柏树个拍啊.拍出去万元....呀....。

是我亲娘啊....是我..妈啦....哎....，

是妈啦..又有都明灯..，

个伴啊朝上呀.妈唉....哎....，

是妈啦..又等明灯照通啊大呀.大路呀等妈你返回啲家庭....呀....。

作词：王学梅

棺 材

（叹家姐调·死礼）

哎．．．．．是我亲娘啊．．．．是我．．妈啦．．．．哎．．．．，

是妈啦．．你白花①出街都买材．．，

个真是会选呀．妈唉．．．．哎．．．．，

是妈啦．．一坚石呀．石子呀．二格都香兰．．．．呀．．．．。

是我亲娘啊．．．．是我．．妈啦．．．．哎．．．．，

是妈啦．．你白花出街都买材．．，

个路程又远呀．妈唉．．．．哎．．．．，

是妈啦．．你白花站高啊讲呀．讲价呀坐落都给钱．．．．呀．．．．。

是我亲娘啊．．．．是我．．妈啦．．．．哎．．．．，

是妈啦．你白花买材都回来．．，

个黄过啊红呀．妈唉．．．．哎．．．．，

是妈啦．．我妈于回个睡呀．睡落呀依都长眠．．．．呀．．．．。

是我亲娘啊．．．．是我．．妈啦．．．．哎．．．．，

是妈啦．．金碗都买回．．，

个做妈你枕头呀．妈唉．．．．哎．．．．，

是妈啦．．买回西洋个白呀．白布啊盖妈你齐头．．．．呀．．．．。

是我亲娘啊．．．．是我．．妈啦．．．．哎．．．．，

是妈啦．．宝纸都买回．．，

_____

① 白花：儿子。

个垫妈你身底呀.妈唉....哎....，

是妈啦..买回啊红呀.红纸呀两边来呀围....呀....。

是我亲娘啊....是我..妈啦....哎....，

是妈啦..红色都写边..，

个蓝色去来添呀.妈唉....哎....，

是妈啦..三边啊四呀.四边呀古老都金钱....呀....。

是我亲娘啊....是我..妈啦....哎....，

是妈啦..福字都在头..，

个寿字在尾呀.妈唉....哎....，

是妈啦..长生啊福呀.福寿在边呀皮....呀....。

是我亲娘啊....是我..妈啦....哎....，

是妈啦..红布都买回..，

个挂你材头呀.妈唉....哎....，

是妈啦..买回啊红呀.红被呀铺妈你材呀上....呀....。

是我亲娘啊....是我..妈啦....哎....，

是妈啦..金鸡都买回..，

个材头又站呀.妈唉....哎....，

是妈啦..众人个看呀.看见去都沉思呀味....呀....。

是我亲娘啊....是我..妈啦....哎....，

是妈啦..雨伞都买回..，

个材头又掺呀.妈唉....哎....，

是妈啦..无给去西邪个月呀.月晒啊我妈你银容....呀....。

是我亲娘啊....是我..妈啦....哎....，
是妈啦..我妈今日都出街..，
个多人啊看呀.妈唉....哎....，
是妈啦..又被去众人个看呀.看过去都福禄寿呀祥....呀....。

作词：王学梅

纸　楼

（叹家姐调·死礼）

哎．．．．．是我亲娘啊．．．．是我．．妈啦．．．．哎．．．．，

是妈啦．．阳间起栋都大楼．．，

个用砖来砌呀．妈唉．．．．哎．．．．，

是妈啦．．阴间起栋啊大呀．大楼啊用纸来呀围．．．呀．．．．。

是我亲娘啊．．．．是我．．妈啦．．．．哎．．．．，

是妈啦．．你白花请个都师傅．．，

个来啊设计呀．妈唉．．．．哎．．．．，

是妈啦．．师傅个设呀．设计啊起栋洋呀楼．．．．呀．．．．。

是我亲娘啊．．．．是我．．妈啦．．．．哎．．．．，

是妈啦．．你白花起栋都洋楼．．，

上面啊彩砖．下面似镜呀．妈唉．．．．哎．．．．，

是妈啦．．又等夏天．乜风都吹来呀．凉妈你身上．．．．呀．．．．。

是我亲娘啊．．．．是我．．妈啦．．．．哎．．．．，

是妈啦．．你白花起栋都洋楼．．，

个十字路口呀．妈唉．．．．哎．．．．，

是妈啦．．又等众人个看呀．看见都说妈你高呀楼．．．呀．．．．。

是我亲娘啊．．．．是我．．妈啦．．．．哎．．．．，

是妈啦．．你白花屋里都装饰．．，

个样样啊有呀．妈唉．．．．哎．．．．，

是妈啦..装饰个整呀.整齐呀任妈你思呀维....呀.....。

是我亲娘啊....是我..妈啦....哎....,
是妈啦..如今我妈无怕都风吹..,
个无怕雨淋呀.妈唉....哎....,
是妈啦..吹风啊落呀.落雨关门呀袂....呀.....。

是我亲娘啊....是我..妈啦....哎....,
是妈啦..天上都仙花..,
个楼上又种呀.妈唉....哎....,
是妈啦..叫妈你清闲个无呀.无事呀把花来呀培....呀.....。

是我亲娘啊....是我..妈啦....哎....,
是妈啦..我妈瞓落贵妃都龙床..,
个是金丝楠木呀.妈唉....哎....,
是妈啦..如今我妈一个人睡呀.睡落呀无人都串连....呀.....。

作词：王学梅

203

煮妈凉饭

（叹家姐调·死礼）

哎.....是我亲娘啊....是我..妈啦....哎....，

是妈啦..你嫂高出街..，

又去买灶呀.妈唉....哎....，

是妈啦..买回个灶呀.个灶去都煮妈你凉饭....呀....。

是我亲娘啊....是我..妈啦....哎....，

是妈啦..你嫂高出街..，

又去买锅呀.妈唉....哎....，

是妈啦..买回个锅呀.个锅去都煮妈你凉饭....呀....。

是我亲娘啊....是我..妈啦....哎....，

是妈啦..你嫂高出街..，

又去买米呀.妈唉....哎....，

是妈啦..买回珍珠啊香呀.香米煮妈你凉饭....呀....。

是我亲娘啊....是我..妈啦....哎....，

是妈啦..你嫂高出街..，

又去买柴呀.妈唉....哎....，

是妈啦..买回相思啊格呀.格柴煮妈你凉饭....呀....。

是我亲娘啊....是我..妈啦....哎....，

是妈啦..你嫂高出街..，

又去买水呀.妈唉....哎....，

是妈啦..买回高山啊泉呀.泉水煮妈你凉饭....呀....。

是我亲娘啊....是我..妈啦....哎....，

是妈啦..大锅都煮饭..，

个大锅灶呀.妈唉....哎....，

是妈啦..慢火啊来呀.来煮我妈你凉饭....呀....。

是我亲娘啊....是我..妈啦....哎....，

是妈啦..大锅都煮饭..，

个大锅又滚呀.妈唉....哎....，

是妈啦..几多啊饭呀.饭眼几多亲呀朋....呀....。

是我亲娘啊....是我..妈啦....哎....，

是妈啦..白银都下锅..，

个往下沉呀.妈唉....哎....，

是妈啦..煮好啊白呀.白饭浮面呀上....呀....。

是我亲娘啊....是我..妈啦....哎....，

是妈啦..红枣莲子下锅..，

个浮水面呀.妈唉....哎....，

是妈啦..又等你白花.向东啊成呀.成就向西都招财....呀....。

是我亲娘啊....是我..妈啦....哎....，

是妈啦..煮妈都凉饭..，

个大小又到呀.妈唉....哎....，

是妈啦..回齐个大呀.大小煮妈凉饭....呀....。

是我亲娘啊．．．．是我．．妈啦．．．．哎．．．．，

是妈啦．．当天都煮饭．．，

你红花去．自怨自叹呀．妈唉．．．．哎．．．．，

是妈啦．．你红花跪地个流呀．流泪煮妈你凉饭．．．．呀．．．．。

是我亲娘啊．．．．是我．．妈啦．．．．哎．．．．，

是妈啦．．今日当天都煮饭．．，

个红绿匀转呀．妈唉．．．．哎．．．．，

是妈啦．．从今个煮呀．煮过万千呀年．．．．呀．．．．。

作词：王学梅

拜　祭

（叹家姐调·死礼）

哎.....是我亲娘啊....是我..妈啦....哎....，

是妈啦..白布都买番..，

个朝里①祭文呀.妈唉....哎....，

是妈啦..买番啊蓝呀.蓝布呀外家的亲朋....呀....。

是我亲娘啊....是我..妈啦....哎....，

是妈啦..朝里都祭奠..，

个是.祭呀.妈唉....哎....，

是妈啦..众人个看呀.看见去都怀念亲呀娘....呀....。

是我亲娘啊....是我..妈啦....哎....，

是妈啦..你白花红花都祭奠..，

个又排两行呀.妈唉....哎....，

是妈啦..侄哥小孙啊祭呀.祭奠又同呀样....呀....。

是我亲娘啊....是我..妈啦....哎....，

是妈啦..十字都路口..，

个路口祭奠呀.妈唉....哎....，

是妈啦..路口个祭呀.祭奠是妈你亲呀人....呀....。

是我亲娘啊....是我..妈啦....哎....，

---

① 朝里：家里。

是妈啦..又有烧猪都剂迈①..，

个来啊祭奠呀.妈唉....哎....，

是妈啦..叫妈你大人领呀.领下亲人呀情....呀....。

是我亲娘啊....是我..妈啦....哎....，

是妈啦..路口都祭奠..，

你白花接祭呀.妈唉....哎....，

是妈啦..白花个接祭呀.接祭亦是章呀程....呀....。

是我亲娘啊....是我..妈啦....哎....，

是妈啦..今日我妈出都门亭..，

个心内又挂呀.妈唉....哎....，

是妈啦..如今我妈都归阴呀离.离别家呀下....呀....。

是我亲娘啊....是我..妈啦....哎....，

是妈啦..今日我妈出殡..，

个日子是好呀.妈唉....哎....，

是妈啦..护保三亲六戚回家呀做呀.做吃呀生意兴呀隆....呀....。

作词：王学梅

---

① 剂迈：摆上。

出 殡

（叹家姐调·死礼）

哎.....是我亲娘啊....是我..妈啦....哎....,

是妈啦..日子都选回..,

时辰又好呀.妈唉....哎....,

是妈啦..时辰个又呀.又到我妈你离开家呀下....呀....。

是我亲娘啊....是我..妈啦....哎....,

是妈啦..朝里都宗亲..,

又排两行呀.妈唉....哎....,

是妈啦..又等个号呀.号令送妈你仙呀游....呀....。

是我亲娘啊....是我..妈啦....哎....,

是妈啦.今日我妈出殡..,

冥升带路呀.妈唉....哎....,

是妈啦..冥升个带呀.带妈你行阴呀路....呀....。

是我亲娘啊....是我..妈啦....哎....,

是妈啦..今日我妈出街..,

你白花红花戴孝呀.妈唉....哎....,

是妈啦..你白花红花个泪呀.泪流呀长....呀....。

是我亲娘啊....是我..妈啦....哎....,

是妈啦..今日我妈出殡..,

大小又到呀.妈唉....哎....,

是妈啦..左亲右戚个挂呀.挂白送妈你路呀长....呀....。

是我亲娘啊....是我..妈啦....哎....，

是妈啦..今日我妈出街..，

送妈人又多呀.妈唉....哎....，

是妈啦..乡里都乡亲个送呀.送妈你游街呀行....呀....。

是我亲娘啊....是我..妈啦....哎....，

是妈啦..你白花请好都锣鼓..，

为妈你送行呀.妈唉....哎....，

是妈啦..锣鼓都响声个送呀.送妈你远呀行....呀....。

是我亲娘啊....是我..妈啦....哎....，

是妈啦..你白花请好都八音..，

为妈你尽孝呀.妈唉....哎....，

是妈啦..八音都好听个送呀.送妈你到山呀....上....。

作词：王学梅

三 支 香

（叹家姐调·死礼）

哎.....是我亲父啊....是我..爹啦....哎....，

是爹啦..你空手拎都青香..，

嗰跪住落叫啊..爹...唉....哎...，

是爹啦..你空膝头嗰跪呀...跪落呀我爹你灵前....呀...。

是我亲父啊....是我..爹啦....哎...，

是爹啦..第一嗰支.色香都上炉啊..，

香呀.香呀喷.喷呀..爹...唉....哎...，

是爹啦.玉皇嗰闻呀.闻到去都自带精呀..神 ....呀...。

是我亲父啊....是我..爹啦....哎...，

是爹啦..第二嗰支.色香都上炉啊..，

是呀.是爹你米饭啊..爹...唉....哎...，

是爹啦.如今我爹.吃香烟啊..无呀..无吃阳间啲白饭....呀...。

是我亲父啊....是我..爹啦....哎...，

是爹啦..第三嗰支.色香都上炉啊..，

街呀.街上有买呀..爹...唉....哎...，

是爹啦.护保你白花好年嗰全呀..全合呀胜过啲招牌....呀...。

作词：王学梅

花　烛

（叹家姐调·死礼）

哎．．．．．是我亲父啊．．．．是我．爹啦．．．哎．．．，

是爹啦．．金竹都做心．个棉花去．拧拴啊．爹．．．唉．．．哎．．．，

是爹啦．．碧光啊．银呀．银宝啊朝廷都规钱．．．呀。

是我亲父啊．．．．是我．爹啦．．．哎．．．，

是爹啦．．金竹都做心．个棉花去．引头啊．爹．．．唉．．．哎．．．，

是爹啦．．广东啊．白呀．白蜡啊广西都生油．．．呀

是我亲父啊．．．．是我．爹啦．．．哎．．．，

是爹啦．．金竹都做心．个棉花去．拧拴啊．爹．．．唉．．．哎．．．，

是爹啦．．白蜡啊．打呀．打底啊红蜡都铺面．．．呀。

是我亲父啊．．．．是我．爹啦．．．哎．．．，

是爹啦．．蜡烛都制成．个蜡棉油趁啊．爹．．．唉．．．哎．．．，

是爹啦．．点光啊明呀．明火呀．等爹你回魂．．．呀。

是我亲父啊．．．．是我．爹啦．．．哎．．．，

是爹啦．．蜡烛都点光．个满堂呀．照啊．爹．．．唉．．．哎．．．，

是爹啦．．如今我爹啊隔呀．隔儿万千年．．．呀。

作词：王学梅

三 杯 茶

（叹家姐调·死礼）

哎.....是我亲娘啊....是我..妈啦....哎....，

是妈啦..第一个杯.水云珠脂都冲茶.，

个茶指难饮啊.妈唉....哎....，

是妈啦..如今我妈.饮清啊茶呀.茶底啊离呀别你孩儿....呀....。

是我亲娘啊....是我..妈啦....哎....，

是妈啦..第二个杯.菊花都冲茶.，

个茶底有印呀.妈唉....哎....，

是妈啦..我妈于回个饮啊.饮落呀解妈你身呀份....呀....。

是我亲娘啊....是我..妈啦....哎....，

是妈啦..第三个杯.苦丁都冲茶.，

个茶呀是苦啊.妈唉....哎....，

是妈啦..我妈如今个饮啊.饮落呀苦妈你余呀人....呀....。

作词：王学梅

五 杯 酒

（叹家姐调·死礼）

哎.....是我亲娘啊....是我..妈啦....哎....，

是妈啦..我妈.饮过第一都个杯.井水都酿成.，

个烧啊酒卖呀.妈唉....哎....，

是妈啦..菊花啊米呀.米酒啊无用都洒乃....呀....。

是我亲娘啊....是我..妈啦....哎....，

是妈啦..我妈.饮过第二都个杯.三星都保头.，

个玫瑰露酒呀.妈唉....哎....，

是妈啦..我妈.心中啊想呀.想吃呀自己都开头....呀....。

是我亲娘啊....是我..妈啦....哎....，

是妈啦..我妈.饮过第三都个杯.，

个五加去皮酒呀.妈唉....哎....，

是妈啦..我妈.如今啊饮呀.饮落啊看下你孩儿....呀....。

是我亲娘啊....是我..妈啦....哎....，

是妈啦..我妈.饮过第四都个杯.，

个糯米啊酒呀.妈唉....哎....，

是妈啦..我妈回家啊饮呀.饮落啊看见都亲朋....呀....。

是我亲娘啊....是我..妈啦....哎....，

是妈啦..我妈.饮过第五都个杯.，

个逢了啊胜呀.妈唉....哎....,

是妈啦..我妈.于回个饮啊.饮落并无知呀味....呀....。

作词：王学梅

祭　饭

（叹家姐调·死礼）

哎.....是我亲娘啊....是我..妈啦....哎....，

是妈啦..第一高田都割禾..，

个白啊米饭呀.妈唉....哎....，

是妈啦..上千啊白呀.白饭啊摆妈你灵呀前....呀....。

是我亲娘啊....是我..妈啦....哎....，

是妈啦..第二高田都割禾..，

个红啊米饭呀.妈唉....哎....，

是妈啦..中间啊个呀.个碗呀.任妈你思呀维....呀....。

是我亲娘啊....是我..妈啦....哎....，

是妈啦..第三高田都割禾..，

个糯啊米饭呀.妈唉....哎....，

是妈啦..如今我妈.心中啊想呀.想吃呀筷子难呀爬....呀....

作词：王学梅

三 碟 菜

（叹家姐调·死礼）

哎．．．．．是我亲娘啊．．．．是我．．妈啦．．．．哎．．．．，

是妈啦．．第一个碟．鸡肉都切丝．．，

个又配云耳呀．妈唉．．．．哎．．．．，

是妈啦．．我妈今晚．回家啊吃呀．吃落啊看下孩呀儿．．．．哎．．．．。

是我亲娘啊．．．．是我．．妈啦．．．．哎．．．．，

是妈啦．．第二个碟．粉肠都腐竹．．，

个上啊等菜呀．妈唉．．．．哎．．．．，

是妈啦．．我妈今晚．回家啊想呀．想吃啊自己开呀台．．．．哎．．．．。

是我亲娘啊．．．．是我．．妈啦．．．．哎．．．．，

是妈啦．．第三个碟．粉丝都做汤．．，

个鸭蛋去盖面呀．妈唉．．．．哎．．．．，

是妈啦．．我妈今晚．回魂个吃呀．吃落啊己共都清呀甜．．．．哎．．．．。

作词：王学梅

七七行祭

（叹家姐调·死礼）

哎.....是我亲娘啊....是我..妈啦....哎....，

是妈啦..今日头七莲花..，

个来啊祭奠呀.妈唉....哎....，

是妈啦..三茶个五呀.五酒祭妈你灵前....呀....。

是我亲娘啊....是我..妈啦....哎....，

是妈啦..二七水仙..，

个伴住啊你呀.妈唉....哎....，

是妈啦..两个伴人.替妹去都伴妈你两呀边....呀....。

是我亲娘啊....是我..妈啦....哎....，

是妈啦..三七斋层..，

你白花来做呀.妈唉....哎....，

是妈啦..你白花啊又呀.又想妈你都眼泪呀流....呀....。

是我亲娘啊....是我..妈啦....哎....，

是妈啦..四七斋层..，

你白花无做呀.妈唉....哎....，

是妈啦..阳间啊无呀.无做四七哊章程....呀....。

是我亲娘啊....是我..妈啦....哎....，

是妈啦..五七斋层..，

你红花来做呀.妈唉....哎....，

是妈啦..五斋啊五呀.五什都摆妈你灵呀前....呀....。

是我亲娘啊....是我..妈啦....哎....，

是妈啦..六七斋层..，

三亲六戚宝纸腊竹都拿来.叫妈你领下呀.妈唉....哎....，

是妈啦..叫妈啊领呀.领下亲戚啲人情....呀....。

是我亲娘啊....是我..妈啦....哎....，

是妈啦..七七打斋..，

个是四十九日呀.妈唉....哎....，

是妈啦..又等你白花啊脱呀.脱孝个红联贴呀门....呀....。

作词：王学梅

金山银山

（叹家姐调·死礼）

哎.....是我亲娘啊....是我..妈啦....哎....，

是妈啦..金山都银山..，

个为妈你做呀.妈唉....哎....，

是妈啦..金山银山啊岭呀.岭顶去都又插三面呀旗....呀....。

是我亲娘啊....是我..妈啦....哎....，

是妈啦..金山都银山..，

个我妈你享受呀.妈唉....哎....，

是妈啦..叫妈你清闲个无呀.无事把山来呀游....呀....。

是我亲娘啊....是我..妈啦....哎....，

是妈啦..金山都银山..，

个任妈你去采呀.妈唉....哎....，

是妈啦..珍珠啊百呀.百宝里面收呀藏....呀....。

是我亲娘啊....是我..妈啦....哎....，

是妈啦..金山都银山..，

个步步啊上呀.妈唉....哎....，

是妈啦..又等两个伴人替呀.替妹去都带妈你来行....呀....。

是我亲娘啊....是我..妈啦....哎....，

是妈啦..金山都银山..，

个是妈你所有呀.妈唉....哎....，

是妈啦..众人个看呀.看见都不可思呀维....呀....。

是我亲娘啊....是我..妈啦....哎....，

是妈啦..金山都银山..，

个尽妈你去使呀.妈唉....哎....，

是妈啦..想起妈生前啊勤呀.勤俭眼泪呀流....呀....。

是我亲娘啊....是我..妈啦....哎....，

是妈啦..金山都银山..，

个供妈你享用呀.妈唉....哎....，

是妈啦..金山银山个无呀.无法补妈你功呀劳....呀....。

作词：王学梅

沙　城

（叹家姐调·死礼）

哎.....是我亲娘啊....是我..妈啦....哎....，

是妈啦..东门都破开..，

个样样又有呀.妈唉....哎....，

是妈啦..我妈今晚.回家啊坐呀.坐下慢慢思呀维....呀....。

是我亲娘啊....是我..妈啦....哎....，

是妈啦..南门都破开..，

个南期子呀.妈唉....哎....，

是妈啦..破开啊南呀.南门看见你孩儿....呀....。

是我亲娘啊....是我..妈啦....哎....，

是妈啦..西门都破开..，

我妈你城内坐呀.妈唉....哎....，

是妈啦..破开啊城呀.城门你都看见亲呀朋....呀....。

是我亲娘啊....是我..妈啦....哎....，

是妈啦..北门都破开..，

个红绿又有呀.妈唉....哎....，

是妈啦..又等道师.破开四道个城呀.城门招妈你回魂....呀....。

作词：王学梅

奈 何 桥

（叹家姐调·死礼）

哎.....是我亲娘啊....是我..妈啦....哎....，

是妈啦..我妈行到桥头..，

个慢慢来行呀.妈唉....哎....，

是妈啦..我妈穿鞋个行呀.行路啲共斯呀文....呀....。

是我亲娘啊....是我..妈啦....哎....，

是妈啦..行上都桥面..，

个桥兵阻拦呀.妈唉....哎....，

是妈啦..桥兵啊阻呀.阻拦你唔用慌呀忙....呀....。

是我亲娘啊....是我..妈啦....哎....，

是妈啦..行上都桥面..，

个桥官查问呀.妈唉....哎....，

是妈啦..叫妈又讲.想过条啊大呀.大桥返回家呀庭....呀....。

是我亲娘啊....是我..妈啦....哎....，

是妈啦..行上都桥面..，

个两边来看呀.妈唉....哎....，

是妈啦..我妈你路口个唔呀.唔熟问下街呀坊....呀....。

是我亲娘啊....是我..妈啦....哎....，

是妈啦..行上都桥面..，

个又分左右呀.妈唉....哎....，

223

是妈啦..我妈你左边啊行呀.行去右边行呀回....呀....。

是我亲娘啊....是我..妈啦....哎....，

是妈啦..行上都桥面..，

个桥墩几高呀.桥面几长呀.妈唉....哎....，

是妈啦..如今我妈.单人啊坐呀.坐下自叹凄呀凉....呀....。

是我亲娘啊....是我..妈啦....哎....，

是妈啦..行上都桥面..，

把伞去撑起呀.妈唉....哎....，

是妈啦..唔给日晒啊雨呀.雨淋湿妈你衣呀裳....呀....。

是我亲娘啊....是我..妈啦....哎....，

是妈啦..行上都桥面..，

个桥上灯光.又照两边呀.妈唉....哎....，

是妈啦..我妈你看见.白花红花啊戴呀.戴孝去都是妈你斋呀棚...呀....。

作词：王学梅

幡 竹

（叹家姐调·死礼）

哎．．．．．．是我亲娘啊．．．．是我．．妈啦．．．．哎．．．．，

是妈啦．．青竹都砍回．．，

个门口倚呀．妈唉．．．．哎．．．．，

是妈啦．．你看见白花红花啊戴呀．戴孝在妈你斋呀堂．．．呀．．．．。

是我亲娘啊．．．．是我．．妈啦．．．．哎．．．．，

是妈啦．．青竹都砍回．．，

个留叶在尾呀．妈唉．．．．哎．．．．，

是妈啦．．幡竹个摇呀．摇摆呀招妈你回魂．．．呀．．．．。

是我亲娘啊．．．．是我．．妈啦．．．．哎．．．．，

是妈啦．．青竹都砍回．．，

个头大尾小呀．妈唉．．．．哎．．．．，

是妈啦．．青竹个头呀．头大尾标呀长．．．呀．．．．。

是我亲娘啊．．．．是我．．妈啦．．．．哎．．．．，

是妈啦．．青竹都砍回．．，

个节节啊上呀．妈唉．．．．哎．．．．，

是妈啦．．幡竹个是呀．是十三节呀长．．．呀．．．．。

是我亲娘啊．．．．是我．．妈啦．．．．哎．．．．，

是妈啦．．宝尺都一把．．，

个幡竹去尾吊呀．妈唉．．．．哎．．．．，

是妈啦..量通啊水呀.水路等妈你来行....呀....。

是我亲娘啊....是我..妈啦....哎....，
是妈啦..剪刀都一把..，
个幡竹去尾吊呀.妈唉....哎....，
是妈啦..剪通啊大呀.大路等妈你回正家呀堂....呀....。

是我亲娘啊....是我..妈啦....哎....，
是妈啦..宝镜都一面..，
个幡竹去尾吊呀.妈唉....哎....，
是妈啦..吊高啊面呀.面镜又照通呀城....呀....。

是我亲娘啊....是我..妈啦....哎....，
是妈啦..衣服都抱鸡..，
个幡竹去尾吊呀.妈唉....哎....，
是妈啦..又等我妈听到啊鸡呀.鸡叫自己回呀来....呀....。

是我亲娘啊....是我..妈啦....哎....，
是妈啦..白鹤都一只..，
个幡竹去尾吊呀.妈唉....哎....，
是妈啦..又等我妈你升仙啊骑呀.骑鹤去游埠....呀....。

是我亲娘啊....是我..妈啦....哎....，
是妈啦..手抓都竹心..，
个步步上呀.妈唉....哎....，
是妈啦..我妈上到半中啊坐呀.坐下又等时呀辰....呀....。

是我亲娘啊....是我..妈啦....哎....,

是妈啦..一盏都光灯..,

个幡竹去尾吊呀.妈唉....哎....,

是妈啦..道师啊喃呀.喃呒去都带妈你回魂....呀....。

作词：王学梅

旧 歌 词

骨排词（一）

双天出台廿四点，王祥求女设中原。

牛字头上人字衬，薛梅大孝守三年。

双地出台四点红，关公出世脸脂红。

了纟右边添个工，周瑜吐血满地红。

双人出台能百万，修桥整路过人行。

一字添丁二人打扮，武松打虎在山行。

双娥出台是女娘，剃头整容入庵堂。

当字除田土字接上，秀英小姐夜探斋堂。

双梅出台梅花摆阵，一朝兵马一朝臣。

大字抛丢无要横棍，王彦璋撑渡走访能人。

长生出台锁链一对，无好奸臣打单台。

口字头上厶字盖，山伯气死为英台。

板凳出台做凳坐，苏英小姐红粉娇娥。

维字头上四字坐，苏英小姐配解红罗。

斧头出台行贼性，包公审事要分明。

日字拉袂月学拼，五湖四海远传明。

红头拾出台无似两样，洪宾孝义养爹娘。

艮字点头女字旁，洪宾切肉养爹娘。

高脚七出台当排使，洪宾切肉不敢吞啼。

口字右边添个旁，郑安胆大引鸡啼。

恩姑六出台为了世，曹操兵马四面齐。

立学左边企人仔，康熙坐殿登正龙位。

什九出台十八罗汉，关公拖刀斩蔡阳。

日字左边阝斗旁，九牛起水朝打还阳。

什八出台十六点，鲁班搞计年班装船。

舟字右边八口寸，观音化下采莲船。

什七出台十四点拖尾，黄天女上京求名货箱包皮。

女字头上波字坐，林蒙仙卖儿埋葬家婆。

什五出台是十点，好个媒婆为人来打算。

纟字右边象字寸，无好媒婆拆散姻缘。

至尊出台是九点，叶秋花小姐高中状元。

兀字头上加一点，秋花女扮男装高中状元。

骨排词（二）

双天一铺廿四大，渔翁造网抛返尸骸。

双地一铺四点红，张飞擂鼓闯英雄。

双人一铺十六点红，旧时甘罗守敌金龙。

双娥一铺八点长，苏英头发丈二三长。

双梅一铺廿点白，旧时马进兴赶山贼。

长生一铺十二点长，孟宗流泪竹笋剽长。

板凳一铺头尾四点，鲁班搞计年班装船。

斧头一铺点白地，关公胆大杀狐狸。

红十一铺八点红，余娇小姐配车龙。

高七一铺红有二，孔明搞计害周瑜。

姑六一铺二点红，杀败曹操赵子龙。

什九一铺四点红，杨香能手打大虫。

什八一铺全白开，山伯气死为英台。

什七一铺白十点，车龙卖灯内蔡卖箭。

什五一铺十点正，包公审事要分明。

至尊一铺六又三，武松杀嫂上梁山。

拜红词（一）

二百花银栋四栋，外面绣花内雕龙。

三花礼事莫计数，棚前棚后棚左棚右。

左亲右戚左棚右礼，四位娇姐六位贵宾。

识者莫谈，谈者莫笑，远笑我唔知，近笑我唔相处。

识者同居让过你，不识者同居让过我。

天上星宿有大小，深山树木有高低。

有大必有小，有老必有年，多见风浪少见景。

多见树木少见人林，坑水到头月到上。

霸占江河月到桩，十字撇画加画彩，算我伴郎无文采。

口字头上厶字盖，既然唱错莫拆台。

牛字头上人字寸，算我伴郎带少年。

米字头上横过海，深沉事话想无来。

井字无头门字盖，既然唱错莫传开。

拜红词（二）

二百花银荡四荡，留番新郎聚妻房。

叔公老大坐在行，后补功劳你应当。

棚前棚后真旺相，三亲六戚在歌堂。

请兄下来把言讲，说出玉言花咁香。

你半斤来我八两，强中还有强中强。

关公咁忠有私心党，曹操咁奸有对头王。

无是小弟英雄汉，清朝本是雾烟枪。

米字头上横过海，今晚坐夜亲朋来。

口字头上厶字盖，既然唱错莫拆台。

堂字除土田字接上，为人学好本应当。

井字无头门字盖，既然唱错莫传开。

拜红词（三）

劝谏新郎心莫迷，出门莫娶路头妻。

爹娘荷包有钱任你使，红粉娇娥四面齐。

爹娘荷包无钱你本抵，路头娇娥另面向抛西。

有个石中秀才真富贵，贫穷因为路头妻。

祝私借钱九八还，还返十足也歉低。

食极芋头无比米，耍尽娇娥不比妻。

无信问过耕田屋人仔，饮极千杯无比水牛犁。

有志不怕年纪细，无志只怕三十齐。

身中有钱能把朋友使，使得多时失手势。

无愁柴来无愁米，为何做得咁抵规。

事话说出都无假，嫖赌无能兴得家。

化字底下十字挂，包公四朝审国华。

国华偷龙来转凤，正好乌龙局一盅。

刘备过江真猛勇，杀败曹操赵子龙。

台头蜡烛是一双，狄青原是配相娘。

生下两儿为大将，狄龙狄虎进番邦。

二百花银荡四荡，留返新郎聚妻房。

夫妻打下眯眯笑，雨后云开又一场。

堂字除土田字接上，为人学好本应当。

片字右边卑字带，既然唱错莫拆招牌。

米字头上横过海，深沉事话想无来。

井字无头门字盖，既然唱错莫传开。

菜味词（一）

第一桃花情义重，二去金兰结花公。

三盘奇花来进贡，四时劳花石榴红。

五米金花天边涌，六楼吐珠迎春风。

七宿宝剑同江中，八室珍珠结鸾凤。

九代师兄同今中，十代文章考经通。

菜味词（二）

二月梅逢小阳春，既然阳春笑熟人。

八阁凉亭留人饮，七岁芙蓉伴帝君。

冬菇香信来做酒，排骨炸鸡下麻油。

蚝鼓鲍鱼海上有，膳胶鱼翅海里游。

清炖山瑞一味有，鸡蛋鸭蛋配青豆。

清炖全鸭多位有，燕窝白鸽及鸡球。

八小包虾饺卷心有，开张元桌横过大楼。

几个一齐来袂手，老姬即便讲西游。

碗 口 词

带头一碗是烧鹅，二碗田鸡腐竹红枣过。

三碗梅条炖燕窝，四碗羊肉马蹄兼白果。

五碗炖鹧鸪好味货，六碗排来蚧子螺。

七碗又排炒生蚝，八碗鱿鱼炒老火。

九碗冬茹好味道，十碗双炒双蒸有葡萄。

十一碗双蒸麻旦及煎粽，十二碗亦有红玲肉饼铺。

还有海味莉斋来敬奉，至高平日好饮状元红。

婚日升棚

新郎搭棚棚向东，今日娶妻心又松。

谷字头上宝头盖，新婚喜庆脸欢容。

新郎搭棚棚向南，胸戴红花结金兰。

坍学无要土字跟，择朵芍药配牡丹。

新郎搭棚棚向西，今日结婚识高低。

罗字抛丢四字仔，夫妻和顺守罗维。

新郎搭棚棚向北，夫妻团结闯难关。

佳学左边又学参，积极创业又怕难。

新娘入门拜家神

脚达龙门桂花开，今日贤娇进门来。

贤娇生来通四海，山伯生成配英台。

新郎新娘拜财宗，财宗保家永不穷。

财源广进恭贺涌，四季兴隆百事通。

新郎新娘拜门神，门神完全保家人。

保护家人人精神，烧只烧猪谢灵神。

新郎新娘拜祖公，祖公完全保家中。

保护家中人生动，丁财两旺万事通。

新郎新娘拜门官，门官完全保家门。

自古发财无用本，太白金星带入门。

新郎新娘拜众神，众神完全保家人。

保护家人平安稳，丁财到手又到身。

新郎新娘拜土君，土君完全保家人。

保护家人人精神，酬谢十两马蹄金。

新郎新娘拜灶君，早早烧香敬动神。

敬夫出路好赚银，多留少使养妻人。

五更批斗

一更北斗转回东，水浸浮桥无路通。

纟字右边添个工，一夜玩耍到天红。

二更北斗转回南，水浸浮桥无路返。

便字无要人字监，一夜玩耍到二三更。

三更北斗转回西，水浸浮桥无路归。

口字右边添个帝，一夜玩耍到鸡啼。

四更北斗转回北，水浸浮桥无路行。

佳字左边又字参，一夜玩耍见艰难。

五更北斗到东光，日出东边照四方。

木字右边添个年，一夜无玩好榜样。

八月十五贺中秋

八月十五是中秋，有人快乐有人愁。

有人楼上吹笛鼓，有钱人仔探风流。

海上横楼真讲究，琵琶弦索五挂头。

伴侣生成好秀貌，兴隆美貌在小舟。

梳光头髻来等候，得闲无事把艇游。

花名叫作大辘藕，原来我系周身忧。

见面相逢携住手，一齐同你过横楼。

一班老姬来等候，大家坐下讲因由。

香茶一杯递到口，酒烟共来贺中秋。

今晚开来饮几口，大快话开叫月秋。

琵琶仔来真怕丑，怎能同你结缘球。

有个中意美人有，唱下拜住二旺楼。

老王三叫肖云柳，琴音弹出好风流。

亚伍叫作观靓九，花容月貌子靓头。

银纸交过亚用手，将来办了几碗头。

亚用接钱去酒楼，开张元桌大横楼。

八小包虾卷心有，八大八小摆台头。

清炖山瑞一味有，鸳鸯鸡片及鸡球。

冬菇香信来做酒，排骨炸鸡下麻油。

蚝鼓鲍鱼海上有，膳胶鱼翅海鱼游。

燕窝白鸽少可有，亚张办齐十碗头。

几位一齐来袂手，老姬侧边讲西游。

交盅抛盏来饮酒，艇中快乐好风流。

先饮四支木瓜酒，还是果酒好顺喉。

一味柿梨香槟酒，还是果酒好顺喉。

各样美酒都是有，猜拳十码贺中秋。

一心同你来饮酒，二去同你过横楼。

三元及第名利就，四季兴隆有早收。

五子登科添锦绣，六代子孙到白头。

七宫仙女来敬酒，八仙贺寿结园球。

九子连登居上手，十代子孙又风头。

猜完十码停下手，唱首贺寿共扬州。

一唱吹笛来访友，二唱玉女耍风流。

三唱包公来巡走，夜行出门把外游。

果然香烟吸几口，食完看下海鱼游。

水上横楼真讲究，少见横楼水上游。

有钱三十风流有，无钱六十也虚浮。

才子同湖走在后，好行庙内在船游。

顺字除川添粒豆，发财十万另添头。

八杯美酒

初杯美酒敬金钩，初时开花多秀茂。

初发开花逢发偶，初归新媳结凤球。

二杯美酒顺升香，二郎打虎在京上。

二百佳银真欢赏，二仙和合结成双。

三杯美酒我来斟，三合孔明第一人。

三年两个何需问，三子团圆玉帝恩。

四杯美酒古元香，四季兴隆大吉昌。

四郎本是杨家将，四海闻名天下扬。

五杯美酒奉娘先，五经飞天挂门前。

五子登科人赞赏，五谷丰登庆万年。

六杯美酒是太汪，六国苏秦计谋多。

六郎金甲为丞相，六国全凭苏秦和。

七杯美酒玉民香，七宿过河天未光。

七子登科人赞赏，七十夫妻福寿长。

八杯美酒摆台中，八仙过海显神通。

八十主人佳贵上，八百高年凭祖宗。

八拜红（一）

第一拜红是意纱，仁贵配合柳金花。

秋红卖风无是假，一心想着李中华。

第二拜红是绸纱，丁山招斩樊梨花。

薛刚酒醉把庙打，偷龙转凤是国华。

第三拜红是练绸，蝴蝶街上没人头。

黄母要钱去买酒，孙二娘开店把人谋。

第四拜红是北基，银娇嚼饭养天琦。

陈三失落荔枝为记，五娘逃走林大鼻。

第五拜红是锦绸，乌江江水向东流。

成仙成庙世间有，金花拜庙失落花球。

第六拜红是竹绸，宝仙梳妆彩阳楼。

皇母军师千万有，绣球打中平贵人头。

第七拜红是软红，玉女诗娘配金童。

三盘奇花来进贡，杨香舅父打大虫。

第八拜红是长红，且长仁贵去征东。

韩信做人真无用，张飞擂鼓闯英雄。

八拜红（二）

第一拜红是绸纱，丁山招斩樊梨花。

薛刚酒醉把庙打，偷龙转凤是国华。

第二拜红是意纱，仁贵四朝柳金花。

秋红卖风无是假，一心想着李中华。

第三拜红是北基，银娇买饼养天琦。

陈三得下荔枝为据，五娘避开林大鼻。

第四拜红是蝴蝶绸，蝴蝶街上没人头。

情仙情良世间少有，金花拜庙失落兰花球。

第五拜红是竹绸，再治乌江向东流。

五婆行村去买酒，李克人打死欧国鼻。

第六拜红是练绸，宝仙梳妆彩阳楼。

成千成万世间少有，张家薛家抢兰花球。

第七拜红是意绒，丁山射雁怨家穷。

三盘奇花来进贡，杨香舅父打大虫。

第八拜红是敬奉，给高敬过丈二红。

韩信做人真无用，张飞擂鼓抢英雄。

八全合（一）

全合装住有冰糖，败水军师诸葛亮。

霸王猛勇乌江上，仁贵能手救唐皇。

全合装住有瓜条，蒙正家穷住瓦窑。

咬金拉朋我来笑，张飞喝断长板桥。

全合装住有瓜子，书文街头去卖字。

春乾几可来独孝，秦琼卖马碰失时。

全合装住有椰子，孔明搞计害周瑜。

皇母西天极乐意，八仙贺寿下瑶池。

全合装住有贺庆子，王祥为母去氽鱼。

黄香九岁为孝子，神仙送子下瑶池。

全合装住有蜜枣，国母偷龙转凤无功劳。

罗卜担经去寻母，王衰流泪湿坟墓。

全合装住有红枣，周昌脚板七条毛。

天琦写状去告母，包公出世在坟墓。

全合装住有橘饼，文秀为妻去算命。

陈三贫花来磨镜，孟姜仙女哭崩长城。

八全合（二）

全合装住有姜片，写文进瓜去留传。

车龙卖灯吕葵卖箭，朱买臣卖柴高中状元。

全合装住有橘饼，纪莲英杀上九层城。

仁贵征东摩天岭，孟姜女儿哭崩长城。

全合装住有瓜子，五儿为母去氽鱼。

也字左边三点水，红毛跌落乌泥池。

全合装住有红枣，天琦七岁去告母。

蛇精西天采还魂草，华光为母偷仙桃。

全合装住有冰糖，甘罗十二岁为丞相。

化皇因为将军上，贵妃三要配唐皇。

全合装住有贺庆子，书文街头去卖字。

皇母收心极乐意，天宫送子下瑶池。

金合装住有万寿果，观音担庄莲花坐。

三点右边一个可，对面双看是华河。

全合装住有柿饼，何文秀为妻去算命。

陈三为妻来磨镜，陈世美丢妻上京城。

八全合（三）

全合装住有橘饼，文秀为妻路边算命。

陈三贫花来磨镜，孟姜无子哭崩长城。

全合装住有红枣，周昌脚板七条毛。

仁忠做人无认母，包公能使五雷袍。

全合装住有蜜枣，国华偷龙无公道。

罗卜担经去寻母，包公出世在坟墓。

全合装住有椰子，孔明搞计害周瑜。

王母西天极乐意，八仙贺寿下瑶池。

全合装住有瓜子，王祥为母江边求鲤鱼。

九岁黄香为孝子，神仙送子下瑶池。

全合装住有贺庆子，秦琼卖马强失时。

禾田田基极乐意，天熙送子下瑶池。

全合装住有冰糖，败水军师诸葛亮。

八为呼军真猛将，仁贵有能保救唐皇。

全合装住有瓜条，蒙正家穷住瓦窑。

千金小姐来配合，高中状元众人标。

全合装住有糖米，郑安胆大引鸡啼。

周文王卅六妻九十九仔，拾着雷振子一百齐齐。

十二花卉

正月梅花树尾挂，梅花连下好荣华。

卷上横一低手衬，武松打虎专使拳。

二月白花晒白桌，白花连下好文才。

口字头上八字盖，山伯气死为英台。

三月牡丹花是香，牡丹连下好排场。

张字除弓远远放，寿星公去死自怨命长。

四月石榴花咁红，榴花连下好银容。

谷字头上伦蓬心，五娘头上自戴金容。

五月丹桂花富贵，桂花连下尽剿齐。

罗字无要四字仔，孔明传授气死惊维。

六月海棠花无怕日晒，棠花连下好晒赖。

圭字左边革字带，观音出世穿花鞋。

七月茶花花味好，茶花连下尽漂浮。

廿字伦蓬力字接到，秦琼卖子服侍功劳。

八月菊花色正鲜，菊花连下月团圆。

金字右边戈字衬，秦琼下地手撒金钱。

九月兰花未打印，兰花连下未成人。

今字头上两王衬，贵芳贵读书房弹琴。

十月菜花未打算，菜花连下好香甜。

兀字头上加一点，叶秋花女扮男高中状元。

十一月葵花向日旺，葵花连下好辉煌。

白字底下坐个王，贵妃三要配唐皇。

十二月水仙花又一年，仙花连下好拜年。

十字入口无字添，神农教导百姓耕田。

十二月采茶

正月采茶是新年，薛梅大孝守三年。
送子读书金榜中，一举成名天下知。
闪字除门无把近，万古流传孝义人。

二月采茶茶正开，孟姜寻夫上京来。
多得乌鸦人老来，哭到长城地裂开。
马字右边大字衬，夫君骨肉肩上驮。

三月采茶是清明，枉夫无义别妻情。
中了状元真高兴，被招驸马在京城。
夕字拉袂口字拼，丢妻无计上京求名。

四月采茶满街香，官丁相女为锦娘。
求合借书无两样，刚刚久久近科场。
食字除人无字旁，陈古追洲惊动为忠良。

五月采茶是龙舟，龙舟鼓响白游游。
有个金公主来拜庙，拜庙这时失落花球。
油字无要三点靠，坐营庙内说出情由。

六月采茶雨水天，碧蓉小姐铁心坚。
未嫁傍安心不愿，爹远从军夺上皇前。
鸟字头上亦字衬，丢灯同你结拜凤鸾。

七月采茶是立秋，孙二娘开店把人谋。
幸得武松咁敌手，大战一场说出情由。
顺字除川添粒豆，拜为姐妹在山头。

八月采茶是中秋，秦琼起计挂柳州。
幸得罗母来打救，大说姑孙双泪流。
禾字加个火字靠，罗成别母秋过秋。

九月采茶是重阳，且长五台三进香。
择得杨家咁勇将，扶保江山万年长。
艮字头上加一点，奸臣唔好害忠良。

十月采茶茶老心，且长山东有能人。
子弟八千都有能，人字骑王两点趁。
大字头上加一画，山东好汉胆包天。

十一月采茶正系冬，且长白布射三红。
仁贵征东如火勇，得胜回朝第一功。
圭字右边寸字共，又把平辽皇帝封。

十二月采茶又一年，铁母大孝守山前。
送泪汪汪流满面，惊动玉皇放神仙。
手拾经书便又去，武艺文章尽教传。
兀字头上加一点，秋花小姐高中状元。

第十枝花

第一枝花花正开，一朵芙蓉换女妆。

一双蝴蝶飞来采，姻缘配合一枝梅。

第二枝花花正生，二八十六结金兰。

二道梅花在今晚，二人白发守咁闲。

第三枝花花又红，三元及第四兴隆。

三元及第同科中，三三有情福重重。

第四枝花花正多，四亲六戚来恭贺。

维字头上四字坐，题诗四句定丝罗。

第五枝花花成捆，五子登科宋汉林。

生出五子连科中，五代儿孙配黄金。

第六枝花花成林，六月新使江南春。

六位高升加官进，能和六国系苏秦。

第七枝花花开旺，生出贵子在兰房。

七姐下凡配董永，七七仙女会牛郎。

第八枝花花又鲜，八角凉亭姐黄莲。

彭祖年高寿八百，八仙贺寿使金銮。

第九枝花花茶厚，二九十八耍风流。

九二十八配合偶，长长久久到白头。

第十枝花花情愿，十个子弟在身边。

十姐偷谈心内算，十个孝义在身边。

第十如花

第一如花花正开，一朵芙蓉盘里栽。

一双蝴蝶飞来采，姻缘配合一姐妹。

第二如花花正生，二八十六结金兰。

二道梅开花同今晚，二人白发又红颜。

第三如花花又红，三元及第四兴隆。

三三及第连科中，三三有志福重重。

第四如花花生多，三亲六戚来恭贺。

维字头上四字坐，题诗四句定丝罗。

第五如花花成遍，五子登科中门临。

生出五子连科中，五代儿孙伴黄金。

第六如花花成林，六月生玩江南春。

六位高升加官进，能和六国是苏秦。

第七如花花生香，生出贵子在兰房。

七姐下凡配董永，天生织女配牛郎。

第八如花花朵鲜，八角凉亭碧藕莲。

彭祖年高寿八百，八仙贺寿玩金钱。

第九如花花朵茂，九二十八玩风流。

二九十八配合偶，长长久久到白头。

第十如花礼团圆，十凭代我姐王莲。

十姐偷谈心内算，十凭孝义在身边。

十谏才郎

一谏才郎百万千，从今劝夫出路莫赌钱。

乜个赌钱乜个贱，未见赌钱人仔买肥田。

夫你有钱入酒店，屈你爹娘食粥又点盐。

食粥点盐挨过恬，屈你爹娘神前无香烟。

企人右边加个专，先人唱过后人传。

二谏才郎心莫生，劝夫莫嫖莫赌莫多行。

夫你赌钱来学懒，朝头赌到黄昏晚。

晚头赌到二三更，死赌滥赌夫妻散。

木字入门无字监，劝夫莫好枉虚闲。

三谏才郎心莫迷，劝夫出门莫娶路头妻。

钱包有钱才你使，路头娇娥俩面齐。

钱包无钱在你抵，红粉娇娥另面向抛西。

旧时有个石中秀才真富贵，贫穷因为路头妻。

祝丝借钱九八还，还返十足也歉低。

食尽芋头无敌米，娶尽娇娥无敌妻。

无信问过耕田人屋仔，饮尽千杯悟敌水牛犁。

有志不怕年纪细，无志只怕三十齐。

不学人家有钱仔，有钱便把朋友挥。

挥得多有失手势，为何做得咁低规。

罗字抛丢无要四字仔，夫妻和顺守罗维。

四谏才郎心莫花，劝夫出门莫娶路头花。

路上娇娥生得洒，又怕生风兼大话。
夫你错到之时无敢话，嫖到怎能兴得家。
二十头上下作化，劝夫莫娶路头花。

五谏才郎心要知，莫嫖莫赌莫私义。
夫你出门勤学做生意，莫给街头人仔背后议。
尺字底下拖刀处，中年学好未为迟。

六谏才郎心要醒，正一二月元宵景。
好多亲朋打扮到门边，家俬实物你散清。
米字右边青字拼，才知嫁着个赌钱精。

七谏才郎心莫想，劝夫出路莫入赌钱场。
夫你赌了一场又一场，夫你为人在世上。
中年无儿挂炉香，赌钱人仔败家郎。
堂字除土田字接上，为人学好本应当。

八谏才郎心莫多，夫你出路朋情人又多。
肚饱无计娘肚饿，日常街头吃肥鹅。
三点右边添个可，鸬鹚寻食散江河。

九谏才郎心莫朦，劝夫出门莫射三红。
射了三红人朦胧，回头赶置快过风。
饮酒之时立乱碰，猛过张飞恶过赵子龙。
工字顶八伦蓬宀，养大孩儿长成空。

十谏才郎心要忧，夫妻瞓下讲因由。

上日嫁夫样样有，鱼塘田地几百丘。

宫厅宿舍几间楼，输给别人被人笑大口。

田地谷米无粒收，夫妻此时难分手。

梳字除木三点靠，嫁夫无好眼泪流。

十谏女娘（一）

一谏女娘学心规，做女功夫要学齐。
在家无时听从父母使，出嫁从夫脾气要减低。
罗字抛丢无要四字仔，夫妻和顺守罗维。

二谏女娘学梳妆，做女功夫学排场。
修整颜容真好样，柳叶青青配树梁。
照镜梳头脂粉样，头发梳成似孟姜。
堂字除土田字接上，做女学好本应当。

三谏女娘学绣花，绣成针子莫离哪。
绣成龙凤胸前挂，左绣金鱼右绣花。
绣成八仙过河去玩耍，绣成八仙抬柜锁九牙。
绣成狮子门楼挂自家，绣成狮子门前摆放宅。
二十头上下作化，千金难买手段花。

四谏女娘要立品，做女功夫要学勤。
莫行三群二队来挑衅，莫给爹娘时常跟。
大字入口心挂紧，人生少年父母恩。

五谏女娘学心坚，衣衫旧烂学补练。
日常饭茶要指点，餐后送菜莫搞乱。
五谷禾米莫作贱，后来想食无得添。
大字头上加划箭，站看卖神哭黄天。

六谏女娘心莫吹，做人女娘莫相摧。

小口走入大口内，做人女娘有往回。

七谏女娘心莫多，孝顺父母嫂同哥。

日来亲朋多见过，个时锦绣女当初。

两夕合袂上下坐，做人女娘莫讲多。

八谏女娘心莫惊，做人女娘顾前程。

男婚女嫁天注定，乾坤日月两生成。

干字空心两点正，做人女娘要公平。

九谏女娘心要醒，做人女娘学精灵。

莫行三群二队尽高兴，败了门风失了面情。

日字拉袂月字拼，做人女娘要通明。

十谏女娘要学齐，做人女娘识高低。

不信将身要来看，被父知道别家规。

口字右边漆个帝，眼中流泪哭到鸡啼。

十谏女娘（二）

一谏女娘学心规，做女功夫要学齐。
在家之时听从父母使，出嫁从夫脾气要减低。
罗字抛丢无要四字仔，夫妻和顺守罗维。

二谏女娘学梳妆，做女功夫学排场。
修整颜容真好样，柳叶青青配树梁。
妹你在家之时听以父母讲，日后出外得成双。
堂字除土田字接上，为人学好本应当。

三谏女娘学绣花，做人阿嫂顾人家。
家婆多声任她话，不要吃跑茶饭家过家。
嫁字丢开无要女字挂，做人阿嫂莫做冤家。

四谏女娘学花针，做人阿嫂莫多心。
夫妻养儿扶手棍，后来好做你个接班人。
全字通心二点衬，百忍养儿好过金。

五谏女娘学针子，劝妹莫嫖莫赌莫私义。
夫妻和顺搞好生意，莫给街头人仔背后议。
尺字底下拖刀处，做人阿嫂学好未为迟。

六谏女娘心莫惊，做人阿嫂莫多声。
夫妻和顺家门庆，四海传扬你有名声。
干字内头二点正，做人阿嫂要公平。

七谏女娘心莫想，夫妻睏下要商量。

夫妻和顺人赞赏，五湖四海好榜样。

艮字点头女字旁，修整颜容做好姑娘。

八谏女娘要学好，做人阿嫂莫跳槽。

夫妻和顺又把生意做，生意门路同夺步步高。

尾字丢开无尸字到，兄弟分疏怪你长毛。

九谏女娘心莫朦，从今妹莫射三红。

射得三红人蒙眬，回头赶置快过风。

甯字丢心又丢宀，女人赌钱无中用。

十谏女娘心莫忧，夫妻睏下讲返头由。

夫妻孝情思想厚，莫听外边闲话来打嬲。

梳字除木三点靠，家庭和睦算风流。

十谏文胸

一谏文胸失了它，十指偷谈怨自家。
文胸丢抛未讲爹和妈，还给找妹免来查。

二谏文胸曾正提，自己失去泪飘齐。
自己失胸无仔细，别人拾到怎得回归。

三谏文胸水浦口，不知人偷或是水中流。
乜人拾到给还偁，千年万代记心头。

四谏文脑尽其心，缝好正开二三分。
撕断之时心不分，还给我妹得遮身。

五谏文胸曾绣花，朵朵绣来无步差。
女人拾到给还我，男人拾到惹冤家。

六谏文胸绣得骄，有谁花朵绣得咁苗条。
文胸挂在篱边晒，谁家人仔同我照料。

七谏文胸守寡闺，细致银两两边排。
文胸挂在篱边晒，谁家人仔同我收袂。

八谏文胸好事兴，茶饭不思瞓无定。
日久恨心成病症，花容消减文造成。

九谏文胸曾其装,乜人捡到和我商量。
银两赎返无再讲,唯防气坏我爹娘。

十谏文胸恨断肠,谁人拾到和我商量。
银两赎返无再讲,爹娘知道不应当。
再谏文胸又一条,失胸日夜见心焦。
乜人拾到还给我,好过整路同修桥。
文胸失去无得返,为偶先胸过人谈。
佳字左边又字参,晚间睡下见艰难。

十劝才郎

第一劝君讲三件，戒喝戒花戒赌钱。

人生只有守本份，贫穷富贵由勤俭。

多言多话皆因酒，义断情疏只为钱。

好话便从君子说，是非都是小人言。

妻好何愁家不富，子好何劳父向前。

心好自然生好子，命好何须要祖钱。

若将诡计来霸占，富贵荣华一段烟。

行善之人天保佑，行恶之人亦枉然。

第二劝君莫相欺，日月轮回有转时。

随日天光随日暗，莫争来早或来迟。

莫道南风无转北，北风亦有转南时。

世人做事要公正，自有神明天地知。

自古有钱要相借，恐后儿孙有困时。

富者家中有冷饭，要知路上有饥儿。

马瘦皆因无夜草，人无风流合蹇时。

行尽千山与万水，百般道路百般移。

第三劝君奉劝君，劝君处世和乡邻。

远水怎能救近火，远亲不如邻舍人。

为人交尽天下客，料想知心有一人。

有酒有饭多兄弟，危难之中无一人。

有钱讲话多人信，无钱说话无人闻。

富者请来坐上位，贫者请来奉侍人。

远望富来快迎接，贫者来到无起身。

绫罗绸缎来穿着，不是亲人亦是亲。

身穿破衣戴白帽，总是亲人亦有亲。

贫在路边无人识，富在深山有远亲。

不信看席上酒饮，杯杯先敬有钱人。

无论亲疏与厚薄，只有黄金和白银。

第四劝君奉劝君，莫将懒怠误终身。

世上百般要勤俭，免来事事去求人。

要看五更早起身，时常作业要殷勤。

渔网下水要加紧，行船看风水浅深。

渔网旧烂要换新，出海捕鱼要精神。

捕读两门为上业，勤读勤捕春过春。

莫学那家浪荡君，花街柳巷是迷人。

贫者买卖寻些做，路上江湖受苦辛。

第五劝君奉劝君，莫将重富又欺贫。

自古先贫后又富，富贵之家做到贫。

千祈莫笑那贫人，花花绿绿似浮云。

浅水困龙运未到，太公做过钓鱼人。

上古圣贤居巷瞯，孔子当初亦在陈。

凄惨无如吕蒙正，亦有各传到如今。

凡人做事识理恩，世间事物惜良心。

好事应该多来为，莫搞坏事犯众憎。

第六劝君奉劝君，劝君创世要殷勤。

人生只为妻儿计，无家无计枉为人。
养儿千祈莫纵容，棒头打教得成龙。
祝君对儿要严教，错着改进讲理由。
人生百艺好防身，赌博门路莫去寻。
你想赢人人想你，益了头家除水人。
娼妓之家莫行近，花街柳巷为迷人。
有钱足用也喜欢，无钱够使受人憎。

第七劝君奉劝君，劝君处世莫偏心。
饮水不忘开井人，长大不忘父母恩。
天下无抵父母恩，最难兄弟共相亲。
出入时常要好合，莫将财产各争分。
招是惹非不用忍，醉后多言得罪人。
鸦片洋烟不可染，恐忧入瘾减精神。
万吨家财都使尽，年长久坐吃山崩。
平生行善添加福，显恶自然神鬼憎。

第八劝君奉劝君，置此衣服着终身。
衣衫端正人睇起，莫笑破衣褴褛人。
失运之人切莫憎，有日恐轮到你身。
彭祖年高八百载，也归黄土去葬身。
何劳费尽千年计，世上难逢百岁人。
几多贫穷同富贵，算来由命不由人。
善者便将来临福，恶者便将祸自侵。
自古施恩勿忘报，前人栽树后遮阴。

第九劝君奉劝君，劝君孝敬父母亲。

人生要敬顺父母，各种修行亦有恩。

娘来分娩甚娘亲，子出天门母表神。

幸得身轻儿下地，母醒回阳两世人。

抵尽几多霜雪侵，受尽几多屎尿淋。

左边干处孩儿睏，右边湿处母栖身。

明显两边都湿尽，双手抱儿上娘身。

恐累孩儿身有病，爹娘茶饭不思吞。

第十劝君奉劝君，为人报答父母恩。

子敬子孝顺父母，忤逆双亲不是人。

生敬父母无点心，死后来祭是闲文。

不及在生早侍奉，鱼肉煲汤是孝心。

百味佳肴摆桌真，礼拜灵前不见人。

父母在生不觉看，死后才知父母恩。

无爹之人讲孝顺，眼前弄笑几多人。

十劝才郎书一本，留给世人万古吟。

十送情哥（一）

一送情哥到尾棚，被哥引妹心又生。

生得俏相同哥玩，爹娘知道寸步难行。

二送情哥到屎坑，人头凸出无也遮拦。

上边无遮下有板，又将屎坑做妹房间。

三送情哥到梗寮，被哥引妹心又焦。

煮熟饭时伸懒腰，相思作病是一条。

四送情哥到灶口，咁好银容火烟抽。

好多思情未讲透，拦哥无到过别舟。

五送情哥到大舱，双膝跪下手牵香。

俩人跪下当天对地讲，神鬼都知嫂共郎。

六送情哥到大斗，哥临行妹扯哥睡铺。

哥另面偷看妹只肚，舍得你良心过得意无。

七送情哥到大桅边，留哥无到过别船。

过了别船心不愿，屈妹一世无姻缘。

八送情哥到马路窗，锦沟对下水利旁。

有乜思情同哥讲，猪胆生吞甜过蜜糖。

九送情哥到磨盘心，一夜流泪湿衣巾。

既然决定留心等，待哥赚钱同妹成亲。

十送情哥到头舱底，一夜同妹讲到五更齐。

爹娘受过人家茶酒礼，怎能同妹结夫妻。

十送情哥（二）

一送情哥到尾棚，人头凸出无也遮拦。

妹生得苗条又好玩，爹娘知道寸步难行。

二送情哥到屎坑，被哥引妹心又生。

上边无扁下有板，又将屎坑做妹房间。

三送情哥到梗寮，被哥引妹心又焦。

煮熟饭时伸懒腰，相思作病是一条。

四送情哥到灶口，咁好银容火烟抽。

好多思情未讲透，相思成病又一条。

五送情哥到神舱，双膝跪下手牵香。

俩人跪下当天对地讲，神鬼多知有口难扬。

六送情哥到大斗，临行给妹占哥睡铺。

哥你转面看妹这个肚，怎过得良心过得意无。

七送情哥到大桅边，拦哥无到过别船。

你过别船妹心不愿，屈妹一世无姻缘。

八送情哥到头大舱，锦沟对下水利旁。

咁多思情未曾讲，大办小事要哥包藏。

九送情哥到磨盘心，双脚跪下泪湿衣襟。

有好多思情未讲尽，记着当初拜过灵神。

十送情哥到头舱底，一夜同妹讲到五更齐。

妹你食过人家茶酒礼，怎能同哥结夫妻。

唱完情歌吻下嘴，闲话不讲怎得心开。

路头残花哥莫踩，慢慢待妹花来开。

十送英台

同举步又出云窗，愚兄送弟去忙忙。

有情有义途中上，又如一对水鸳鸯。

哥送我又到情幽，望见面前白石榴。

有心摘个共哥食，怕哥知味要回头。

哥送我又到田基，田基有对大蟛蜞。

拱手卷卷甚有意，唔晓我并无心机。

哥送我又到池塘，分明照见玉芙蓉。

两地分离情切痛，哥在西时弟在东。

哥送我又到沙洲，洲前有对大黄牛。

紧挨相依情多厚，同群食草在荒丘。

哥送我又到青松，见群白鹤叫冲冲。

站在枝头同戏弄，问哥哪双是雌雄。

哥送我又到三江，川流不息白茫茫。

梁山对弟开言讲，愚人隔住水中央。

哥送我又到池边，绿河池上藕丝连。

夏来知你当成熟，令人想着咁香甜。

哥送我又到松荫，卖花人仔列成群。

亦有海堂芍药和珠锦，茉莉芙蓉共素心。

哥送我又到前村，村边有对钓鱼船。

咁好顺风无扯帆，愚人蠢笨不知天。

哥送我又到庙堂，几多男女去烧香。

四边都是灵神像，亦有未雕泥塑郎。

十对情歌

男：衣衫着烂肩头穿，无个贤娇同哥补练。

寻得针来又无线，寻得线来又无把金绞剪。

一篷拿去裁缝练，裁缝又要手工钱。

一篷拿去外母面前，双脚跪下打个双膝转。

给女还亲同哥补练。

女：哥你事话做乜咁关张，做乜要女还亲同哥补衣裳。

六个麻蓝六碗水，六朵鲜花同一样。

男：妹你事话做乜咁关张，做乜无给女还亲同哥补衣裳。

我哥寄钱上海买潮州花大碗，种种揽袂是一样。

女：哥你事话做乜咁关张，问哥一夜行得几多兰房。

行到第一第二房鸡开口，行到第三第四天至又光。

男：妹你事话做乜咁关张，做乜问哥一夜行得几多兰房。

行到第一第二兰房一更鼓，行到第三第四鸡开口。

打条银链锁住金鸡口，行到第五第六兰房天至未光。

女：哥你事话做乜咁关张，你行到第五第六兰房天至未光。

你后生之时做得咁兴爽，老来哮喘咳嗽为花伤。

男：妹你事话做乜咁关张，做乜问哥一夜行得几多兰房。

昨日上街见个三岁孩儿咳呀咳，是老来哮喘咳嗽为花伤？

女：哥你事话做乜咁关张，问哥要钱买姜汤。

六个姐妹齐坐月，问哥要钱买定姜。

男：妹你事话做乜咁关张，妹你做乜问哥要钱买姜汤。

哥未娶老婆买定一块田，屋尾后边种了一园姜。

女：哥你事做乜咁关张，你有大办小事同妹好离量。

上日事话不再讲，今日妹愿同哥煲姜汤。

五 大 行

女：一送情哥到隔木档，办齐礼物送行洋。

白兰双双无两样，双双白兰近科场。

已有行先过两样，行先两样近娘上。

亦有槟榔是一样，蒌叶青青近树梁。

今日送哥食一口，路头耍偶莫心良。

男：贤妹话下我心焦，路头耍偶莫心料。

男有真金都不死，女无清洁海中流。

女：二送情哥到打银行，同哥睡下慢谈场。

哥人生来真好样，怎能舍得哥行洋。

哥你行洋一年逢一桩，犹如织女会牛郎。

牛郎有个银罗帐，无断心肝亦断肠。

时常骨肉双爱傍，显明我妹见凄凉。

男：哥无生意钱无来往，做起生意离别娘。

待哥赚钱回转日，返家时日同开行。

女：三送情哥到沙仔区，眼睛流泪湿衫被。

货物下船要主理，莫听非情无心机。

买卖有官有差奇，莫给官差贫财泊袂来。

买卖交朋要忍气，切莫行凶闹事非。

买卖货清要收起，唯望平安写信返来。

男：贤妹话下我心知，唯望平安写信返来。

叫妹莫开夜渡艇，又怕坏人下艇惹是非。

这班人生来乌鸦命，千刀万斩笑眯眯。

妹送人存有三五百，无敌哥货高一二厘。

女：四送情哥到水流神，水流神佛好英能。

同哥低头平安符，保佑我哥平安稳。

船头摆起猪品糖，哥来点烛妹烧香。

手捻架杯来禀上，保哥三胜莫出阴阳。

保佑我哥船平安，金银化火满堂光。

拜了灵神抽身去，同哥开心慢谈场。

男：顾实贤妹好真心，我哥行船祈福祈神。

待哥赚钱会转日，先答娘恩后谢神。

女：五送情哥到三岔口，有斑白翅驶袂头。

不然抛夜守一守，二离白翅好行舟。

讲得心生贼又有，哥行条路妹担忧。

一来讲妹情义厚，千金难买今晚风流。

男：耳鬼听闻打五更，俩人分手难舍难。

今日同妹分别散，十指偷谈怨妹命单。

十绣才郎

一绣才郎贴肉衣，京绒丝线绣衣被。
夫君着上京城去，念奴针指莫丢离。
二绣才郎一顶帽，京绒丝线两边铺。
夫君戴上京城去，身贵得入皇帝都。
三绣才郎一件袍，问君要短或长好。
要短得来时常着，要长就是状元袍。
四绣才郎金腰带，京绒丝线两边排。
夫君带上京城去，高中状元游金街。
五绣才郎一条裤，京绒丝线两边扶。
夫君带上京城去，金榜状元占高魁。
六绣才郎双鞋新，京绒丝线纳鞋蹭。
夫君带上京城去，状元高中占高登。
七绣才郎袜一双，密密缝珍珠两行。
夫君带上京城去，留心纪念你妻房。
八绣才郎槟榔袋，袋得槟榔好应该。
日间得来待朋友，夜间食口解心开。
九绣才郎锁匙简，上绣鸳鸯下龙凤。
夫君带上京城去，今科必定手板花。
十绣才郎花手中，两朵兰花绣匀匀。
一头绣出亲夫主，一头绣出你妻身。

十二月排来（一）

正月排来是长春，盘古初开到如今。

三国归袂司马懿，统一江河刘伯温。

二月排来菊花开，犹如山伯伴英台。

天公注定姻缘配，坟墓裂开等妹来。

三月排来是清明，唐皇打出千万兵。

朝打洋城秦叔宝，晚打荆州小罗成。

四月排来荔枝红，单鞭救主屈住弓。

秦琼单鞭搏两简，仁贵单独去征东。

五月排来是龙舟，龙舟鼓响白游游。

幸得龙王来打救，这点恩功何日酬。

六月排来雨水天，刘智远投军十五六年。

将军打落南军战，子母相逢在井边。

七月排来是立秋，姜公钓鱼河边蹲。

旧时有个朱洪武，天主小时看过牛。

八月排来是中秋，罗壬携手揽木头。

天公送子朝天去，董永卖身双泪流。

九月排来是重阳，桃园结义刘关张。

过了五关斩六将，败水军师诸葛亮。

十月排来雪花飞，孟姜仙女送衣来。

朝送寒衣三二件，晚送芙蓉花一枝。

十一月排来是属冬，孔明台上借东风。

刘备过江真猛勇，杀败曹操赵子龙。

十二月排来是一年，苏英逃走十五六年。

白马庙堂得下三太子，太子登基月团圆。

唱了排来唱条添，郑安骑鹤去升仙。

人字右边专字衬，先人唱过后人传。

十二月排来（二）

正月排来是年新，丁兰哭木在山林。

闪字除门无把近，万古流传孝义人。

二月排来菊花开，犹如山伯伴英台。

井字无头门字盖，既然唱错莫传开。

三月排来是清明，唐皇打出千万兵。

日字拉袂月字拼，包公审事要分明。

四月排来荔枝红，单鞭救主屈住弓。

工字顶八伦蓬宀，养大孩儿长成空。

五月排来是龙舟，龙舟鼓响白游游。

蝣字除虫三点靠，清闲无事把艇来游。

六月排来雨水天，刘智远投军十五六年。

人字右边专字寸，先人唱过后人传。

七月排来是立秋，姜公钓鱼河边蹲。

梳字除木三点靠，嫁夫无好眼泪流。

八月排来是中秋，罗壬说出老木头。

顺字除川添个豆，狄青洗身换错人头。

九月排来是重阳，桃国结义刘关张。

张字除弓远远放，苏英头发丈二三长。

十月排来雪花飞，孟姜仙女送衣来。

千字底下口字企，古时黄巢三叉舌。

十一月排来是属冬，孔明台上借东风。

纟字右边添个工，关公出世面脂红。

十二月排来是一年，家家主主贴红钱。

大字头上加划箭，父母功劳大过天。

十二月排来（三）

正月排来是年宵，蒙正家穷住瓦窑。

千金小姐来配合，高中状元众人标。

二月排来是春分，兰房得下郑安思。

当日庙堂其话过，十八年前其为君。

三月排来是清明，三国军师请教兵。

大学明知是其中，追逐驸皇到夜亭。

四月排来箭龙口，古时郑恩去卖油。

李克龙打死欧国舅，姜公钓鱼使直钩。

五月排来五月中，霸王力大闯威风。

刘备过江真猛勇，杀败曹操赵子龙。

六月排来六月明，天下军师是孔明。

刘备进军评三评，计志起来第一名。

七月排来八月兰，镖鱼射雁薛丁山。

秦琼单鞭搏两简，武松杀嫂上梁山。

八月排来八月明，吕丹改名叫进兴。

夫妻分别天注定，马昭保驾来上朝庭。

九月排来逐近冬，海瑞射月别进捕。

三郎险死因救母，关公大义放曹操。

十月排来小雪珠，偷龙转凤郭槐义。

三郎险死固救主，东郭先生郭子义。

十一月排来是属冬，且长仁贵去征东。

千军万马都不用，得胜回朝第一功。

十二月排来又一年，抛石过江前五年。

观音华堂面对面，修整洛阳桥蔡状元。

十二月送人

正月送人是新年，送人阿妹扔哥船边。

叫哥落艇慢打算，问哥上街或过船。

二月送人好春光，送人阿妹扔岸边。

叫哥落艇慢打算，问哥过海或返船。

三月送人是清明，送人阿妹手无停。

今年送人钱有到，明年发财又添丁。

四月送人西南起，送人艇钱由哥畀。

通海择袂哥和你，衫袖揞口笑眯眯。

五月送人是龙舟，龙舟鼓响引妹心浮。

叫齐姐妹来下艇，叫齐姑嫂看龙舟。

六月送人雨水天，吹风下雨妹湿先。

头上八方妹亦有，下雨送人是可怜。

七月送人是立秋，送人阿妹玩风流。

日间送人思想够，夜间送人同妹泊齐头。

八月送人是中秋，中秋月饼摆满神楼。

月饼切开来送酒，菠绿剥皮丢落水中流。

九月送人是重阳，重阳米酒满街香。

家家主主饮重阳酒，后生添丁老人添寿。

十月送人雪花天，送人阿妹扔哥船边。

叫哥落艇慢打算，问哥畀布或畀钱。

十一月送人是属冬，送人阿妹怨心松。

有钱有米容易过，无柴无米怨家穷。

十二月送人又一年，家家主主贴红钱。

哥你廿九无返有日望，卅晚无返一年长。

唱完送人唱条衬，家家主主有祖恩。

示字右边申字衬，先答娘思后谢神。

十二月里来

正月里来是新年，抛石过江前五年。

铁子花鞋乃过景，连叫三声其状元。

二月里来龙抬头，小姐梳妆彩阳楼。

绣球抛落蒙正手，吕蒙楼上好风流。

三月里来三月三，昭君五娘去和番。

回头即见路弹琴，手揽琵琶马上弹。

四月里来荔枝红，单鞭救主屈住弓。

秦琼单鞭搏两简，仁贵单独去征东。

五月里来是龙舟，龙舟水响白游游。

古时有个金公子，庙堂拜佛失花球。

六月里来雨水天，刘智远投军十五六年。

张生打猎游山转，子母相逢在井边。

七月里来秋风起，孟姜仙女上京来。

上京寻夫夫不见，哭崩长城地裂开。

八月里来秋风凉，马上刀死武大郎。

你是强人来伤死，一禀回朝探番邦。

九月里来是重阳，桃园结义刘关张。

过了五关斩六将，又继拖刀斩蔡阳。

十月里来过大江，立上担抢保唐皇。

甘罗十二岁为丞相，姜公八十二岁遇文王。

十一月里来是属冬，孟宗哭竹在山中。

孟宗能哭冬生笋，国顺埋儿天赐金。

十二月里来又一年，秋花孝义拜山前。

珠泪汪汪流满面，惊动三界过为先。

兀字头上加一点，秋花女扮男装高中状元。

二十四孝古言真

二十四孝古言真，开书来唱古时人。

董永卖身来葬母，四海传扬孝义人。

二十四孝古言真，丁兰哭木在山林。

丁兰刻木为母亲，木刻成像奉香灯。

二十四孝古言真，罗壬脱衣来喂蚊。

蚊虫食饱飞跑去，爹娘睡下得安心。

二十四孝古言真，孟宗哭竹在山林。

孟宗能哭冬生笋，要回家来养娘亲。

二十四孝古言真，车龙卖灯为家贫。

余娇见他凄凉臣，赠米两箩过夫君。

二十四孝古言真，焦德担水为家贫。

玉英见他凄凉臣，又赠白银过夫君。

二十四孝古言真，张英割肉养娘亲。

张英割肉来养母，基球刈肉补功劳。

二十四孝古言真，砍柴儿是朱买臣。

从小砍柴养双亲，万古流传孝义人。

二十四孝古言真，王祥河边求鲤鱼。

鲤鱼跳上雪草上，衫包回家养爹娘。

二十四考古言真，黄香九岁为孝顺。

寒冬取暖让娘瞤，扇枕共娘睡安眠。

二十四孝古言真，蒙正卖妻为母亲。

蒙正卖妻来养母，万古流传孝义人。

二十四孝古言真，舜其大孝务耕人。

唐朝帝位是其为，万古流传孝义人。

二十四孝古言真，文王尝药孝心勤。

孝感动天昌后代，为周八百再任君。

二十四孝古言真，尖格背娘走贼人。

不料被贼人提紧，知其孝儿赠金银。

二十四考古言真，郯子是个孝义人。

上山路寻挤鹿乳，喂奶娘亲补精神。

二十四孝古言真，王衺是个孝义人。

跪在坟前双泪流，哭到泪珠湿坟墓。

二十四考古言真，蔡顺郎是个孝义人。

母亲年老又缺食，六岁采桑养娘亲。

二十四孝古言真，闵子骞是个孝义人。

推车接父过冰霜，单衣据雪往南庄。

二十四孝古言真，招五娘是个孝义人。

翁姑年老饥荒岁，剪发街头换米粮。

二十四孝古言真，杨香是个孝义人。

杨香能手打大虫，英雄打虎救父亲。

二十四孝古言真，孟姜女是孝义人。

送衣长城大裂崩，衫包夫骨哭哀君。

二十四考古言真，礼周全是孝义人。

地狱十重死母亲，目连救母上天云。

二十四孝古言真，麦秋长是孝义人。

几岁孩童减口食，积少成多敬娘亲。

二十四孝古言真，朱寿昌是孝义人。

辞官无做回家紧，返家敬孝老娘亲。

开书唱习书文

开书唱又习书文，题唱三皇并五帝。

只有当初教导人，教姐教妹教夫君。

鸡啼一声娘就醒，鸡啼二声娘起身。

鸡啼三声娘煮饭，洗碗擦筷好殷勤。

早起梳妆龙凤髻，香油擦头鬓心辉。

大锅烧出洗脸水，轻脚入房同君齐。

叫醒夫君床起身，斟杯热茶夫提神。

左拿牙刷右手巾，牙刷刷牙白过银。

热水洗脸好精神，盆水倒出慢慢斟。

邻舍即是隔离邻，莫给淋湿邻舍人。

东传西讲不成人，缸内无水担水饮。

莫好计较得咁真，肩头挑担出力人。

老竹种过年竹笋，家婆做过新娘人。

眼见功夫即去做，无见功夫做伤人。

神前点盏宝明灯，三支明香敬天神。

即有神思来保佑，六甲胎子上娘身。

娘身怀胎十月间，新房得下小男君。

左抱湿来右又湿，双手抱起上娘身。

睡烂三张席被枕，披烂三张花布裙。

千条江河娘洗到，万条竹竿乃晒尽。

清天拿出太阳晒，下雨又把火来温。

十一二月洗屎菌，洗得眼花头又晕。

正一二月洗衣襟，十指湿水冻归心。

背烂三条花背带，三三归九养成人。

养大孩儿三四春，学行学走笑纷纷。

养大孩儿七八岁，送入学校习书文。

勤读诗书要认真，懒读枉费父母恩。

勤读诗书有日贵，写字同信不求人。

儿大父母又担心，东请媒人西问亲。

问得亲来成双对，父母茶饭放开心。

明朝二日日开心，好鱼好肉买半斤。

多买半斤或十两，煮碗清汤敬老人。

敬天敬地父母恩，父母无敬敬乜人。

孝顺人生孝顺子，忤逆人生忤逆人。

兄弟和顺家结紧，妯娌和顺家不分。

兄弟无和硬过铁，妯娌无和针对针。

无信看屋漏水淋，点点滴滴无差分。

因字低下心接紧，人生不忘父母恩。

治家格言

记住家和万事兴，无须终日口不停。

爱惜我伏小天地，永远充满着太平。

相亲相爱同相敬，家庭才会有温馨。

谦虚人人都仰慕，礼让个个受欢迎。

爱护家庭如爱己，又妨坦白与忠诚。

齐心合力来做事，这样才算是生性。

如果时常多吵闹，大家心里没安宁。

凡事社要留余地，幸福然后有得倾。

互相信任为至上，心里不要藏阴影。

做人带点人情味，不可对人冷清清。

一点笑容最可爱，家里即时见光明。

热情买得人感动，印象难忘在心声。

家务需要勤料理，物品安放要整齐。

保持地方常洁净，才有快乐的心境。

头脑一定要冷静，理智时刻要清醒。

事前最好有准备，不可临渴而掘井。

生活若然是清苦，各人内心要安静。

忍耐任由风雨过，守得云开见月明。

平生不做亏心事，半夜敲门也不惊。

大家安分来过日，自然福至在心灵。

成功之路

日出东方要起身，早早起身就精神。

欲求达上成功路，首先不要做懒人。

懒惰始终穷苦困，没有幸福的人生。

等于一箱大珠室，抛落大海往下沉。

做人总要有计划，光芒万丈过一生。

须知生命的意义，不然白费一世人。

一年之计在于春，一生之计在于勤。

千万不能交白卷，幸福一定要追寻。

现在就是好机会，即时快点下决心。

不可轻视你自己，成功一样有你份。

从今日起要发愤，尽量表现你所能。

别人虽然有五两，自己亦都有半斤。

世上根本无难事，看你有没有信心。

有了信心有办法，运用办法去实行。

以为不可能的事，努力就会变可能。

加多一点点勇气，以及苦干的精神。

只要能够吃得苦，成功之路便接近。

无论风雨怎么样，坚定意志往前行。

路上判心和谨慎，勿让志气去消沉。

等到天下一雷响，你是一个人上人。

百行孝为先

父母恩情大似天，不能忤逆在堂前。
忤逆人生忤逆子，孝顺儿孙代代贤。
花花世界轮流转，万事都是有相连。
千古以来皆应验，记住心里种良田。
养子方知父母恩，曾经不少大贡献。
为谁辛苦为谁忙，教养功劳要思念。
谁个将我来养大，今日应要记从前。
如此深恩应尽孝，报答爹妈到晚年。
老弱无能由子养，责任应份要成全。
将来自己亦会老，那时一样望人怜。
饥寒每日要关怀，莫把慈亲来作贱。
若然经济是方便，孝敬多点零用钱。
平日饮水也思源，做人怎可无孝念。
薄待爹娘难存米，人算不如天上算。
唯有内心存孝义，孝义才会感动天。
往往灵神来显现，福寿携手到门前。
孝心定然有好报，从来好报没拖延。
因果循环无改变，自古至今万万年。
欲求添福又添寿，一生百行孝为先。

百忍成金

甚么事情看不通，做成样子气冲冲。

无端白事心火动，是否想做化骨龙。

有事不妨慢慢讲，何须怒气在心中。

事情总会有解决，不要弄到面红红。

若果搣坏条中气，赚得走去买鹿茸。

君子不吃眼前亏，要把身体来保重。

记住百忍便成金，做人无须太冲动。

凡事应以和为贵，感情大可以讲通。

四海之内皆兄弟，无系冰炭不相容。

爱字能解万种仇，莫把仇恨来深种。

大事若能化小事，小事很快便无踪。

只要一人让一步，大家心里乐融融。

表现自己的大量，才是真正有威风。

能有修养谓之勇，处世温柔最有用。

顾全大家的体面，日后定有好相逢。

平心静气想一想，安静令人百事通。

水落自然见石出，闲气争来过眼空。

试问谁人没有错，可容人处且相容。

谅解对方的过失，赢得对方深感动。

山水也有相逢日，人生何处不相逢。

莫 生 气

人生就像一场戏，因为有缘才相聚。
相扶到老不容易，是否更该去珍惜。
为了小事发脾气，回头想想又何必。
别人生气我不气，气出病来无人替。
我若气死谁如意，况是伤神又费力。
邻居亲朋不要比，儿孙琐事由他去。
吃苦享乐在一起，神仙羡慕好伴侣。

新郎搭棚

新郎搭棚金帆盖，今日新婚心又开。

米字头上横过海，多谢会友捧茶来。

新郎搭棚棚向东，新婚喜庆心又松。

谷字头上添个宀，今日结婚面欢容。

新郎搭棚棚向南，头戴红花结金兰。

坦字除土无字监，择朵芍药配牡丹。

新郎搭棚棚向西，今日结婚识高低。

罗字无要四字仔，夫妻和顺守罗维。

新郎搭棚棚向北，夫妻团结闯难关。

佳字左边又字参，夫妻创业不怕难。

多谢新郎

多谢新郎酒一盅，宝酒好饮心又松。

了纟右边添个工，宝酒好饮脸欢红。

多谢新郎茶一盅，饮清杯底起金龙。

谷字头上伦篷宀，龙茶好饮脸欢容。

多谢新郎槟榔口，一口槟榔合一蒌。

禾字右边火字靠，槟榔好食秋过秋。

多谢新郎一支烟，烟烧快活过神仙。

大字头上加划箭，父母恩情大过天。

多谢新郎好糖果，糖果好食心又和。

两夕合袂上下坐，糖果清甜食又多。

多谢新郎好青果，青果好食顶肚饿。

女字右边添个我，犹如山伯伴天娥。

新郎要学好

新郎做人要学好，千期记父母功劳。

其养你大养其老，莫学鸡嫲带子无功劳。

新郎做人要识相，千期记养你爹娘。

艮字点头女字旁，学返洪宾切肉养爹娘。

新郎做人识高低，叔公老大又来齐。

成龙识得各大小，睡下龙床教你妻。

新郎做人要抵规，过家递茶识家规。

递茶要分大和小，叔公老大分高低。

新郎做人心要坚，敬酒敬茶敬支烟。

人字右边专字衬，新郎做好多人传。

新郎做人要识心，两头父母多行近。

大字入口心接紧，成双不忘父母恩。

新郎要识相

新郎做人要识相，成双记着你爹娘。

艮字点头女字旁，洪宾切肉养爹娘。

新郎做人心莫生，娶回老婆识艰难。

佳字左边又字参，爹娘养你很艰难。

新郎做人心莫花，娶回老婆兴得家。

二十底下人木挂，先敬爹娘一杯茶。

新郎做人要识心，娶回老婆好做人。

莫听闲人来挑衅，无同父母来将军。

新郎做人要识忧，娶回老婆无使愁。

今日来兄弟朋友，四季兴隆秋过秋。

新郎心要坚

新郎做人心要坚，递酒递茶递支烟。

叔公各位大齐到，饮后快活过神仙。

新郎做人要识心，东请媒人西问亲。

问得亲来成双对，父母茶饭放开心。

新郎做人要识相，千万莫入白粉场。

一害己二害他人，留钱养爹又养娘。

新郎做人识高低，为人学好要学齐。

口字右边添个帝，一夜教妻到鸡啼。

抬头蜡烛真光辉，又如狄青去征西。

狄龙狄虎真威势，杀出城外阵阵威。

抬头蜡烛又一双，狄青性格是忠良。

狄龙狄虎是猛将，英雄好汉打番邦。

猪肉切开摆抬中，烧酒捧出饮无通。

新做老爷真猛勇，新做安人真威风。

红茶饼干摆抬中，橘仔苹果食无通。

新做叔爷打先锋，新做婶安往前冲。

来到歌堂唱条歌，唱条歌仔来恭贺。

各位众兄识得我，空闲无事来唱歌。

来到歌堂递支烟，唱歌人仔在旁边。

大字头上加划箭，父母功劳大过天。

来到歌堂请闪开，朝装交椅晚装抬。

新郎有棵青芥菜，先发人丁后发财。

来到歌堂请闪开，朝装交椅晚装抬。

新人坐在金交椅，闲人坐在玉石台。

来到歌堂唱条添，唱条歌仔无用传。

牛字头上人字衬，算我唱歌带少年。

脚达龙门桂花开，今日三姐路过来。

三姐生来通四海，三姐今日上歌台。

姓李无见李花开，姓谷无见谷米来。

姓黎无见犁田地，三个秀才乜处来。

姓李又报李花开，姓谷又报谷米来。

姓黎又去犁田地，三个秀才省城来。

新打麻蓝花对花，做人新娘顾人家。

家公家婆任你骂，莫听闲话做冤家。

做人无学陈世美，陈世美反天逆地。

无认妻又无认子，反妻逆儿迫死韩琪。

新娘搭棚

新娘搭棚棚向东，十个茶壶九个空。

咁好龙茶无饼送，留返白饼引老公。

新娘搭棚棚向南，红枣瓜条放中间。

反字底下拖刀参，多谢伴娘捧茶返。

新娘搭棚棚向西，打起锣鼓众人齐。

罗字抛丢四字仔，夫妻和顺守罗维。

新娘搭棚棚向北，夫妻创业无怕难。

天字头上两点参，夫妻合力闯难关。

新娘做人

新娘做人要立品，做人新娘要学勤。

大字入口心接紧，人生少年父母恩。

新娘做人识成双，做人新娘要排场。

堂字除土田接上，做人学好本应当。

新娘做人心要醒，做人新娘要精灵。

日字拉袂月字拼，做人新娘要通明。

新娘做人心莫多，孝顺父母嫂同哥。

两夕合袂上下坐，做人新娘莫讲多。

新娘做人要顾家，做人新娘顾人家。

家公家婆任你骂，不要吃饱家过家。

新娘做人要做好，大家同食大家煲。

尾字无要尸字到，兄弟无和怪长毛。

新娘做人莫鼓吹，做人新娘莫相摧。

小口走入大口内，做人新娘有往回。

新娘做人学绣花，左绣金鱼右绣花。

二十在上下作化，千金难买手段花。

新娘做人心莫多，肚饱不计娘肚饿。

三点右边添个可，莫学鸬鹚寻食散江河。

新娘做人要识心，夫妻养儿好做人。

全字通心两点衬，百忍养儿好过金。

猜谜（一）

乜人王爷反五关，乜人兵马下江南。

旧时乜人三只眼，乜人跳过夜香兰。

五吕王爷反五关，曹操兵马下江南。

旧时华光三只眼，苏英跳过夜香兰。

乜人无生又无死，乜人写符贴肚皮。

乜字侧边乜字企，旧时乜人三叉舌。

比姜无生开无死，姜公写符贴肚皮。

刮字无要两划企，旧时黄巢三叉舌。

乜人出世穿花衫，乜人出世手揽花篮。

乜人出世三只眼，乜人脚板尺二三。

王母出世穿花衫，师姑出世手揽花篮。

华光出世三只眼，黄巢脚板尺二三。

乜人能使千斤斧，乜人使得大关刀。

乜人返家来杀嫂，乜人孝白去追曹。

雷公能使千斤斧，关公使得大关刀。

武松返家来杀嫂，马超孝白去追曹。

猜谜（二）

古时乜人生得辉，古时乜人去偷鸡。

乜人招得好女婿，乜人做得好夫妻。

古时杨贵妃生得辉，古时刘志远去偷鸡。

王爷招待好女婿，招着三娘好夫妻。

乜人能使金刚弹，弹死乜人在路唤。

哪吒能使金刚弹，弹死国槐在路唤。

乜人搞计来蒸酒，乜人搞计来炸油。

乜人搞计拖罟网，乜人搞计装船游。

曹香搞计来蒸酒，华光搞计来炸油。

渔翁搞计拖罟网，鲁班搞计装船游。

乜字右边加个里，乜人胆大杀狐狸。

犭字右边加个里，关公胆大杀狐狸。

乜人台上借东风，乜人排计用火攻。

乜人打败带兵走，乜人追杀战华容。

孔明台上借东风，诸葛亮排计用火攻。

曹操打败带兵走，关公追杀战华容。

猜谜（三）

乜鱼出世孵西底，乜鱼入石又入泥。

乜鱼头大尾巴细，乜鱼生来尾巴辉。

泥猛出世孵西底，辣追入石又入泥。

带鱼头大尾巴细，金鱼生来尾巴辉。

乜鱼出世嘴巴大，乜鱼出世口又细。

乜鱼生来个体大，乜鱼生来真光辉。

石斑出世嘴巴大，沙转出世口又细。

海公生来个体大，金鱼生来真光辉。

乜鱼出世倒尾游，乜鱼出世爬地走。

乜鱼生来抱石头，乜鱼生来喷墨油。

鱿鱼出世倒尾游，章鱼出世爬地走。

鲍鱼生来抱石头，墨鱼生来喷墨油。

乜鱼出世车大旗，乜鱼生来会喷水。

乜鱼生来水上飞，乜鱼生来爱跳水。

鲯鱼出世车大旗，海豚生来会喷水。

飞鱼生来水上飞，黄鱼生来爱跳水。

乜鱼出世头带印，乜鱼出世嘴似针。

乜鱼生来多鱼跟，乜鱼生来无鱼近。

鱼印出世头带印，鹤进出世嘴似针。

鲸鲨生来多鱼跟，虎鲸生来无鱼近。

猜谜（四）

乜瓜出身青批批，乜瓜出身面豆皮。

乜瓜出身头戴帽，乜瓜出身似张飞。

丝瓜出身青批批，苦瓜出身面豆皮。

茄瓜出身头戴帽，莆瓜出身似张飞。

乜瓜出身埋地沙，乜瓜出身似曲麻。

乜瓜出身长尾巴，乜瓜出身用纸孖。

地瓜出身埋地沙，蛇瓜出身似曲麻。

豆角出身长尾巴，苦瓜出身用纸孖。

贺 新 郎

唱首歌贺新郎哥，橘子又多叶剽疏。
明年添丁生两个，计划生育无超多。

计划生育真是好，党政政策有指导。
一男一女当是宝，多男多女不是路。

唱首歌贺新郎哥，远路行来肚又饿。
一杯无够要饮过，大妈饮茶要多多。

新郎搭棚尾向西，棚尾有对鸳鸯鸡。
哪吒出世梳歪髻，郑安胆大引鸡啼。

铁棍磨成绣花针，兄弟行袂一条心。
父母多声无要紧，千其服侍老大人。

三条河水供一边，供到云南供四川。
月中有个娇娥女，降落凡间配状元。

月头照下又结机，大妈想食笑味味。
禾字右边两脚企，大妈想食才行利。

日落西山阵阵低，水浸浮桥无路归。
食尽芋头无敌米，娶尽娇娥无敌妻。

行上高山望落海，望见贤娇乜处来。
见妹生靓哥想娶，心中想娶口难开。

大海茫茫一盏灯，风猛浪大打不沉。
妹返家问爹和妈，叫哥大胆放下心。

灯光火着娘梳头，提起丈夫眼泪流。
勿同家公婆吵偶，勿同邻舍结冤仇。

高山岭顶一棵蕉，落山风仔两边摇。
男人妖又无紧要，只怕女妖肚孕胎。

上风扯帆下风阴，隔离阿妹啥㑞人。
乜个做媒问得肯，谢媒十两马蹄金。

儿童歌谣词

一 岁 娇

一岁娇，二岁娇，三岁挪柴界嬷烧，四岁学来挖蚬壳，五岁学来织细纱，六岁学来织细布，七岁学来绣朵牡丹花，八岁媒婆来借问，九岁劏猪过大礼，十岁行齐过人家，过得人家梳大髻，一更舂米二更筛，剂米落锅去择菜，去到菜园天未光，蛇鼠又多，雀仔又叫，抱住大树等天光。

装饭家公吃

第一装饭家公吃，家公九娇闹要鸡汤，你想鸡汤加早讲，等我打法叫叔开后门抓只来劏，鸡骨制成烂佛肉，鸡肉制成其子杨，落齐五味阵阵香，二叔婆闻到对我讲，口水嗲嗲狠断肝肠。

第二装饭大伯吃，大伯爱仔又爱儿，爱仔爱儿家家有，没有你家咁刁朝。

第三装饭拉姑吃，拉姑盖被过头上，姑唉，你终归有日姑做嫂，无是你日日做姑王。

第四装饭拉叔吃，拉叔娇闹金碗一只，银筷一双，你想金碗银筷加早讲，等我寄钱上海买返金碗筷，种种供袄是一叠。

一支笔擂世闻

一支笔擂世闻，爹娘行蓬卖我身，卖到河边做贱人，一个打你一个问，一朝打断三条草木棍，二朝跪烂四条裙，热饭热茶无你份，剩饭剩菜当沙吞，保佑爹娘行早运，拾到二百花银赎我身，保佑爹娘银令进，等我回家带仔许落令神。

阿 转 转

阿转转，转花园，糯米饼，郊米园，阿公叫你驶龙船，驶唔驶，驶鸡仔，鸡仔大，抓来卖，卖得几多钱，卖得二百银，一百打金钗，一百打银牌，金丝带，银丝带，请阿婆婆出来拜，拜得多，无奈何，一埕烧酒送给大舅婆，大舅婆无睇屋，送给拉叔，拉叔骑白马，老鼠叼冬瓜，冬瓜跌落河，新娘递槟榔，槟榔唔开花，飞妹嫁疍家，疍家唔开口，飞妹嫁只狗。

阿 福 福

阿福福，煲鸡粥，鸡吃晒，同鸡唉，唉无赢，爬上树，树丫断，打张凳，张凳高，打把刀，刀生锈，大姐靓，朝朝梳头无用镜，跟佬上山无要命。

月 光 光

月光光，月油油，哥担凳，妹梳头，梳了未？未擦油，乞丐打洒黄牛油。

落 大 雨

落大雨，水浸街，阿哥担柴上街卖，阿嫂出街着花鞋，花鞋花袜花腰带，两条丝线锁门牌。

大雨咪咪

大雨咪咪，阿公去买饵，阿婆返来无见米，阿婆扒阿公咯层皮。

阿 彩 彩

阿彩彩，厕尿射过海，一堆鸡屎，两堆菜，摇迈街边摘赤叶菜。

摇 呀 摇

摇呀摇，摇脱橹脐发大笑，按返橹脐同哥摇，摇到港门打铁街，只只艇仔头向迈，阿哥畀钱阿妹卖，阿妹贪心又剂袂。

阿 二 二

阿二二，担豆豉，担到港门村无见阿二，阿二有个铃铛计，同花同契弟，一脚跌落屎坑底。

大 绿 竹

大绿竹，丝吊起，老公揾钱老婆使，杯碰杯，咁好茶叶无饼餸，留返房间引老公。

两脚另另

两脚另另，真朋坐凳，军官坐地，白马行棋，棋子灿灿，灿脚难灿，烂灿杯狗，猪婆赶狗，赶到三丫大路口，猪一只，牛一只，赶到大路后面剩半只。

摇呀摇　过西桥

摇呀摇，过西桥，拾螺子，无针翘，有米煮，无柴烧，柴烧燋，嫁老公，老公穷，织鸡笼，鸡笼细，卖畀老爷做老契。

细　边　仔

细边仔，细边儿，朝朝叫阿奶烩蕃薯，阿爸讲你得得意，阿奶骂你做山猪。

细边仔　细边丁

细边仔，细边丁，一文铜钱去到京，去到京城籴斗米，返到南棚剩八升。

细边仔　细边哥

细边仔，细边哥，三岁孩儿识唱歌，唔是爹娘教过我，我肚里聪明学识歌。

牛耕田　马食谷

牛耕田，马食谷，老豆搵钱仔享福。

象行田，马行日，过河卒仔无退缩。

兵杀敌，将闪缩，功成身退享俸禄。

男易变，女易哭，贫贱夫妻难和睦。

流水清，死水浊，人望高处无满足。

冰易化，钱难蓄，巧妇难煲无米粥。

水维生，土长木，光合作用叶变绿。

赌易学，书难读，赌仔何曾买大屋。

命注定，运难卜，三衰六旺好难捉。

仙洒脱，凡人俗，犯规和尚食狗肉。

阳寿尽，落阴谷，生老病死乃定局。

趁宜家，仲能郁，快乐享受要知足。

咪再成日困在屋，儿孙自有儿孙福。

叹 惊 曲

猪惊，狗惊，山猪马鹿惊，我仔行高跌低无惊，日头落跟日头返，三魂七魄又跟米粮返。嗨，阿爸，阿奶俾胆大大俾仔，阿公，阿婆俾胆大大俾孙，一觉还一觉，两觉到天光，瞓落无惊，无跳，无扎，无拱，祖公伯婆护保我仔，有乜污糟肮脏，拨左拨右，各路神灵大开社迈，大人无计小人过，让他吃香，瞓甜，生生猛猛，精精神神，平平安安，健健康康，多谢各位神灵保佑，我们俾钱俾你。

一支竹仔伶丁丁

一支竹仔伶丁丁，阿奶生我两弟兄，日字拉袂月字拼，兄弟俩人真聪明。

三　亚
疍　家　人

郑石喜————著

下册

耕海记

燕山大学出版社
·秦皇岛·

图书在版编目（CIP）数据

耕海记 / 郑石喜著. -- 秦皇岛 ： 燕山大学出版社，
2024.7

（三亚疍家人 ； 2）

ISBN 978-7-5761-0678-7

Ⅰ．①耕… Ⅱ．①郑… Ⅲ．①渔业经济－经济发展－
海南 Ⅳ．① F326.476.6

中国国家版本馆 CIP 数据核字（2024）第 087956 号

耕海记
GENGHAI JI

郑石喜　著

出 版 人：陈　玉	
责任编辑：方志强	策划编辑：方志强
责任印制：吴　波	封面设计：方志强
出版发行：燕山大学出版社 YANSHAN UNIVERSITY PRESS	地　　址：河北省秦皇岛市河北大街西段 438 号
邮政编码：066004	电　　话：0335-8387555
印　　刷：秦皇岛墨缘彩印有限公司	经　　销：全国新华书店

开　　本：787mm×1092mm 1/16	印　　张：8.75
版　　次：2024 年 7 月第 1 版	印　　次：2024 年 7 月第 1 次印刷
书　　号：ISBN 978-7-5761-0678-7	字　　数：102 千字
定　　价：138.00 元（上下册）	

牢记疍家耕海史，
继承祖业不能忘。

2012年7月13日船队开赴南沙途中

前　言

　　三亚是从一个小渔村发展起来的旅游城市，这个小渔村叫作疍家棚，也叫水居巷。现在这个原始小渔村已经不存在了，水居巷旧城改造后，原始居民已全部搬迁，水居巷旧址已被大楼代替，这个原始小渔村居住的居民就是疍家人。三亚疍家人一直以来没有用文字记载自己的历史，自古以来都是口耳相传，或用咸水歌传递自己的文化，在漫长的岁月中，很多东西都传偏或是失记了。过去三亚疍家人世代以捕鱼为生，他们漂泊海上，以船为家。随着社会的发展、城市的快速建设，三亚市三港分离，三亚的原始渔业良港已成为游艇港。在各种因素的影响下，三亚疍家人世代捕鱼的传统已逐步被淘汰。2016年大部分船老大开始转产转业，有的到游艇公司开游艇，有的做小生意，有的搞养殖，有的打工等。榆港、南海两社区居委会在2005—2015年有大小渔船300多艘，100吨级以上103艘，但到2020年继续以捕鱼为业的只有十几艘船了。现在一些年轻人基本没有继承父业的思想，他们宁愿在陆上打一份工挣两三千元也不想出海捕鱼。渔船少了，出海捕鱼的人就越来越少。很多年轻人对疍家人历史文化不了解，对疍家人传统的生产工具和生产作业方式也基本不懂，这就意味着传统生产工具和传统的捕鱼方法很快就会失传了。为了让疍家人后代了解先辈的捕鱼历史，本人撰写了《耕海记》，记述疍家人传统的网具捕鱼、钓纲作业等生产工具和作业方法，记录三亚疍家人捕鱼的历史。

　　希望《耕海记》能为疍家人后代留下一笔文化财富，为历史文化研究学者提供有价值的参考资料，也让读者了解疍家人的耕海生涯。疍家人捕鱼的历史悠久，生产工具随着生产力的发展，不断改造革新，从最早港内的平头船发展到港外作业的风帆船，从风帆船发展到机械渔船，从木质渔船发展到钢质渔船，从几吨位发展到600多吨位。疍家人的渔船生产海区远至西沙、中沙、南沙，他们为维护祖国海洋权益作出了重要贡献。

目　录

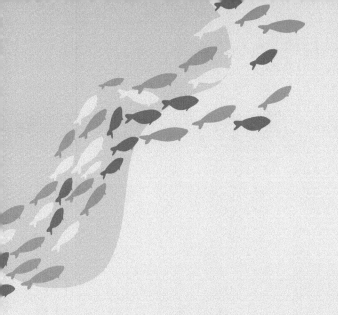

网具捕鱼

罾　网

在没有使用罾网之前，人们是使用鱼笼捕鱼，常见到一些水面的鱼儿游来游去，就是无法捕捉到，于是人们用箩筐绑上绳子，绳子一头绑在一条竹竿上，箩筐内放入一些饵料，再把箩筐放入水里，当鱼儿进入箩筐吃饵料时，把竹竿提起，箩筐跟着被提出水面，就捕捉到鱼儿了。这种方法只能捕到一些小鱼，虽然捕不到大鱼，但这一方法使疍家人得到了启发，积累了经验。疍家人开始用竹条编织专用于罾鱼的箩筐，把竹条编织成方格形，提起箩筐时减轻了阻力，加快了提起速度。箩筐口径比原来的大，把约1米，开始是深50厘米的圆形，后来也有编织成四方形的，加快了提起速度，大一点的鱼也可以捕到了。

社会在发展，生产工具也不断革新，之后疍家人就开始把麻柴皮的纤维层撕成丝条，搓结成线编织罾网。过去编织一张罾网不容易，工序很多，去采伐麻柴，先破开两边取出麻柴皮，再取出柴皮纤维层晒干，然后浸麻、开麻、搓麻、结麻，把麻胚结成线，开始织网、装网、染网。疍家人制作网线的最早工具叫线胡。制作网线基本过程是用竹子架起线胚，把线胚绑在线胡柄上，用手搓转线胡，线胚形成线股后，后面同样用竹子架起线股，把两根线股合一起绑在线胡柄上，用一根筷子隔开两线股，前后不停地搓转线胡，隔开线股的筷子慢慢向前移动，麻线就形成了。装网是有要求的，网纲与网目有一定比例，疍家人习惯叫装几多成，如果我们讲装八成，就是说网目长1米，网纲长0.8米，这样的网具形成有网兜，起网时是网纲

先出水，网兜还在水里，鱼儿有了游动的空间，慢慢再收网，这样鱼儿就跑不掉了。

在使用罾网的年代，平头艇是疍家人作业的唯一船型，作业时艇棹到合适的水域，艇头、艇尾用木棍插入泥土固定艇位，用四根竹子把罾网四个网角撑开，再用一根竹竿尾绑在四根竹子上，把罾网推开艇外，艇头装置有一树丫，竹竿架在树丫上，竹竿头用绳系着，网张置就绪，往网里投入一些诱饵，发现有鱼儿在网里跳跃，按下竹竿头，网纲就升起，跟着网兜也升起了，用长柄的捞兜捞取渔获。罾网开始时边长也只有5米左右，用人力按竹竿，网还是可以升起，后来罾网越做越大，边长达到了10米以上，这时用人力按竹竿是无法起网的。随着罾网的增大，人们的操作方法有很多，有的用四根木棒根据网具大小插入泥土中，木棒尾上装有木滑轮，拉索串过木滑轮把网角串联起来，拉索绳头绑在四个网角，起网时人在艇头拉，用人力拉费力，后改为用绞筒绞，这比用人力拉省力了。有的把四根木棒与网四角串联好后，一起放入水里，木棒头是尖的，用石砣绑在木棒头，起网时索绳一拉，木棒头就插入泥土，随着绞筒绞索绳，四根木棒慢慢升起，网纲也跟着升，当木棒升至垂直时，网兜基本出水面，木棒拉垂直后，四根木棒尾有四条绳固定木棒，绞筒索绳绑紧，木棒就不会倒下了，然后桌一小船去罾网用长柄捞兜捞渔获。还有一种方法是选择合适的水域搭建一个平台，把绞筒装置在平台上，起网时在平台上绞索绳，在平台上绞索绳比在艇上绞索绳省力，因为平台高、斜角大，起网时阻力小。

罾网是疍家人捕鱼史上最早的网具，到20世纪40年代中期时基本被淘汰，罾网为网具后来的发展打下了基础、积累了经验、作出了贡献。

堵　珊

　　讲起堵珊^①现在很多疍家青年人都不懂得是什么，堵珊是疍家人古老的捕鱼方法，在麻网的时代，生产工具并不发达，捕鱼技术落后，疍家人就地取料，用青麻线编织渔网，围堵珊礁^②，等退潮后捕捉渔获。堵珊要选择理想的岸湾，最好退潮后珊礁有积水处，这样退潮时鱼儿碰到网，都会游到有水的地方居栖，第二天早上就可以拿着鱼叉捕捉渔获。堵珊网具长250 米左右，分 10 张，网高 2 米，网目 4.5 厘米，上纲用杉木做浮子，下纲用石砣沉网。堵珊网每个冬季要用鸭蛋白和桐油染两次，染网是为了使网增加韧性，延长网的使用期。麻网不染、不晒很快就会被沤烂，每次作业后都要晒干存放。网和船是疍家人营生的主要工具，疍家人非常注重爱护和保养它们。

　　堵珊作业在冬季，晚上涨潮，早上退潮，首先选择好流水时间和岸湾，晚上涨潮鱼儿游上珊礁寻食，这是鱼的生活规律，晚上珊礁上的海虫也从洞里出来活动，尤其是岸边的白沙滩是各种各样的海虫出来活动最多的地方，白天它们都在沙里面躲起来，晚上鱼儿都游到岸边的白沙滩寻食，疍家人掌握了鱼的活动规律，就有了堵珊的捕鱼方法。大概晚上 11 点是涨潮的最高点，疍民开始去开网，船摇到目的地的岸湾，网头从岸边开始开网，绕着岸湾开，把握好网具长度，网尾最后要和岸边相接，网头、网尾

---

① 堵珊：用网具把岸湾围起来，等退潮后收取渔获的一种捕鱼方法。
② 珊礁：涨潮淹过，退潮露出来的礁石。

都要到岸上，鱼儿才不会从网头、网尾跑掉。开始退潮鱼儿洄游，碰到了渔网，它们跟着网寻找洄游的出口，退潮水越来越浅，鱼儿也急了，往网直撞，结果被网卡住。退潮了，鱼儿有的卡网，不卡网的游到石沟等有水的地方去栖息。

天亮后，渔夫们拿着鱼篓、鱼叉、箩筐去收取渔获，有人去收渔网，有人拿鱼叉去叉鱼，有人拿着网去围，有人拿着竹罩去罩，场面非常热闹。收网是一件麻烦的工作，一个人捡浮纲，一个人理下纲。收到一张网口解开，放在珊礁上，由两人拿竹竿跟着收捡渔网抬回去。堵珊过的岸湾要隔三四个月时间再作业，就像黎族同胞过去开荒种山兰一样，今年种了明年另选地方开荒再种。堵珊作业很麻烦，网收回来要等水涨潮洗网，洗掉网上的泥尘，然后用淡水过洗，再用竹竿架起晒干，晒干后又收回来一张一张卷好存放。

堵珊是疍家人最早的捕鱼方法之一，冬季受天气影响，渔船不能出海，就在岸边操起堵珊作业，增加冬季生产收入。20 世纪 60 年代初期疍家人就淘汰了这种作业方式。

网 仔

新中国成立前有一些疍家人，有一行网仔是一家人的营生揾食依托。网仔的揾食比不上大罟大网，但它能解决一家人的温饱问题，虽然过着清淡的生活，但他们乐观、踏实、自食其力、朝去晚归、晚去早归、退潮抓蟹捡螺、涨潮用网仔赶鱼①，这是流水自然规律给疍家人揾食定下的方式。过去三亚港白排、三亚港内、榆林港珊仔②，红沙横沙、红沙港内资源很丰富，是网仔揾食的好地方，尤其是白排、榆林港珊仔是鱼儿栖息繁殖的地方，天剂、黄鱼、玉勒、泥鳗、白立成群游动随时可见。白排、榆林港珊仔又是红螺、青口螺、血螺、鸡腿螺、沙插螺、珊脚螺等最适合生长的地方，过去退潮很多人摇小船上去捡螺抓蟹。丰富的资源为疍家人提供了生活物资保障，也给网仔作业提供了有利条件。涨潮时鱼儿游上珊面寻食，疍家人开始摇艇出发，寻找理想的位置放网。居住在三亚港的疍家人去白排放网，居住在红沙港的疍家人去珊仔放网，作业区域近，不用挨风挨浪，现在讲起捉鱼揾食，很多人都怀念三亚白排、榆林珊仔赋予的丰富资源。

1939 年日本侵占三亚后，在三亚港、榆林港修建码头，把三亚白排、榆林珊仔周围海域都封了起来，给网仔揾食造成很大的影响。1945 年日本投降后，三亚白排、榆林珊仔又恢复了原来的繁华，网仔作业又忙碌起来，退潮后又看到了捡螺、抓蟹的人影。

---

① 赶鱼：赶着鱼去卡网。
② 珊仔：在海里高起来的珊石盘。

20 世纪 50 年代以前，网仔是麻线编织的，浮仔是用杉木削成的。20世纪 50 年代末，胶丝线投入使用，网仔就开始用 4 厘^①胶丝线编织，网目3 厘米，网脚深 1.6 米，每张网长 22 米，一行网 10～12 张，用力士线做上下纲，上纲用塑料浮仔，下纲含铅块，装网比例 7.5 成，也就是 1 米长网目，0.75 米网纲。胶丝网仔的投入使用，大大提高了捉鱼效率，也减少了很多工作，不用晒，不用染，轻便、结实耐用。

网仔是两人或三人用小船作业，如果是两人，摇橹的兼放上纲和收上纲，船头的负责放下纲和收下纲；如果是三人，一人放上纲和收上纲，一人放下纲和收下纲，一人摇橹，这样摇橹的能轻松一点。到达作业海域，选好位置，扔下网头浮，开始放网，网放完扔下网尾浮，从迈面^②摇返网头浮，一边摇一边用水钟^③撞击海水，让其发出响声，另一人用竹竿打海水或用棍敲打船板，制造响声。鱼听到响声，惊慌往外游逃，鱼在这样的恐吓下，为了逃命就卡到网上去了。天剂鱼很狡猾，游逃时看见网就跳跃过网浮纲，沙转鱼也是很狡猾，看见网就从网下纲钻过去，那些不会跃、不会钻的就难逃了。船摇到网头浮，捡到网头浮后开始收网，边收网边解鱼，网收完，摇离一百几十米，选择位置又重新放网，做网仔海也要讲流水，如果是早上涨潮就早上出海作业，中午回来，中午回来是为了保持渔获的鲜度，卖个好价钱，中午涨潮就中午出海，下午涨潮就下午出海，晚上涨潮就晚上

---

① 4厘：胶丝线区分称谓，4厘是4磅。

② 迈面：向岸方向的位置。

③ 水钟：用来赶鱼的辅助工具。

出海。网仔作业比其他网具作业要舒服一些,因为在港内、港口,没有风浪,作业区域近。

网仔作业现在还有,但网具有新改革,有的有两层网,有的有三层网,现在的两三层网不只是捉鱼,虾蟹也照样抓。现在在三亚湾也时常看到一些人提着一张单层网仔,二三十米长,在海边捉鱼,这种是为了寻欢娱乐的。

抛 网

　　抛网在捕鱼网具中使用期是最长的，是疍家人最早使用的网具之一。抛网适应区域也是最广的，在浅海、湖、江、河、水库、水塘等都可以使用，操作简单，容易存放，不占地方。1990 年三亚疍家人已经不使用了。但抛网在其他地方还是被广泛使用的，花样也很多。1955 年以前疍家人是用青麻线编织抛网的，过去织一张抛网很不容易，从开麻、搓线胚、结线、织网，经过一系列的工序，制作成一张抛网要五个月左右时间。在那个年代，一张抛网是一家人的营生饭碗，要呵护保养，两个月要用鸭蛋白掺桐油染一次，每次抛鱼回来要用淡水洗过再拿去晒干存放。1957 年，疍家人开始用棉纱线编织抛网，棉纱线抛网也用鸭蛋白掺桐油染，三个月染一次，抛鱼回来也要用淡水洗过再拿去晒干存放。1958 年，有了胶丝线，疍家人抛网就用胶丝线编织，胶丝抛网不用染、不用晒，抛鱼回来用淡水过一下晾干就可以了，结实耐用、轻便，胶丝抛网给抛渔夫减少了很多工作。

　　编织抛网很讲究技术，与方形网具不同，抛网编织有规律公式，如：60 目起头，织 6 目下来目目加生[①]，网目变成了 120 目；第一个生织 6 目下来隔 1 目加生，网目变成了 180 目；第二个生织 6 目下来隔 2 目加生，网目变成了 270 目；第三个生织 6 目下来隔 3 目加生，网目变成了 360 目，依此类推下去，下生与上生要对齐。闲抛要织 15 至 16 个生，大抛要织 19 至 21 个生，网目 3 厘米。闲抛是指一人在岸边寻找鱼群抛的抛网，抛程 6

----

① 加生：增加网目。

米以外，故抛网不能织大。大抛是两人作业的抛网，一人棹艇或摇艇，一人在艇头抛网，大抛只要把网撒得开就可以，不需要抛远，因为是瞎抛，不需要观察鱼群，自己觉得该抛就抛。大抛网脚有吊兜，把网脚用线往内连起，形成网兜，网抛下去，鱼儿因惊慌乱窜，就窜入网兜内，大抛都在5 米左右的水域作业。闲抛网撒开直径 4 米左右，大抛网撒开直径 6 米左右。麻线、棉线的时代只有闲抛，没有大抛，因为麻线、棉线湿水后网具重，撒不开。

闲抛抛鱼要掌握流水，要等回流，只有回流涨潮，鱼儿才能游近岸边。闲抛抛的渔获大多数是天剂、泥鳗；大抛抛的渔获种类很多，如勒仔、泥鳗、天剂、黄鱼、白立等。闲抛作业是在岸边礁石上，大抛作业是在内河、港口。闲抛也有抛夜水 ①，也就是晚上水回流，鱼儿游上礁石寻食，晚上抛鱼大多数是瞎抛，也有见鱼走红 ② 抛，人提着抛网，行走在礁石上，水到膝盖上，自己感觉该抛就抛，或见到鱼走红就抛。晚上抛鱼要距离二三十米再抛，因为抛下这一网，网下水的响声使周边的鱼都往深处游走了。晚上涨潮，龙虾也游上礁石寻食，抛夜水时也经常抛到龙虾。除了闲抛、大抛，还有一种叫密抛，也叫北捞网，网目 1.3 厘米，由于北捞鱼儿小，像手指大，编织时网目很小。密抛也可以用于抛剂仔等小鱼作鱼饵。九月、十月起北捞鱼成群游上浅珊面 ③，有时礁石沟全是，为了捕捉这些北捞鱼，疍家

---

① 抛夜水：晚上去抛鱼。
② 走红：晚上鱼游走时产生的红色水花。
③ 珊面：礁石面。

人开始用棉线编织密抛。1958年后，疍家人用绞丝线编织密抛，密抛有吊兜，抛北捞鱼时，北捞鱼都钻进兜里。密抛网不大，撒开直径约3米，但编织一张密抛网很不容易，由于网目小不易编织，一个人专职编织要用半年多时间。有了灯光诱鱼作业后，北捞鱼就越来越少了。现在九月、十月在珊面已经看不到北捞鱼了，密抛也逐渐被淘汰了。

阵网作业

20 世纪 50 年代以前，疍家人的捕鱼工具中有一种叫作阵网 ①。阵网有三种：一种是阵吹仔鱼，一种是阵巴林鱼，一种是大眼网阵布梳鱼、担干剂鱼、猪仔剂鱼等大一点的鱼。三种网具都是用青麻编织，网目、网长、网深不同，唯一相同的是生产季节每个月都要用鸭蛋白掺桐油染一次，每日作业回来都要晒网。三亚疍家人咸水歌白啰调有唱："旧时做海真艰难，使用麻网曲麻缆。日日做海要晒网，无晒又怕网沤烂。"在使用麻网的年代，什么网作业回来都要晒，这是一项不可少的工作。三种阵网都有上下纲，上纲用杉木浮仔浮起，下纲含铅块，三种阵网是当时疍家人捕鱼常用工具、营生饭碗。

吹仔阵网，网目 2 厘米，网深 1.5 米，每张网长 20 米，一行吹仔渔网 5 至 6 张。吹仔鱼喜欢栖居在排口 ②，白天在栖居的排口暗即 ③ 来回游动，晚上水花起 ④ 散开寻食，水花收 ⑤ 游回排口集中，之后成群又跟着暗即来回游，活动很有规律，好像这个地方是它们祖先留下给它们的，捕捉过后第二年又有。疍家人掌握了吹仔鱼的活动规律，编织了吹仔网，阵吹仔鱼，到傍晚依据吹仔鱼游动路线在暗即外开网，水花起吹仔鱼散开寻食，就卡

---

① 阵网：作业方式似布阵一样。

② 排口：在海底高起的礁石或沉船。

③ 暗即：海底礁石带与沙连接处。

④ 水花起：晚上海里微生物发出的光。

⑤ 水花收：天亮了，看不到海里的光。

网了，晚上 10 点收网，收完网又跟原来路线开网。凌晨 5 点吹仔鱼开始返排①，吹仔网跟着暗即开，是吹仔鱼返排的一道卡，结果又卡网了，水花收吹仔鱼基本返排了，开始收网。鱼汛好第二晚还可以继续放网，当最后一网发现吹仔鱼少了许多，就不必继续放网了，应去寻找另一排口。阵吹仔鱼从九月至十二月，一月份吹仔鱼就离开排口洄游深海，四、五月开始吹西南风，吹仔鱼又洄游栖息于浅海排口，这时吹仔鱼很小，只有 13 厘米左右，大群的有二三十担，小群的有十多担，纲罾②艇开始用密罾③纲，到了九月吹仔鱼长到了 16 厘米左右，到十二月吹仔鱼长到了 20 厘米左右，阵吹仔鱼是纲罾艇纲漏网的，1 月份将吹仔网收起存放。

巴林阵网，网目 4.5 厘米，网深 2.5 米，每张网长 25 米，一行网 12 至 13 张。阵巴林鱼一般是冬季，冬季吹东风、东北风，巴林鱼从外海游向浅海岸湾，冬季小水公鱼游入浅海岸湾，巴林鱼是跟着寻食游入岸湾，如大东海、六道湾、亚龙湾、太阳湾是阵巴林鱼活动的最佳海域。巴林鱼白天经常浮出水面追食小水公鱼，晚上沉底散开游动。下午 5 点从巴林阵网艇开始出发，摇向作业的海域，到傍晚选择位置开网，阵网都是沉到底，巴林鱼晚上是在离海床地面约 1 米处游动，网在海底下受流水的冲击也有移动，这样鱼就容易卡网了。一晚上两网，第一网晚上 10 点钟收，收完网选择位置又开网；第二网早晨 6 点钟收，一晚上的生产多则两三百斤，少则一百几十斤。阵巴林网除了巴林鱼外，还有假巴林和其他鱼种。冬季

---

① 返排：鱼游回栖居的排口。

② 纲罾：四船组合作业的捕鱼网具。

③ 密罾：网目小的捕鱼网具。

一过巴林鱼就洄游深海，阵巴林鱼生产作业期就过了，巴林网也就歇业了。

大眼网，因网目大所以叫大眼网，网目 9 厘米，网深 4 米，每张网长 25 米，一行网 13 至 15 张。大眼网阵鱼分两个季节作业，六月、七月吹大西南风，阵赤鱼、大勒鱼、白鲳鱼等，冬季阵布梳、猪仔剂、担干剂等鱼。六、七月时水浊，赤鱼、大勒、白鲳鱼从深海游进浅海，水没有清之前这些鱼都在浅海游动寻食。这给大眼网作业提供了有利条件，开始吹西南风从事大眼网作业的就准备好工作。傍晚船到达目的海域，扔下网头浮，开始放网，由于网具长，中间加一个新浮①，放完网就近抛锭休息，晚上 11 点收网。鱼汛好时一晚可下两网，鱼汛不好时一晚下一网。现在气候变化了，六、七月很少见到吹大西南风，过去有时吹大西南风，一吹半个月都有，水都吹成黄色，白鱼都游到礁盘上去。疍家老人常给青年人说，吹大西南风才有鱼抓。过去吹大西南风岸边常有大鲨尸漂上岸，现在没有了。进入九冬十月布梳鱼、担干剂鱼、猪仔剂鱼跟小水公鱼游进岸湾寻食，也给渔民提供了生产捕鱼机会，尤其东北风吹得越猛，鱼儿就越游近浅岸。疍家人傍晚渔船摇向作业海域开始下网，半夜收网，如果鱼汛好，就原处再下网，鱼汛不好就近选择位置再下网，第二天早晨收网。他们载着渔获，带着笑容，哼着疍歌曲韵返港，一年的阵网作业结束了，渔民们开始修补网具、染网，等待明年冬季的到来。

随着时代的发展，20 世纪 60 年代初，麻线阵网作业逐渐被淘汰了。

---

① 新浮：用于寻找钓纲的浮标

拉地网作业

拉地网是一种古老的捕鱼方法，三亚疍家人于1966年时就淘汰了。但现在一些地方还保留着，如三亚回族人在三亚湾常有这种作业，万宁、陵水等地也有。拉地网作业只有一艘船，主要用于开网和指挥拉网。船长约7米，两头尖，配有两橹、一桨，人力摇橹划桨驱力。疍歌有唱："地网船只两头尖，船头船尾难分辨，……"两头尖有它的作用，地网船平时是放在岸上，作业时装上网具才推下海，作业结束又推上岸放，两头尖是为了利于推下海、推上岸时消减浪的冲击。作业区域都在海湾，如三亚湾、亚龙湾、太阳湾、大东海等，作业时间早晨和傍晚各一网，网长300多米，网心高约15米，网心沿网爪分节减少网目，到网爪头约3米高。疍家人在20世纪60年代以前，都是用麻线编织地网，后来有了力士线，用力士线编织。地网的形状是V形，它的结构由网两、网筒、网爪三部分组成。网两长10米，网筒长30米，网爪长100米，上网纲用浮子浮起，网纲中间处有一个大浮子作标记，下纲旧时是用石块作砣绑在下纲上，在20世纪60年代以后就用铅块含在下纲上。网爪两端有一条拉索，长约400米，疍家人在船摇离岸约300米后开始开网，开完网，船把另一端的网爪拉索送到岸上来，船再回到网中心的大浮子指挥拉网。岸上人员分两边拉，根据流向，边拉索边移步，如流西水，边拉边慢慢往西移，顺流向拉省力一些。船在网心指挥，观看岸上两边是否平衡，发现一边拉慢了，就指挥岸上慢的要加快，快的要放慢一些，保持两边平衡。一边拉缆人员约10人，网卡板套在腰上，网卡甩卡在拉缆上，面向大海往后拉，拉到前面有空位，后面第一个人脱卡返回前面拉，就这样轮回，拉一网时间约 3 个小时。

旧时拉地网缆是用鸡藤编织成的，用鸡藤缆拉地网有它的好处，一是鸡藤缆耐用，不怕沤水；二是鸡藤缆拉起来会发出响声，鱼要从缆绳往外游走，当听到缆绳的响声就会往回游，鱼往东游又往西游，游几趟，网爪也拉到岸了。

冬季拉地网很冷，尤其是当网拉到近岸二三十米时，网口已缩小，鱼开始惊慌跳跃，如天剂、青鳞会跳过网纲游走，这时要派人下海把网纲提起，尽量减少鱼从网纲跳过。人提着网纲往岸上走，网纲到岸，鱼就在网筒和网两里了，这时人集中回来拉网筒，网两拉到岸，解开网两连线，取出渔获。

1956 年至 1966 年，榆港大队有一地网生产队，驻扎在三亚湾。他们在三亚湾一带拉地网，后因和回族人发生矛盾，经协商，疍家人拉地网只能在机场（旧机场）以东。1966 年年底，疍家人地网生产队解散，改为纲罾生产队。

纲罾

纲罾是四船组合生产的传统捕鱼方式之一，木质风帆船，疍家人习惯叫纲罾艇，船长 13 米、宽 2.5 米、载重 12 吨。纲罾艇生产作业方式很多，纲鱼[①]是主要作业，还有兼营爱白鱼、爱鸡鲳、下鱼[②]。纲罾网是长方形，长 80 米，宽 70 米，网四周用两条网纲连起，网纲在网四个角结一个扣耳[③]，扣耳是为了方便开网时绑缆。纲罾网在 1967 年以前用麻线编织，1968 年以后是用力士线编织。网的结构分别由网两、旁两、三指、四指、网舌五层网组成，网两网目 2 厘米，旁两网目 3 厘米，三指网目 4.5 厘米，四指网目 6 厘米，网舌网目 8 厘米，只有 5 目，用于连接四指网和网纲，加强牵引力。网两是网中心，旁两挨着网两，三指挨着旁两，四指挨着三指并连接网舌，网舌连接网纲。过去疍家人对网目大小是以指计算，一指大概 1.5 厘米，装网比例 7 成，也就是 1 米长的网目，0.7 米的网纲。纲罾就是把网铺置在鱼群经过的路线，等鱼群进入网里，把网拉起的一种捕捞作业。

纲罾作业一般早上 6 点就开网，未开网前技术员摇舢板到部口[④]指挥四船抛锭，四船抛锭要形成四方形。如果有船偏位，技术员会喊其船调整方位，疍家人习惯叫迈大橹摇，或推大橹摇。船摇到合适位置，技术员喊

---

① 纲鱼：旧时四船组合的一种捕鱼方法。
② 下鱼：排钓作业。
③ 扣耳：缆绳套。
④ 部口：纲鱼的地方。

起头①抛锭。技术员是如何指挥四船抛锭的？纲罾作业把网口两船称上流，靠岸方向这船称为上流迈面，靠外方向这船称为上流开面；后面两船称下流，靠岸方向这船称为下流迈面，靠外方向这船称为下流开面。就这样把四船区分开，便于指挥。四船抛锭后，向舢板靠拢，四船靠拢后，下流放网的船打开船的大柜舱，这时上流两船抛绳子过来，绑上网角扣耳，把网拉过去，最后下流的另一船也抛绳子过来，绑上网角扣耳，把网拉过去，调整网具平均，开始开网。四船边放网边拉锭缆，技术员摇舢板到部口中心观看网张置情况，发现网张置不正，调整船位。因四船拉锭缆时有误差，这时有一个环节叫杖缆②，杖缆是把船位调整好，把网调整到需要的位置，让网张开成四方形状态。四船位置就绪，技术员喊上流两船闩水鬼③，放下水鬼缆④，网口慢慢下沉。下流网纲和网的两侧二分之一，网纲用竹筒浮或玻璃浮浮起，让网形成一个簸箕状态，簸箕口就等于网口。网张置好后，摇舢板去帮上流两船抛尾锭，下流两船不抛尾锭。尾锭的作用是有鱼入网叫扯时，尾锭缆帮助控制船移动，让网口纲快速升起。扯网时有一妇女控制尾缆。

　　如何识别鱼群进入了网里？不同的部口和不同情况都有不同的观察方法，如岸章角、西角两个部口，都喜欢到山顶上观察鱼群，水清则派人游

---

① 起头：转头。

② 杖缆：把锭缆绕在头梁柱上，一步步拉。

③ 闩水鬼：打活结。

④ 水鬼缆：锭缆。

到网中心用水眼镜观察鱼群，水浊则在桅杆上搭个架观察鱼群。观察鱼群要讲经验和技术，如山顶和桅杆上观察鱼群是观察水色，观察网口突然小鱼跳跃。当观察员发现有鱼群进入网里，马上叫扯，上流两船快速把网纲拉起，有时鱼群碰到网尾往回游时，上流两船要有人跳下海驱赶，否则就会跑掉。网纲升起离水面1米左右，开始发水鬼①，四船慢慢松缆扯网，扯到网两，上流两船离开，下流两船夹住把渔获拉拢。如果是炮弹鱼、白鱼，4人骑在船旁用手捡，如果是手鱼或吹鱼则用捞兜捞，如果是大铁或是大的鱼就用鱼钩来钩。把渔获起完，又重新开网，等待鱼群入网。纲罾作业时有鱼纲是很有趣、很兴奋的，如果没有鱼纲那是很烦的，尤其有西南浪，船的摇摆大，有一些人有晕船的症状，那真是要命。纲罾有鱼纲时要到下午6点才收网，没有鱼纲，下午4点就收网了。大集体年代渔获都送到水产公司收购，船到远处当天回不了，疍家人便把渔获开边腌盐放在插仓②。

纲罾作业有一定的规矩，每年春节过后，要到大队举行捡部③。新中国成立后榆林港纲罾有八系罾，是榆港大队属下生产队，举行捡部抽签，每系罾都派代表去，抽签后各系罾按抽签顺序排列部口进行纲罾生产作业，不能违规。榆林港的纲罾部口有头部、二部、洲仔、孖排、白虎头、岸章角、西角、三元角、红佬、新沟，从大力口④沿着海岸线往西排列。纲罾生产每年只有7个月，正月、二月多在头部、二部、洲仔生产，三月、四月多

---

① 发水鬼：拉开活结。
② 插仓：纲罾艇船头插板两边的鱼仓。
③ 捡部：抽签部口排列。
④ 大力口：太阳湾。

在孖排、白虎头生产，五月、六月多在岸章角、西角生产，七月多在三元角、红佬、新沟生产，八月起，由于流水关系水浊，纲罾作业收起，从事其他生产作业。七月份三元角部口是最好海，因为三元角港湾大，地理位置好，南流迈①，鲭鲀、竹灌跟着小鱼寻食游向海岸，然后又跟着暗即向东或东南方向游，疍家人掌握鲭鲀、竹灌的活动规律，把纲罾网捕设在它们游走的路线上，等候它们进网。七月份三元角白天纲罾艇纲罾，晚上摆鱼艇也很多。疍歌有唱："七月纲鱼三元角，南流到迈鱼又多，晚上摆鱼泊船过，鲭鲀行红人唱歌，……"

在 20 世纪 60 年代以前，纲罾网是用麻线编织，要经常晒，不晒就会沤烂，因此就有了三天打鱼两天晒网的说法。纲罾作业很繁忙，忙于生产，又忙于保养网具，一轮部口纲完要染网一次，上山砍胶，也就是上山采伐胶皮树的树皮，用铁锤把树皮砸烂加水，用大锅熬煮十几个小时，熬煮成胶汁，用胶汁来染网，这样网就含水少，既不容易沤烂，又增加网的拉力。纲罾网湿水后很重，抬去晒要用 5 杆，一杆两人，晒干用 3 杆就可以抬回船了。每月要保养船底一次，疍家人叫作行艇②，等到流水大涨潮时，把船拉到岸边固定好，用行艇枕放在船底，等水退潮后行艇枕把船托起，用晒干的椰子叶烧干船底，用黑油涂在船底板上，船底板不易长海生物，船又好行驶。随着生产力的发展，纲罾作业越来越显得落后了，1975 年就逐渐被淘汰了。后海在 2018 年还有一系罾有时去生产。纲罾作业有两种，以

---

① 南流迈：流水从南向岸流。
② 行艇：疍家人旧时对渔船保养的称谓。

上所说的是大罾，在港外生产，另一种叫密罾也是四艘纲罾艇组合，在港内生产。密罾意思是网目小，由于在港内抓的是小鱼，密罾网是正方形，边长 60 米，网的结构由网两、旁两、二指、三指、网舌五层网组成，网两 1.5 厘米，旁两 2 厘米，两指 3 厘米，三指 4.5 厘米，网舌 6 厘米。旁两挨着网两，二指挨着旁两，三指挨着二指，网舌连接三指和网纲。密罾作业时间是凌晨 5 点和傍晚 6 点，朝晚各一网，凌晨把网铺设在吹仔、林刀、玉勒栖息的礁石上，下网鱼走开。网沉到底，鱼游回栖息的礁石上，半小时后四船开始扯网。傍晚也是把网铺设在天剂、黄什栖息的地方，网下沉后天剂、黄什又游回栖息的地方，待鱼群游到网中心，四船开始扯网。密罾开网、扯网的原理与大罾基本一样，不同的是密罾作业开网四船都闩水鬼。随着生产力的发展，密罾也跟大罾一样逐渐被淘汰了。

拖风船作业

拖风船是两船组合生产的风帆拖网作业渔船，放网具的船叫网嬲，不放网具的船叫网公，两船轮流当网嬲，因使用风帆驱动，所以叫拖风船。拖风船作业是疍家人旧时的传统生产方式之一，朝去晚归，是与风斗、与浪斗的一种风险作业。疍家人咸水歌有唱："有女唔嫁拖风仔，朝开晚迈一身泥，……"反映这种作业挨风挨浪又脏。但是在新中国成立前，拖风船是疍家人先进的生产工具，吨位大，抗风力好，生产效率高。在新中国成立前，能经营拖风作业的疍家人极少，三亚港只有几对。在20世纪70年代初，榆港大队有10对拖风船，分为5个生产队。

拖风船长约25米，宽约5米，深约2米，载重约25吨，每船配置11个劳动力。拖网作业使用的拖缆是竹缆和钢丝缆相组合的，竹缆是用竹青条编织成，直径5厘米，每船有4条，每条长50米，用在网爪护鱼，缆头打一个结，下网时网爪缆套套上缆头结，再用绳把套尾绑紧，另一个缆头结与钢丝缆连接，方法同上。钢丝缆是用直径16厘米的钢丝缆分开两半，用胶布卷包起，然后再用三股直径约1.5厘米的麻绳绕绞包住，每船有6条，每条长50米，每船拖缆总长500米。竹缆每2年更新一次，拖缆用船桅头柜存放。更换的竹缆可以用来盘起造缆垫，缆垫是用来垫船保养或维修的，涨潮时把缆垫放在船底，固定好船位，等退潮后把船托起来保养，疍家人习惯叫"行艇"。每月行艇一次，缆垫把船托起来，用晒干的椰子叶把船底烧干后，涂上黑油，保护船底板，船又好行驶。更换的竹缆也可以

晒干当柴火用。

风是拖风船作业的动力，所以拖船上配帆很多，有大帆，拴在大桅上；头帆，拴在头登①上；闩桅帆，拴在船尾的桅杆上；头标帆，拴在船头上；下裙帆，拴在大帆下；尾伞帆，拴在船尾上。作业时，根据风力大小配置各帆使用。

拖风船作业也根据季节风向，选择渔场生产，每年四月至九月转渔场到琼海北椰②生产，此月份吹西风、西南风，渔场区域从港北口拖至北椰东。也有转渔场到文昌七洲屿纲鱼，拖船转渔场时搭载 4 艘小船，利用 4 艘小船开展纲鱼作业，捕到渔获运回拖船，立秋后返回三亚港。

在三亚地区生产期是十月份至来年三月份。三亚此季节吹东风、东北风，利于三亚拖风作业。凌晨 3 点，从三亚水产码头海域起航驶往亚龙湾东洲外，约早上 6 点到达目的海域，两船靠近，网罾船把引绳抛给网公船，网公船捡到引绳把网爪拉过来，网爪拉到后，把网爪套套上竹缆结，绑好缆套尾，开始下网，下网后船向西拖顺风，一天拖一网。在拖网过程中，经常见到鲸鲨、海蛇、海龟、海豚群，海豚群有时还跟着船跳跃。拖到三亚角外，大约下午 3 点开始起网，起网要用 2 个小时左右，拖缆绕在车筒上，6 个壮年的绞槛③，2 人帮助递槛，1 人拉缆尾，1 人在船舱盘缆，1 人掌舵，船上 11 人就是这样分工的。起网绞槛船头向风向浪，有风浪是非常危险的，

---

① 头登：船头和桅杆尖相拉钱线。

② 北椰：今琼海博鳌。

③ 绞槛：装置在拖风船的辅助工具，人力"卷扬机"。

时有翻槛打伤人。绞槛要齐心协力，浪来大家要扎好马步，任何一个人都不能大意，一个人大意，就会翻槛，一旦翻槛就会打伤人，被翻槛打下海的也有。两船绞到网爪，网公船解开网爪套绳，把网爪绳抛给网毑船，网毑船把网公船的网爪拉过来，网毑船解开二揪缆①，把网筒绞回来，绞到网两②，二揪缆把网两口吊绑在船旁的要头③上，然后解开大揪缆④，把网尾绞起，绑在第二个要头上，用鱼门柴把网两顶开，解开鱼门口绳开始用捞兜捞渔获。

拖风船作业是疍家人的传统捕捞作业方式，1956 年成立初级社，私人船、网具合并入社，取消私人化，由社统一安排分队生产。随着社会的进步，生产工具的更新，1975 年，拖风船作业被淘汰了。

拖风船有两种船型，以上说的是平尾拖船，疍家人喜欢这种船型。还有一种叫翘尾拖船，儋州人喜欢这种船型。20 世纪中期，榆港大队也有两对翘尾拖船，1958 年，何石碌社长曾经带领这 4 艘翘尾拖船开赴西沙捕鱼。儋州人喜欢翘尾船与他们生产作业有关，儋州人喜欢从事排钓生产作业，每艘翘尾船搭载十几艘小船，驶到红鱼海区或波勒海区去生产。到达生产海区后，翘尾船抛下锚等待作业时间，早上 6 点放下小船，每艘小船配两个人，在大船周围放排钓作业。中午 12 点左右，小船全部回到大船，把

---

① 二揪缆：装置在网两口的拉索缆。
② 网两：网兜处。
③ 要头：拴缆柱。
④ 大揪缆：装置在网尾的拉索缆。

渔获送上大船用盐腌上，腌好后开始吃午饭。吃完饭，休息一会儿，开始梳理排钓，等待明天的放钓作业。出一趟海要 4 至 5 天，翘尾船停泊在大海，因风向和流水影响，有时候浪从船尾打来利于消浪，减轻浪的冲击力，这就是翘尾船的作用。

爱白鱼作业

抓白鱼疍家人习惯叫爱白鱼，寓意希望得到。爱白鱼是疍家古老的捕鱼方法，两船晚上组合生产，生产季节在六月、七月份，这期间经常吹西南风，有时候大西南风，一吹就吹十多二十天，海水都吹成黄色。受大西南风的影响，白鱼从深海海域游向浅海海域，游到礁盘石后停留在礁盘上，或在礁盘上慢游。吹大西南风黄水起，大纲罾①生产作业也受到影响，于是换上白鱼罾网去爱白鱼，把两艘纲罾船改装一下，把桅和帆都卸下来，目的是让船在作业时行驶稳，摇摆小，行速快。纲罾船平时是配两行橹②，改装后增加两橹两桨，船的驱动达到了四橹两桨，行驶起来时速 5 节左右。出海爱白鱼时，四艘纲罾船的劳动力集中到爱白鱼的两艘船去。

爱白鱼的网具叫白鱼罾，网长 200 米，网心深 30 米，两端网爪深 25 米。网上纲用杉木浮子浮起，约 30 厘米扎一个浮子，网下纲绑有 80 个石砣，每个石砣 2 斤左右，有 50 个铜圈，直径 10 厘米，每个铜圈配一条圈带，长 2 米，一头绑在网下纲，一头绑在铜圈上，拉索从铜圈穿过，拉索是起网的作用的，铜圈在拉索的拉引下把下纲网收合拢起来，使白鱼罾网形成一个网兜，把鱼套在网兜里。

爱白鱼的两艘船分网公、网嬷，网公负责撞水钟观察鱼群，网嬷负责

---

① 大纲罾：四船组合的一种捕鱼方式。
② 两行橹：两把橹。

围网。出海生产时，网公船在迈面，网嬷船在开面^①，两船距离 30 米，网公船稍微在前一点，网嬷船稍微在后一点，网公船一边行驶一边撞水钟观察鱼群。水钟是用一块鸡公木头削成梯形，下直径 13 厘米，上直径 8 厘米，长 16 厘米，水钟底部有一直径 3 厘米的孔，深 4 厘米，水钟柄用木用竹子都可以，柄长 2 米。水钟撞水发出很响的声音，当白鱼群听到响声受到惊吓时，白鱼惊慌闪动，发出红斑水花，水钟手根据水花斑红图像，可识别鱼群有多少担鱼，是什么白鱼。发现白鱼群后，网公船立刻向网嬷船呼喊发现白鱼，并告诉其白鱼群走向。网嬷船立刻调正船位，向网公船尾下网围过去，网下完后，两船同时快速拉索。为了防止白鱼群从网口游走，妇女用脚踏板或用木棍敲打船板，白鱼群听到响声就不敢从网口游走了。有一种白鱼叫"踏烂板"，个头不大，一斤左右一条，"踏烂板"意思是你踏板响或敲打船板响它都不听，照样从网口走，在这种情况下，要用石头掷去网口赶。爱白鱼作业，每趟出海都要准备几百斤石头用来赶鱼。铜圈拉上船，网已形成了一个网兜，把鱼套在里面了，两船开始收网，大概 15 分钟，网就收到网两了，开始用捞兜把渔获捞上船，捞完鱼，整理好网具，又开始寻找白鱼群。为了保持人的体力，两船拿白鱼煮鱼粥，做夜宵。

爱白鱼作业很辛苦，为寻找白鱼群一夜摇过几个洲，疍歌有唱："上夜摇过四个洲，下夜穿越五个埠。"大西南风吹过后，又把桅杆和帆装上，希望纲罾有好鱼汛。一年复一年，疍家人一生就是耕海的命，与风斗、与

---

① 开面：外洋方向位置。

浪斗，铸就了他们坚强的意志，谱写了耕海的篇章。

"四橹齐摇浪花，橹尾水声真有味……"的作业方式于 1970 年被淘汰。

爱鸡鲳作业

疍家人对一些捕鱼的叫法很特别，抓鲳鱼叫爱鸡鲳[1]，抓白鱼叫爱白鱼，寓意是希望获得。疍家人的捕鱼方法很多，爱鸡鲳都有两种方法。

第一是四艘船组合，生产季节在六月、七月份，生产海域西至马岭[2]，东至牙龙湾[3]东洲头，水深在30米左右，爱鸡鲳的网具由罟什网3张和当流罟网1张组合，3艘船各放1张罟什网，当流罟网由1艘船放。罟什网长150米，深50米，上纲用杉木浮子浮起，30厘米扎一个浮子，下纲绑有70个石砣，2米一个，石砣每个重2斤左右。当流罟网长70米，宽60米，下纲绑有35个石砣，2米一个，每个重2斤左右。

如何寻找鸡鲳鱼群？四艘船早上6点起航到计划的海域来回行驶瞭望水色，看到有一片水色是白的，那就是鸡鲳鱼群了。发现鸡鲳鱼群的船马上用号角螺发出信号，同时派一人下海跟踪鱼群，其他3艘船听到号声，马上向其船靠拢，4艘船就位后，放下帆，用两橹一桨作驱动，放罟什网的3艘船以在海中的这个人为中心开始围网。3艘船的距离要把握好，3艘船围的网要互相交接10米。3张网交接处用绳子把两网纲绑紧，防止网口被流冲开，鱼从此口游走。3张网交接工作做好后，在海中人员观察鱼是否还在网里，如果鱼还在网里，放当流罟网的船开始工作，做好下网的

---

① 鸡鲳：是黑鲳，鲳鱼的一种。

② 马岭：现天涯海角。

③ 牙龙湾：今亚龙湾。

准备。把当流罟网的两角绑上拉绳，在网纲两侧中间绑上横满绳，2只舢板把拉绳送去给2艘船。2艘船接到拉绳后，摇到围网上流，2只舢板摇回来接横满绳，当流罟船在流尾挨着罟什网下网，当流罟网下沉6～7米，上流2船开始收拉绳，网从鱼的底下拉过，2只舢板这时回到横满绳位置。下流船下完当流罟网，上流两船两舢板开始拉横满绳，等网纲拉出水面之后，4船2舢板一齐拉网，拉到网两，两船、两舢板离开，留下两船把渔获拉拢，用捞兜把鱼捞上船，拉当流罟网用20分钟就可以了，整个操作过程要用1个多小时。渔获起完，4艘船各收自己的网具，并把网具整理好，拉起帆，拖着2只舢板，又开始行驶在大海中，瞭望鸡鲳鱼群的出现。到下午2点左右船就返航了。

第二还是4艘船组合，生产季节五、六月份，生产海域榆林口一带。早上6点驶船，到达作业海域后，每艘船在船尾都拖上十几块鸡鲳引[1]，早上7点至8点是鸡鲳上引最好的时间，4艘船不停地来回拖鸡鲳引。当零散的鸡鲳鱼看到鸡鲳引，就认为是自己的同伙，便跟上来一起游，越游越多。这种爱鸡鲳网具也叫当流罟，不过比上文介绍的当流罟要大一些，网长80米，网宽70米，只用一张网。发现有300斤左右，就用号角螺吹号通知其他3艘船，3艘船就位后，如果是放网的船发现鸡鲳鱼，那就1艘船过来靠近见鱼的船，见鱼的船收起鸡鲳引，鸡鲳鱼就走过去跟那艘船的鸡鲳引了，这艘船不能停下来，要继续驶，一停下来鸡鲳鱼就走了。其他

---

[1] 鸡鲳引：鲳鱼诱板。

3艘船开始把帆放下来,改为摇橹。当流罟网下纲绑有50个石砣,每距离1.5米绑一个,每个2斤左右,每个网角绑一条缆绳,把网头缆绳尾交给两艘船后,开始下网。网向当流,3艘船和1艘舢板各执一个网角,把网口装置离水面12米左右停下,引鸡鲳鱼的船开始向当流罟网中心驶去,鸡鲳鱼跟着引进入网里。鱼进入网中后,网口的两船开始快速拉缆绳,网纲出水面,引鸡鲳鱼的船收起鸡鲳引,放下帆,回到流尾换舢板,四船开始一齐拉网,靠近网两,两船离开,留下两船负责把鱼捞上船,鱼捞完,收起网,拉起帆,又开始放下鸡鲳引。这种捕捞方式时间快,整个操作过程一个小时就可以了,但这种捕捞方式产量不高,一网只有两三百斤,上午最多下三网,多则1000多斤,少则几百斤,到中午11点鸡鲳就不跟引了。为什么见有两三百斤要下网抓?一是因为鸡鲳鱼一旦跟引时间长了它会跑掉,二是跟引的鸡鲳鱼多了也会跑掉。

爱鸡鲳作业是疍家人旧时的捕鱼方法之一,在1972年时已经被淘汰了。鲳鱼有很多种,以上所说的是黑鲳,疍家人叫鸡鲳,黑鲳鱼在水里游是侧身或是平身,主要是吃海里的微生物,吃小水母,疍家人习惯叫"鸡鲳饭"。黑鲳活动在水的上层,游走速度很慢,游走时或吃东西时那片水域是呈现白色的,所以很远就可以瞭望到。黑鲳鱼是上等鱼,是人们生活中喜爱吃的鱼,所以疍家人把这种生产捕捞作业叫作"爱鸡鲳"。

煤油汽灯作业

1964 年，广东汕头大湾岛渔船到三亚捕鱼，晚上用煤油汽灯诱鱼捕捞，这是当时的新型捕鱼方法。大湾渔民驾着一艘几十吨大的风帆船，船上搭载着 5 个竹排，1 个竹排是负责开煤油汽灯的，煤油汽灯当时叫单头灯有两盏，用架子挂在竹排边上，负责开灯的竹排只配一人叫灯员；其余 4 个竹排是负责铺张网具和起网的，每个竹排配 4 人。灯员发现鱼群，就叫 4 个竹排开网，网开好后，灯员把锚拉起，把竹排慢慢划到网中心，鱼群也跟着竹排灯光游到网中心，稍等片刻，灯员观察鱼群还在网里，开始叫起网。4 个竹排的渔民一齐拉网，网刚出水后一刻，竹排灯离开，拉到网两，再用捞兜把渔获捞上，装入箩筐，然后送回大船。天亮后，大船把渔获运到就近的水产公司收购，用竹排把渔获渡上岸。

从此三亚疍家人引进煤油汽灯诱鱼捕捞技术，榆港大队纲罾生产队的八系罾 [①]，开始兼营煤油汽灯诱鱼捕捞。每年的八月十五后，纲罾作业收起，就开始煤油汽灯四角罾 [②] 作业。纲罾是四船组合生产，兼营煤油汽灯四角罾是最合适的了，比大湾渔民的竹排好得多。冬季在竹排上劳作是很冷的，三亚纲罾艇有棚，不劳作时可以在棚里避风防冷。煤油汽灯四角罾在近海 20 ～ 30 米深的海域开展生产，六道湾、大东海、三亚湾、亚龙湾、太阳湾等是最适合煤油汽灯四角罾生产的海域。

---

① 八系罾：由四船组合的生产小组，一系罾为一生产小组。
② 四角罾：由四船组合的一种作业。

　　煤油汽灯四角罾是晚去早归生产作业，傍晚船到达生产海域后，技术员摇舢板到四船中间指挥四船抛锭，目的是让四船抛锭形成正方形。因为煤油汽灯四角罾网具是正方形，边长 80 米，如果船抛锭不是正方形，开起网来，网就歪了，影响捕鱼。煤油汽灯四角罾生产作业，配有一艘灯艇和灯员。四船抛锭好后，相互靠拢，靠近后，流头两船把引绳抛给放网的船，也叫网嫂船。网嫂船绑好网爪，让两船把网拉过去，然后另一船也把引绳抛过来，绑好后也让拉过去，四船调整网具平均，等待下网的号令。

　　等到天黑，灯员摇灯艇到四船外围抛锭开灯，灯员每隔一小时给煤油汽灯充汽一次，汽足灯才亮，有时技术员也摇舢板去观察鱼况或送夜宵给灯员。观察鱼群通常有两种方法：一是鱼群游走在水上层，人肉眼可以看到；二是鱼群游走在水下层，人肉眼无法看到，就用一鱼线绑一铅块沉下去，鱼群游走时会碰到鱼线，碰线越密，说明鱼群就越大。当灯员发现有鱼群上灯①，就叫开网，技术员摇舢板去指挥四船开网，四船把网纲拉成正方形，技术员叫闩水鬼，网爪绑一条绳是固定船位，闩水鬼是用本船抛锭的缆，放下水鬼，网慢慢下沉，然后收紧固定缆，船就在原位不动了。等片刻，灯员拉起锭，把灯艇慢慢摇进网中心，鱼群也跟着灯光游进网中心，然后灯员用红布罩着煤油汽灯，光线缩小，鱼群集中到灯底，灯员开始叫扯网，四船齐拉固定缆，网纲升起，网纲升至近水面两米，四船齐发水鬼，由抛锭缆控制船移动，四船边拉网边慢慢放锭缆，四船慢慢向网两靠拢，

---

① 上灯：指鱼群进入灯光线内。

网拉到旁两，灯艇摇出，到网两后两船离开，留下两船起渔获，两船夹住渔获用捞兜把渔获捞上船放入船舱，灯艇又开始到四船外围抛锭，等待鱼汛。渔获起完后，四船整理网具，取出卡在网目上的鱼，卡在网目上的鱼多会影响下一网鱼群入网，因为鱼群看见一片白色会游走。在那个年代，渔获都是由水产公司统一收购。上半夜第一网鱼都用盐腌，如果不用盐腌第二天鱼就会变质了，下半夜的鱼大多数都不用腌，第二天早上就送去水产公司收购了。

　　煤油汽灯四角罾生产作业的渔获都是小鱼多，如水公鱼、扁头春、官鱼、池仔、青鳞、巴林、大口鲛等，因此，煤油汽灯四角罾网具网目很小，网两网目 1 厘米，旁两网目 1.5 厘米，旁两外网目 2.5 厘米，外围网目 3.5～4厘米。1964 年至 1970 年，煤油汽灯四角罾网具是用维尼龙线编织成的，到 1971 年是用尼龙丝编织成的。1964 年至 1965 年的煤油汽灯是一个灯纱，叫单头灯。1966 年开始用四个灯纱的煤油汽灯，叫四头灯，这比一个灯纱的光亮得多，生产效率也好。四头灯诱鱼生产延续至 1974 年被淘汰。1970 年开始使用发电照鱼，在一艘小船安装一台 10 匹的发电机组，输出电压是 36 伏，有 4 个 500 瓦灯泡。随着生产力的发展，发电照鱼也随之增大，1980 年发电输出电压是 220 伏，之前小型的发电照鱼也被淘汰了。1970 年至 1974 年，煤油汽灯和小型发电照鱼同时使用，由于发电功率的不断加大，光线范围大过了四头煤油汽灯的光线，因此，1974 年四头煤油汽灯也逐渐被淘汰了，结束了煤油汽灯诱鱼的作业方式。

赶 鹤 网

鹤鱼 ^① 有如下几种，圆鹤、洋鹤、钩鹤、沙鹤。圆鹤栖息在岸湾浅海有礁盘的水域，体长 1 米左右，最大体重 10 多斤。洋鹤、钩鹤是洋流鱼，栖息在深海，很少游近岸湾浅海，体长 80 厘米左右，最大体重 4 斤左右。沙鹤栖息在岸边白沙水域，体长 60 厘米左右，最大体重 2 斤左右。

赶鹤网主要是捕抓圆鹤，因为洋鹤、钩鹤在深海不易捕抓，沙鹤在岸边也不易捕抓，所以鹤网是专捕抓圆鹤的。在 20 世纪 60 年代以前，鹤网是用青麻线编织的，网目 4.5 厘米，网深 1.8 米，每张网长 25 米，一行网 10 张至 12 张，网上纲用杉木浮仔浮起，浮仔每 30 厘米扎一个，装网 8 成，也就是说网目长 1 米，网纲 0.8 米，网没有下纲，网脚 ^② 含适当的铅块，铅块沉力不能大于浮仔的浮力。赶圆鹤季节在十月至十二月，这个季节天气经常返北 ^③，圆鹤游入岸湾，返北针鱼也游入岸湾，圆鹤是跟着针鱼游入岸湾寻食的。针鱼不大，体长 20 厘米左右，体重二三两，是圆鹤的主要饵食。圆鹤晚上浮在水面慢游等针鱼靠近突然袭击，白天时就不等针鱼靠近了，看见就直接追击。圆鹤追针鱼的场面非常壮观，针鱼在水面拼命飞跃，飞跃一次两三米，鱼一到水面就飞跃起，圆鹤在后面紧追不舍，也是飞跃追赶，速度比针鱼稍微快一些，在这种情况下针鱼是很难逃脱的，但也有

---

① 鹤鱼：因嘴像鹤鸟嘴，所以称为鹤鱼。
② 网脚：网下面最后一目。
③ 返北：风向转回北风。

例外。这里我把自己亲身经历的两个例子分享给大家。1973 年有一天我摇船到三元角钓鱼，突然一条圆鹤猛追一条针鱼，针鱼拼命向岸的方向飞跃奔跳，速度很快，圆鹤速度比针鱼还快，眼看就要追上，到了岸边浪口针鱼来一个急转头，圆鹤由于速度快，一下控制不了，飞跃冲上岸几米远，这条针鱼逃过了一劫，我摇船上去捡这条圆鹤，估计有三斤多重。1974 年有一天我摇船到下角咀钓鱼，一条圆鹤追击一条针鱼，从外面对着船追来，针鱼一到船旁从船底插过，这条圆鹤由于速度快，一头扎进船旁板，鱼嘴把板都扎穿了，想之速度何等之快，这条针鱼也逃过了一劫。圆鹤有一特点，晚上最怕光，一见到灯光就似失了魂一样跃奔。

赶圆鹤是一种危险作业方式，因为圆鹤晚上受到惊慌，飞跃起来容易伤人，所以很少有人从事此行业。疍家人把它当作副业兼营，一些人做返[1]一行赶鹤网，到季节去赶一下圆鹤增加收入，但有条件的人做大罟大网就不从事这行业了。

晚上船到达作业目的岸湾海域，放下网头浮，静静地下网，不能有响声，网下完放下网尾浮，船从迈面摇返网头浮，一边摇一边用手电筒在海面上照，敲打船板，圆鹤见到灯光，听到响声，惊慌地向外海方向逃游跃奔，圆鹤根本不知道外面有网等着它们。船到了网头浮，捡起网头浮开始收网，圆鹤卡网后拼命挣扎，把网都卷成一团，如果有很多卡网，鹤网都变成一条缆，收完网，解晒鱼[2]，理好网，摇离一百几十米远后又开始放网。一个

---

① 做返：做回。
② 解晒鱼：解完卡在网上的鱼。

晚上要放十几网，渔获多则大几百斤，少则一两百斤。晚上赶圆鹤很辛苦，一夜摇船，返北又冷，又恐怕圆鹤狂跃时伤人。冬季一过，将赶鹤网收起存放好，开展其他生产作业。

20世纪70年代初，麻线鹤网被淘汰，改用胶丝线编织，胶丝线的投入使用给疍家人减少了很多工作，不用晒网、染网，胶丝线网具韧性好，轻便耐用，生产效率又高。到20世纪80年代初，赶鹤网彻底被淘汰。

摆鱼作业

　　六月七月、九冬十月是摆鱼的最好季节，六月七月主要是摆鲭鲋鱼，九冬十月主要是摆马鲛鱼。在 20 世纪 50 年代以前，疍家人是用青麻线织摆渔网，网深 6 米，网目 12 厘米，每张网长 25 米，十几张组成一行网。上纲用杉木做浮仔，网没有下纲，网下面最后一目含铅块，上纲每 6 米加一个两浮①，两浮绳长 2.5 米，两浮是控制网纲下沉的深度，网纲下沉 2.5 米是为了防止晚上船驶过被舵卡到。麻网的年代置一行摆渔网很不容易，青麻线是自己制作的，制作网线有一系列的工序，采购青麻回来后，用水浸麻，开麻，用手指甲把青麻撕成麻丝，把麻丝晒干后搓成线胚，线胚用竹子架起用线胡结成网线，有网线了开始织网，网织好后开始压网，准备压网前要湿一下水，压网是为了把网目结压紧，使网目结不移位。接下来的工作是用杉木削浮仔，浮仔削好后用桐油涂上晒干，然后开始装网，把浮仔扎绑在网纲上，摆渔网装网 8 成，也就是 1 米长的网目，0.8 米的网纲，最后一道工序就是用鸡公木或是杉木削制两浮，两浮体积比网目要大一倍，两浮小会串过网目，造成卡网。两浮削制好后用桐油涂两次。装好网用鸭蛋白掺桐油染，网是疍家人的捕鱼工具、营生饭碗，疍家人非常爱护，摆鱼季节每个月要染一次，增强网的韧性，延长网的使用期。

　　六月、七月洋流水向岸方向流，疍家人叫南流迈，南流迈水眼清，小鱼群也因南流流向被带上浅海岸湾，鲭鲋等大条鱼也跟着寻食游入岸湾。

---

① 两浮：浮球。

三亚疍家人咸水歌咕哩妹调有唱："南流你到哎街，鲭鲋你到到迈咧，咕哩妹唉，鲭鲋你到到迈啊哎，财香你到啰寨啰"。歌词告诉人们南流到街，鲭鲋到迈是摆鱼揾钱的好机会。摆鱼是单船晚上生产作业，六月、七月摆鲭鲋三元角海域最热闹，摆渔船很多，为了选择理想海域，一些船下午6点就开网了，麻网摆鲭鲋，网张不多，放网15张左右，放完网用一条绳绑在网纲上，这条绳叫系筷绳，船离网十几米远，船跟着网随流水移动，半夜收一网，第二网次日早晨6点收，收完网就回港了。从20世纪60年代初开始，摆渔网改用力士线编织，力士线疍家人习惯叫黑胶丝，上纲改用塑料胶浮仔，两浮用泡沫浮球，两浮绳增长到3米，麻网逐步淘汰。力士线编织摆渔网比麻网节省了很多工作，不用染、不用晒，力士线韧性好、耐用，摆鱼效果好，力士线编织摆渔网脚深7米，网张增加到20张，生产作业大多数是一晚一网，傍晚开网第二天早晨收网。到了20世纪70年代发展深海摆渔网，网脚深10米，两浮绳5米，两浮绳5米深是为了防止有大船过卡到网，深海摆渔网也叫深脚网，是当时榆港大队两艘阳光仔20匹经营，网张30至40张，傍晚开网第二天早晨收网，一晚一网，收一次网要用2个多小时，深脚摆渔网是在深海作业，要在30米深以上的水域。由于网长深脚，人力收网很费劲，后来装置了起网机，收网省力了很多。深脚网摆鱼，用一缆绳绑住网纲，船距离网十几米，船跟网随流移动，一夜移动几海里，深脚网摆鱼除了鲭鲋、马鲛，其他鱼也有。三亚疍家人深脚网摆鱼于20世纪90年代初被淘汰。

九冬十月是摆马鲛鱼季节，咸水歌叹家姐调有唱："家呀兄啦，哥啦，买番都青麻，又织番你麻网啊；家兄哥啦，九冬呀十月，马鲛行呀红咪。"
麻网时代摆马鲛是在石角①水域或珊龙②水域，青麻线摆渔网 7 张，网总长约 200 米，在石角摆马鲛网不能过长，网太长容易被水流冲上石头，造成网破烂，摆马鲛要掌握流水，开网是按流水的横向开，有一绳绑在网纲上，疍家人把这绳子叫作系筷绳③，系筷绳尾绑住船随流移动，当网移动过寨④，收网摇船返寨头重新下网，如果有两网都没有鱼就等转流或过寨。有一些摆马鲛鱼能手，他手捉住系筷绳可知道第几张网有鱼卡网，而且大概知道这是什么鱼。摆马鲛除了掌握流水还不够，还要掌握马鲛鱼的活动规律，这对摆马鲛鱼作业很重要。转流返北，晚上雾水大，有毛毛雨，这是马鲛鱼浮起游动规律，不同的寨域马鲛鱼有不同的活动规律。如在什么寨域转流马鲛鱼容易浮起游动，什么寨域返北马鲛鱼容易浮起游动……。马鲛鱼不浮起游动是很难被网摆到的。

20 世纪 60 年代初，开始发展力士线摆渔网，麻网在石角摆鱼就被淘汰了，改用了力士线摆渔网摆马鲛，随着生产力的发展，20 世纪 80 年代初，力士线摆渔网摆马鲛也被淘汰了。

---

① 石角：港外石与海连接的地方。
② 珊龙：海底的暗礁带。
③ 系筷绳：抓绳子的动作似孩子抓筷子一样。
④ 过寨：改换马鲛鱼居栖活动的区域。

杠鱿鱼

20 世纪 80 年代初，也是改革开放刚开始时，集体经济向市场经济转变，大队的船网工具都由社员承包下来，改革开放政策惠及广大渔民，渔民大显身手，大力发展渔业生产，增加经济收入，提高生活水平，海洋捕捞出现一片新气象，集资、贷款新建渔船，就在这个潮流影响下，三亚疍家人建造了一批 12 马力的杠鱿鱼渔船，当时常州市生产的 12 匹柴油机供不应求。实行市场经济，生产力得到快速发展，人们的意识也有新转变。

改革开放后，三亚疍家人还有一些人保留煤油四头灯杠鱿鱼。新兴起建造的 12 匹渔船长 6.5 米、宽 2.2 米，船头约 2 米是作业区，船尾 1.5 米是生活区，船中间有一个棚仔，棚仔长 3 米、高 1.1 米、宽 1.6 米，棚仔中间开一个口用于摇橹，摇橹时打开盖，不摇橹时把棚口盖回，棚头、棚尾有拉门，棚仔两侧有 4 个窗，窗装置在外面，也是拉式。杠鱿鱼船配置两根竹吊竿，长 7 米，竹头直径 13 厘米，竹尾直径 8 厘米，作业时把两根竹吊竿伸开绑紧，竹尾翘起，一根绑在船头稍微向前倾斜，一根绑在船尾稍微向后倾斜，不作业时收回放在锦沟①，杠鱿鱼是单船作业，劳力两到三人，多数是夫妻两人。

网具是用 6 厘白胶丝编织，呈四方形，边长 6 米，网目 2 厘米，网四

---

① 锦沟：指船旁凹沟。

周用 120 纱力士线做网纲，网四角有四个扣耳，装网 7 成，也就是网目 1 米，网纲 0.7 米，这样起网时网纲先出水面，网心还是在水里有空间给鱿鱼游动，网四角网纲各绑一块两斤重的铅块。煤油四头灯是装置在棚仔前左角位置，灯具用架子支撑起，架子可以转动伸出船外 80 厘米，架子前后由两条绳子固定，不让其摆动，煤油灯股放在灯具旁边，要用打气筒经常给灯股充气，保持灯的光亮度。

杠鱿鱼是在六、七月份，傍晚船开到作业海域，选择位置抛锭，从船舱拿出网具，在四个网角绑上铅砣，绑拉绳，两根拉绳串过吊杆尾滑轮，从船舱拿出四头煤油灯支撑好，给灯股充好气，工作就绪等待天黑，约晚上 7 点半开灯，煤油汽灯开灯是先用一布球蘸柴油，将布球点燃。架在灯纱下烧，当灯纱头温度达到燃烧柴油时慢慢打开油股汽阀门，灯纱开始变白色，然后再把阀门开大一些，使灯纱达到最亮点。杠鱿鱼也讲运气，如果抛锭这块海域鱿鱼多，开灯后很快就会有鱿鱼上灯了，发现有鱿鱼上灯开始开网，船头船尾各 1 人，先把吊杆尾的两个网角拉出去，然后四条拉绳一齐放，有两个网角是从船旁放下，四条拉绳深度一样，约 6 米，开网时鱿鱼离开，网下沉停下，鱿鱼游回灯下，当发现网里鱿鱼有一定数量后，用红布罩灯让光线缩小，使鱿鱼集中在灯底下，开始拉绳索，船头船尾各 1 人把两条绳索合袂一起拉，7 到 8 秒钟网纲就被拉出水面，鱿鱼还在灯下游动，把四条拉绳绑紧，开始拉船旁网起，用捞兜捞鱿鱼，一网渔获多则 10 多斤，少则几斤，鱿鱼捞完重新开网，一网劳作时间十几分钟。

发现鱿鱼少上灯，就转移位置。有时鱿鱼沉底深，杠鱿渔网是捕抓不

到的，只有这些鱿鱼离水面两三米，杠鱿鱼网才能捕抓到。游在水上层的鱿鱼多数是三级以下，一、二级鱿鱼在水下层多，为了捕捉这些鱿鱼，就用鱿鱼钩来钓，如果鱿鱼多上钩，1个人使用两条线，拉鱿鱼上来脱钩后把鱿鱼钩抛出去，接着就拉第二条线，一夜只有一两次这样的机会，每次也只有半个小时左右。

疍家人以前的鱿鱼钩是自己制作的，用0.8毫米的钢线剪15厘米长，把两头磨利，从中间折弯成倒向U形，再把倒向U形折弯成鱼钓形状。如果设有钢线，用钢丝缆拆开，取钢丝线打直后制作也可以，然后用一根十五六厘米长像筷子大小的竹子，尾部削尖，把4个制作好的倒U形钢线钩用线扎绑在竹子头部，竹子头端用一铅块含着，鱿鱼钩就制作成了，鱿鱼钩没有倒钩，有倒钩拉鱿鱼上来脱钩麻烦。钓鱿鱼首先用鱿鱼钩竹子尾从鱼饵口插入向鱼饵尾出，鱼线绑在竹子头部绕过鱼饵绑在竹子尾，如果没有鱼饵，用鱼皮包在竹子上用白衣线扎紧也可以。一夜劳作渔获多则一百多斤，少则二三十斤，多则第二天早晨返港处理小的鱿鱼，大的批开晒干，晒在船棚仔面和船尾棚，少则就在作业区抛锭休息，大的批来晒，小的用盐腌后晒，来回开船会浪费油料，也影响休息时间。

杠鱿鱼作业主要是在六月、七月，其他时间也可以去下鱼^①，去找排口^②钓鱼，冬季也有去摆鱼^③，疍家人的捕鱼方法很多，主要是看人是否勤劳。

---

① 下鱼：放排钓。
② 排口：在海底高起的礁石或沉船。
③ 摆鱼：晚上在水上层的流刺网。

杠鱿鱼作业于 20 世纪 90 年代初被淘汰，改行罩鱿鱼。罩鱿鱼作业就是从杠鱿鱼作业演变过来的，为了捕抓海下层的大鱿鱼。

罟仔网

　　1981年，三亚疍家人掀起一种叫罟仔网的捕捞作业方式，改革开放刚开始，大队的大集体生产解散，渔船基本由社员承包下来，其中有八艘是1975年用风帆下鱼艇改装成20匹的渔船，社员承包后都从事罟仔网生产。罟仔网与灯光围网相似，罟仔网长150米左右，网两深15米，两边旁两^①深13米，两边网爪深10米，网两网目1厘米，旁两网目1.5厘米，网爪网目2.5厘米。上纲用塑料浮仔浮起，下纲绑有25个铅圈，铅圈带长60厘米，每个铅圈重5斤，由一条直径25毫米粗的维尼龙索串过铅圈，将铅圈和网一起放。罟仔网作业围网不需要讲流水，任意方向都可以下网，因为水浅，水流不急，网小钛^②；灯光围网就不同了，水深流急网大钛，围网时要掌握好流水，不能围倒流。罟仔网作业很辛苦，用人力拉索扯网，一夜多则围二十几网，少则十几网，基本没有时间休息。罟仔网作业的渔获大多数是水公鱼，有时也有青鳞花^③和其他鱼，一网多则几担，少则几十斤，一晚的生产多则二三十担，少则几担。

　　罟仔网是专捕抓水公鱼的一种网具，生产作业在浅海湾2米至10米深水域。三亚湾、鹿回头湾、大东海、马岭等地最适合罟仔网生产。罟仔网是单船作业，装置一台12匹发电机，配6个500瓦渔灯，配有一灯艇，

---

① 旁两：挨着网两的网。

② 网小钛：网具小张。

③ 青鳞花：小条的青鳞鱼。

装置一台 6 匹发电机，配两个 500 瓦渔灯。晚上到达作业海域，大船和灯艇都开灯，大船在船尾拖着灯艇低速行驶，发现有水公鱼跃水，马上解开灯艇缆绳，大船灯马上熄灭。灯艇向鱼儿跃水的地方摇去，鱼儿就跟随在灯光线下，大船同时也转头回来绕着灯艇围网，网下完去捡网头浮，船开始低车后退，人分两头拉索，铅圈拉上船后开始拉网，一会儿灯艇离开，拉到网两如果渔获多就用捞兜捞，三两担就直接用人拉上船。一网劳作时间约半个小时，罟仔网作业是边扯网边把网整理好，有时这网工作还没有完成，又有鱼上灯，工作一完跟着又去围网，这晚如果鱼汛好，劳作就不停了。凌晨 5 点船返港，将渔获交易完毕，吃过早饭，人们带着疲惫开始休息。下午 4 点半吃完饭，船又开始起航驶往作业海区，傍晚太阳快要下海，水公鱼喜欢浮出水面游动，在水面跳跃，看见后马上将船开过去，到下网位置放下灯艇，开始围网，灯艇摇到网口用水钟驱赶，防止鱼从网口游走。傍晚是罟仔网作业的最好时间。

　　罟仔网一年四季都可以生产作业，但冬季比夏季好，冬季吹东风、东北风，在岸边作业无风无浪，冬季上半夜又是涨潮，水公鱼游近岸边，给罟仔网作业提供有利条件。1990 年，8 艘从事罟仔网生产作业的 20 匹渔船停止了生产，改行其他作业方式。

机帆船作业

机帆船是指机械与帆结合的船。20世纪70年代初建造的机动船都有保留帆的设计,认为保留帆有好处,拖顺风时把帆拉起,增加拖速,节省燃油,提高生产效率。1975年榆港大队把两艘风帆拖船改装,配置100匹,按当时的风帆拖船吨位配置100匹是不匹配的,但从节省成本开支考虑,又考虑生产时拖速,改装时还是保留了帆。但投产后发现这种设计是错误的,拖顺风是有作用,但实际生产过程中,不可能总是拖顺风,当拖逆风时,就不起作用了,反而帆的存在造成了阻力,影响拖速,自然生产效率就低了。通过一段时间的实践,渔民认识到,只有加大马力,才能加快拖速,只有加快拖速,才能提高生产效率。到20世纪90年代,很多拖船,包括香港拖船,开始换机,加大马力,网具也加大,生产效率明显提高了,马力加大了,不管什么风向都不影响生产,帆的存在就没有意义了。生产力的发展就是这样,先进的把落后的挤出舞台,榆港大队改装的100匹拖船,也被挤出了拖网作业行列,改为大围网作业。

榆港大队除了用风帆拖船改装的100匹外,还有机帆拖船135匹一对、120匹一对,由于船大、马力小,拖速不理想,1976年,大队给这两对机帆船进行了换机,120匹改为135匹,135匹改为185匹,120匹是用135匹换出来的旧机。两对拖船换机后生产效率明显提高了。

机帆船在20世纪70年代也是属于先进的生产工具,当时的背景不同,机械渔船刚兴起,柴油内燃机很缺,尤其是大马力的,我们国家当时还是很落后的，生产的柴油机满足不了渔民的需要，在当时渔民认为机帆船要比帆船好得多，这是事实，这是渔业捕捞工具发展的过程，从无帆发展到有帆，又从有帆发展到无帆，后面的无帆就是我们的现代机械渔船。

机帆船是 20 世纪 70 年代疍家人机械渔船发展的起步，为疍家人机械渔船的发展奠定了基础，积累了经验，作出了贡献。改革开放后，三亚疍家人的机械渔船发展迅速，至 21 世纪初，三亚疍家人的机械渔船数量达到了 400 多艘。

大 围 网

1975 年至 1988 年是大围网捕捞作业兴起的时期，白天单船生产，当时从事大围网作业的船都是木制渔船，船吨位在 50 吨左右，马力 80 匹至 120 匹，大围网长约 800 米，网深约 200 米，网的结构由网两、旁两、爪头网组成，网两是网中心，旁两分两边连接网两，爪头网分两边连接旁两，网两网长 100 米，旁两一边网长 150 米，爪头网一边网长 200 米，网两网目 3 厘米，旁两网目 4 厘米半，爪头网目 6 厘米。上纲用浮子浮起，下纲绑有六十几条圈带，圈带长约 4 米，一头绑在铅圈上，一头绑在下纲上，一条拉索从铅圈中间穿过，铅圈按顺序套在圈杆上。围网两头网爪分别有网头砣，用铸铁铸造成，每个重 100 多斤。开始围网，先把网头浮掉下海，跟着掉下网头砣和索尾绳，下完网，船驶去捡网头浮，把网头索拉起，然后船后撤，索分两头绕在绞缆机滚筒上，一人拉住索尾把索绞回，绞到铅圈上船，网这时已形成了一个网兜了。解开圈带，用连环索套套住渔网，一节一节把网拉上船，绞到网两，开始用人工拉网，网拉到渔获合拢时，将横单① 打开，用捞兜把渔获捞上，如果渔获多下沉，就用沉水捞兜把渔获捞上。一网的工作时间要用两个多小时，如果渔获多则需 3 至 4 个小时或更长一些时间。

过去大围网船的起网机是在主机头装有一地轴，地轴在离合器控制下与主机连接，生产工作时合上，不工作时离开，地轴上配有一皮带轮，地

---

① 横单：吊杆。

轴由两个轴承座固定，地轴皮带轮和船甲板上起网机皮带轮连接，甲板上皮带轮轴也由两个轴承座固定，输出轴头用万向头和45度螺旋齿轮连接，45度螺旋齿轮带动横向螺旋齿轮，起网机两个滚筒就是装在横向螺旋齿轮轴上，滚筒内则由一轴承座固定。离合器控制柄设计在滚筒旁边，方便操作。有一种起网机是用汽车后轮桥改装成。1990年以后的起网机就先进了，采用油压起网机。

大围网作业，一般凌晨5点左右起航驶向作业海域，船尾还拖着一艘网头艇，到达海域派人爬到桅杆上，桅杆上装有一个瞭望台，人坐在瞭望台里瞭望鱼群，船不停地来回慢速行驶，当桅杆上人员发现鱼群，立刻指挥船行驶方向，船加速向鱼群方向驶去，这时工作人员忙碌准备下网的工作，到达鱼群位置，船长根据鱼群走向，调整好船位，解开网头艇拖绳，两人即刻下网头艇，船长一声令下：下网，此时船长把船提到了最高速，网像被风刮下海一样，铅圈在圈杆上一个一个飞出，落入海中。网头艇摇到网口用水钟赶鱼，防止鱼群从网口游走。下完网，船驶去捡浮头，然后，拉索绕在滚筒上，边后撤边绞索。高速行船下网是非常危险的，人一不小心被网卡住，那就下海了，随时有生命危险，尤其是有些风浪时，人在甲板上站立不稳，是很容易出事的，在海上捕鱼作业事故时有发生，安全生产很重要，围网时，船长都要嘱咐大家注意安全。大围网作业朝去晚返，如果今天没有下网，那就在作业海域抛锚等候明天的鱼汛。

大围网作业兴起快，淘汰也快，到了1990年后，灯光围网作业快速发展，船、网具不断增大，网的长度达到了与大围网的一样，有一些灯光围网船

的网比大围网船的网还长，白天见到鱼群照样可以围，就这样白天大围网作业被迫下岗了。

灯光围网

20 世纪 70 年代初，四头煤油汽灯诱鱼作业淘汰后，开始兴起发电灯光诱鱼作业，这是当时海洋捕捞生产大转型时期，各地渔民都兴起的作业方式，也是持续时间最长的生产作业方式。晚上单船独立生产，刚开始三亚疍家人的发电灯光诱鱼作业，只有几千瓦，渔船吨位也只有十几吨，到了 1975 年，榆港大队灯光围网作业船已发展到了 20 多艘，有 20 匹、40 匹、80 匹，船吨位也发展到了 20 多吨，诱鱼灯发展到了 20 千瓦。改革开放后，也就是 1981 年，灯光围网作业发展更加迅速，船吨位不断增大，诱鱼灯也随之增多。进入 21 世纪初，灯光围网船已发展到 150 吨，马力 300 多匹，诱鱼灯 300 千瓦，一个灯泡 1 千瓦，也就是有 300 个灯泡；到 2008 年，灯光围网船发展到 200 多吨，马力 400 多匹，诱鱼灯 400 多千瓦；到 2010 年，三亚疍家人灯光围网船有 300 多艘，150 吨级以上灯光围网船有 70 艘，其中有 58 艘是钢制渔船，这是三亚疍家人发展灯光围网作业最兴旺的时期。

灯光围网作业海域广，作业方式分两种，大的在深海生产叫灯光围网作业，小的在浅海生产叫勒罟仔作业。灯光网具是根据本船吨位大小而定，网具大小制作原理基本一样。150 吨级灯光围网船，网长 900 米，网两深 250 米，两头网爪深 200 米，网两网目 2.5 厘米，旁两网目 3.2 厘米，旁两外网目 4 厘米，两头网爪网目 5 厘米，上纲网舌用 27 纱力士线编织，网目 7 厘米，宽 5 目，网舌是交接于渔网与网纲之间，加强网具拉力，上纲由两条直径 16 毫米尼龙绳组合，一条用来串浮子，一条用来串网舌，然

后把两条用线扎起，网两浮子隔 10 厘米扎一个，旁两至网爪浮子隔 20 厘米扎一个。下纲网舌用 36 纱力士线编织，网目 8 厘米，宽 10 目，交接于渔网与网纲之间，加强网具拉力，下纲也是由两条直径 16 毫米尼龙绳组合，一条用来串网舌，一条在网舌外加强下纲拉力，用线把两条绳扎起，20 厘米扎一个结。上纲用 4500 个左右塑料浮子，下纲绑有 70 条 V 形圈带，圈带长 4 米，直径 10 毫米，V 形绳上两头绑在下纲上，V 形绳下头绑在不锈钢管圈上，钢管圈内注入铅，钢管直径 3.5 厘米，不锈钢管圈直径 30 厘米，每个重 45 斤。网头砣是由铸铁铸成，网头网爪各一个，每个重 200 斤。拉索串过 70 个不锈钢管圈，70 个钢管圈按顺序套在圈杆上，网头网爪分别绑网头砣，网头砣是帮助网加快下沉速度的。圈杆长 2.3 米，用直径 9 厘米圆钢弯成，下网时把它推开。拉索由一个大滚筒卷起存放，全长 1400 米，其中 1000 米是用直径 16 毫米的钢丝缆包上一层胶布，然后再用三股维尼龙绳绕抱在外面，起到保护钢丝缆、延长钢丝缆使用期的作用，每节钢丝缆两头有扣耳，用尼龙绳接起，钢丝缆索两端还配有直径 40 毫米大的维尼龙索，每端长度 200 米，刚开始拉索时，两端的拉力不是很大，故两端的索不必用钢丝缆索了，钢丝缆索 4 年左右需要更换一次。

灯光围网作业配有一艘小船，渔民习惯叫灯艇，平时吊在大船尾，灯艇是配合大船诱鱼与围网，当探鱼器发现有鱼群，准备要围网，首先把灯艇放下，灯艇开始发电开灯，功率有 4000 瓦，灯艇开灯后，大船的灯开始分批熄灭，如果一下全部熄灭，鱼群就全部跑掉了，大船上的灯全部熄灭后，就剩下灯艇的灯了，鱼群就跟着灯艇的灯光。大船开始收伞，做好下网准备，船长把船开到合适的流向位置下命令下网，大船绕着灯艇围，围下网的直径200多米，大船开到网头浮，用钩把网头浮钩起，然后用网头浮绳绕在起网机滚筒把网头砣拉起，取出拉索两头齐拉，当钢管圈拉上船后，解开圈带，渔网用连环索分两头绞，用扣耳套住网具，扣耳卡在连环索上一节一节绞，绞到网两就用人工拉网，网拉到网两，推开吊杆，用捞兜把渔获吊起，如果渔获沉得深，就用沉水捞兜打捞，沉水捞兜口径2米，一捞兜上来2000斤左右。

灯光围网有一工具叫伞，是代替锚用的，灯光围网作业在大海是不抛锚的，船到达作业海域后把伞放下海，伞被流水冲走后，伞口张开起到挡流作用，伞口张开直径10米左右，由40根直径10毫米粗的尼龙绳做伞带，伞带与一条直径40毫米粗的维尼龙缆连接，伞口绳长12米，伞缆绑在船头缆柱上，伞尾有一条绳绑着一个浮球，收伞时拉起浮球的绳伞就收起了。

大型灯光围网船都在50米深以上的海域生产作业，因为网具大、深，如果水浅，多余的渔网拖在海床地上，遇到礁石和其他物体，渔网就容易被刮破。大型灯光围网船出一趟海要3至4天，如果当晚渔获有两三百担①也会回港。停留在大海都是放伞下海流，一天移动10海里左右。

大型灯光围网船仪器很先进，有对讲机、单边带、卫星电话、三合一探鱼机、声呐探鱼器、气象雷达。2016年起，三亚疍家人开始使用声呐探鱼器，有一些船利用声呐仪器的先进性，有时晚上都不用发电开灯，在作

---

① 担：一担一百斤。

业海域慢速行驶，当声呐视频发现有鱼群，船减速下来，在声呐视频观察鱼群走向，调整船位开始下网围。如果晚上没有生产，白天风浪好，船也在作业海域慢速行驶，用声呐扫探鱼群进行生产作业。声呐的投入使用，提高了大型灯光围网船生产效率。使用声呐的灯光围网船的网具都要加长一些，网具达到1000米左右，因为白天围鱼，鱼的游走速度比晚上要快。

三亚疍家人灯光围网作业在各种因素影响下，尤其是2016年三亚渔港搬迁后，由于渔船管理上的不便，至2019年卖掉了70%，至2021年卖掉了90%，到2022年也只剩下几艘大的、几艘小的渔船了。

罩鱿鱼

20世纪90年代初，三亚疍家人把杠鱿鱼作业改为罩鱿鱼作业，这是疍家人在海洋捕捞生产作业中的又一改进，解决了杠鱿渔网无法捕抓底层鱿鱼的问题，提高了生产效率。除了捕抓鱿鱼，其他鱼也可以捕抓到。罩鱿鱼作业的兴起提高了渔民的积极性，把建造渔船推向一个新高潮，三亚疍家人纷纷投资建造罩鱿鱼渔船。根据个人的资金情况建造，1990年至1994年间，建造的是长12米至14米的船；随着渔业生产发展，生产力不断进步，1995年至1998年间建造的是长15米至18米的船，当时投资建造一艘18米的木制罩鱿鱼作业渔船要40多万元，配置一台150匹的德国吉那旧机。在20世纪90年代初期至中期，三亚疍家渔民造新船大多数都喜欢使用德国的吉那旧机、日本的90匹碘佬旧机，因为经济原因，150匹吉那旧机只需1万多元就可以买到，90匹的碘佬旧机只需几千元就可以买到。吉那机用于船主机使用，碘佬机用于发电使用，那个时候很多人委托香港船朋友帮助购买，三亚也有人经营这行业，但价格稍贵一些。

罩鱿鱼作业渔船比杠鱿鱼作业渔船大了很多，配置设备也多了，有探鱼机、对讲机、起网机、发电机。有的配置两台90匹碘佬仔，每台带50千瓦发电机，配40个1000瓦鱼灯，有的配置一台吉那150匹带100千瓦发电机，配70个1000瓦鱼灯，起网机用一台12匹的带一个减速箱，减速箱输出轴配装滚筒，疍家人叫啰哪，起网绞索时索绕在啰哪上三四圈，一人拉住索尾，网很快就被绞上来，比杠鱿鱼用人力拉省力多了，效率高

了，这就是先进生产力。罩鱿鱼作业渔船使用 4 条杉木吊杆，吊杆长短是根据渔船大小确定，18 米长的罩鱿鱼作业渔船吊杆每条长 13.5 米，头直径约 18 厘米，尾直径约 13 厘米，分别在船头安装两条，船尾安装两条，每条吊杆装置一个木墩，木墩中间开孔安装一个吊杆头钢销套。吊杆头用一节直径 20 厘米、壁厚 1 厘米的钢管套住，钢管套尾部用 14 毫米厚钢板焊接，在钢板上装置活动钢销，活动钢销直径 40 毫米，长度长于木墩钢销套，钢销尾有一个环卡住，防止钢销滑出。吊杆尾用一节直径 15 厘米、壁厚 1 厘米的钢管套住，钢管上下各焊接一个扣耳，上扣耳用于吊钢丝绳，钢丝绳尾结一个套套在桅杆尾上，下扣耳用于装置滑轮吊索起网，吊杆中间有一个倒向"丫"字形吊绳，吊在桅杆上增加吊杆强度。

当时的罩鱿鱼作业渔船有两支桅杆，用于吊拉吊杆，一支安装在船头，一支安装在船尾。船头桅杆是高 6 米、直径 6 寸的钢管，桅杆座用 14 毫米厚钢板焊接，用螺丝固定在船甲板上，用直径 16 毫米钢筋弯成梯级焊接在桅杆上，40 厘米一个步级，方便上桅尾工作，桅尾两侧各焊接两个扣耳，两个用于拉扎角①，两个用于拉吊杆，桅杆座安装一个地牛马②用于吊网和吊渔获。船尾桅杆高是 5 米、直径 5 寸的钢管，和船头桅杆装配一样，但没有地牛马。灯架装置在船棚仔面，用钢管焊接成，棚仔面两侧各安装一排，一排分上下两层挂吊渔灯，晚上开灯把灯架放下，灯架是活动的，渔灯伸向船外一米多，不作业时把灯架拉起，两排形成八字形用绳绑紧。

---

① 扎角：加固桅杆的拉绳。
② 地牛马：装置低可以打开壁板的滑轮。

罩鱿鱼网与抛网的原理不同，抛网是一目一目编织，自上至下按规律加生①织成，而罩鱿鱼网是自下至上一筒网一筒网按规律减少网目斗成②。装罩鱿鱼网首先要计算出本张网口的周长，而网口的周长是据本船的宽加上两吊杆打开的宽度计算。比如船宽5米，吊杆长13.5米，船头与船尾吊杆距离是15米，计算公式是：5×2+13.5×4+15×2=94米，再加上网4边每边3米的下垂参数12米，本船罩鱿鱼网口周长是106米。还要计算本船罩鱿鱼网的长度和各节网筒长度，比如设计网长度24米，把它分成6节网筒斗接③，每节网筒长是4米，从第二节网筒至第六节网筒周长要减多少米，首先确定第六节网筒直径，比如5米，那么是5×3.14=15.7米，取整数约16米，（106－16）÷5=18米，第二节网筒至第六节网筒周长每节减少18米。由此可得到第一节网筒周长106－18=88米，88米就是第二节网筒周长，88米与106米又如何连接？106÷88=1.2米，也就是第二节网筒周长1米网目要消化第一节网筒周长1.2米网目。第二节网筒周长88－18=70米，70米就是第三节网筒周长，88÷70≈1.26米，也就是第三节网筒周长1米网目要消化第二节网筒周长1.26米网目，依此类推下去。第六节是网兜，网兜在计算数字上加大一些，不影响罩网打开，是尼龙线编织，网目2厘米，网兜网筒周长约2.6米，网兜尾用尼龙绳串起绑紧。第一节网筒至第五节网筒是用8厘白胶丝线编织，网目三厘米，有渔网厂生产，网兜尼龙网也是

---

① 加生：织抛网的规律，增加网目。

② 斗成：多凡网交织起。

③ 斗接：把两节网交织起来。

厂家生产，把网采购回来就可以了。用27纱力士线编织一条5目宽网舌，网目6厘米，网舌是为了加强网口拉力，一边与网口、网目连接，一边串网纲。用两条40厘白胶丝三辫线做网纲，一条串网纲，一条帮助加强网纲拉力。然后网目按9成比例在网纲上用尼龙线扎绑，20厘米扎一个结。网纲绑60个铅圈，圈带长2米，一头绑在网纲，一头绑在铅圈上，每个铅圈重3斤，一条直径26毫米粗尼龙索从圈中穿过，索长250米。

六月至八月是罩鱿鱼季节，又是一年生产最好的月份，其他时间也可以从事罩鱿鱼作业。傍晚到达作业海域，先下300米左右7指摆渔网，网脚深7米，两浮绳3米，网纲有一条绳连着渔船，网距离船约50米，是代替锚用的，又可以摆鱼，在大海水深不易抛锚，故用摆渔网来堕流，渔船随着水流向慢慢移动。接着准备各项工作，两条引绳从船头沉下在船两旁往后拉到所需位置停下，水鬼绳串过吊杆尾滑轮等候，两条引绳绑好船右边网角，在左船旁放下从船底拉过，解开网角引绳，右边两条水鬼绳在网角打闩水鬼结，引绳绑住水鬼结绳尾。右边引绳、水鬼绳工作做好后接着做左边引绳、水鬼绳工作，四条吊杆的工作都做好，开始把吊杆打开固定好等待时间发电开灯。约晚上7点半把灯架放下，前后用绳拉紧，不让其摇摆，开始发电开灯等候鱼汛，如发现有鱼汛，罩鱿鱼网从左船旁放下，四条水鬼绳拉开，网兜放在船上，四个网角拉到吊杆滑轮下，把水鬼绳尾绑紧，四条水鬼绳把网四角吊在吊杆滑轮上，引绳放松不能拉紧。网拉索盘放在左船旁，拉索尾套在船头榾地牛马。开网时鱿鱼暂时走开，网开好过一会儿后游回灯光线下。准备罩网，4个人拿起引绳做好准备，渔灯开始分批熄灭，留下 4 个用红布罩住，光线缩小，待鱿鱼游到灯底下，船长一声令下：发水鬼，4 人一齐拉引绳把水鬼结拉开，网迅速罩下去，跟着网兜也翻下海，罩网很快就沉下去，拉索在船旁自动滑下，网兜尾下沉四五米开始收索，两头索绕在啰哪同时绞，铅圈上船后网筒用绳套套住一节一节绞上，网兜的渔获也是用绳套套住网筒绞上，解开网兜尾锁绳结取出渔获，把网兜尾锁绳绑好等待鱼汛，渔灯又开始打开，恢复原来的光芒。罩鱿鱼船配置人员 5 人，一网作业时间约 40 分钟。第二天凌晨 5 点半左右停止发电，灯架拉起绑好，开始收摆鱼网，六月至八月炮弹鱼很多，有时摆鱼网收获也不少，当晚渔获不是很多，将渔获放到冰柜保鲜，船开到就近浅海域抛锚休息，免得收起吊杆，来回浪费油料。如果当晚渔获多，就要收起吊杆开回港卖鱼。

罩鱿鱼作业持续了几年，进入 21 世纪初罩鱿鱼船越造越大，发展到 20 多米，后来渔民不叫罩鱿鱼船了，改叫罩网船。

机拖船作业

机拖船是 1975 年兴起的一种海洋捕捞生产渔船。它的兴起取代了风帆拖网作业和机帆拖网作业。机拖船发展迅速，从几十吨发展到几百吨，从 100 多匹发展到 1000 多匹，从木制渔船发展到钢制渔船，从只有对讲机发展到各种仪器、通信、气象齐全的现代化渔船。机拖船的大量快速发展，给海洋资源也造成了一定的影响，海洋生态受到严重破坏，国家为了保护海洋生态平衡，实现海洋资源可持续捕捞，1999 年出台了伏季休渔政策，定于每年 5 月 1 日至 8 月 1 日实行渔船停港休渔。2018 年以后，延长至 8 月 16 日。由于外地机拖的不断壮大，海洋资源的遏制，三亚疍家人机拖作业于 20 世纪末被挤出了机拖行业，转产灯光围网、灯光罩网。

机拖作业有单船生产和双船组合生产两种，又称为单拖、双拖。1976 年至 1981 年，榆港大队有一艘船称之为大木船，从事单拖生产，吨位 200 多吨，马力 250 匹，是榆港大队当时最大吨位机拖渔船。单拖作业是靠两块单拖板把网爪飘开，使网口张开、升高。大木船拖网作业时，网口宽 150 米，网口高 30 米，拖缆长 600 米，拖速 4 节左右。单船拖网作业是根据本船大小、马力、作业性质，在适应的海域生产，小型单拖作业都在近海 30 米左右深的海域生产，有拖鱼的，有拖虾蟹的，有拖螺的，网具都不同。市面上有部分虾、蟹、螺都是靠这些小型单拖渔船生产提供的，这些小型单拖渔船在海南临高县最多，在海南其他各个港口也都有。

双拖作业比单拖作业效率要高，因为双拖作业拖速快、网口高且宽。

双拖网具和单拖网具结构是一样的，根据船的马力大小制作网具，网具结构分网尾、网筒、网爪，拖网网目结构很复杂，与方形网结构不同，方形网编织没有加减网目的要求，拖网网目编织是有加减网目要求的，而且两边网爪网目加减要相同，网爪编织上纲下纲网目加减是不同的，拖网在水下拖时上纲是在下纲前面。网筒编织网目是从尾端按要求增加网目，疍家人叫加生，根据网筒长度分节增加网目，也就是说织多少目开始加生，加生时网目要数准，如果发现不对要从头返工很麻烦，所以织拖网要认真不能大意，否则就是工作重复。装拖网也很讲究，在地面上打桩把两网爪拉平才能装置网纲，两网纲长度必须一样，网纲与网目交连每网目都要扎结。网纲装好还有装浮子，两网爪上纲装的浮子要相对称，上纲用 40 毫米尼龙缆，两网爪下纲含铅块也要相对称，下纲用直径 18 毫米钢丝缆抱尼龙绳，有的在下纲还配有一些铁链，有的在下纲安装滚轮子，这样有石头时容易跳过。在渔业网具中拖网是最讲究的。1975 年至 1981 年，榆港大队双拖机船有 8 对，185 匹一对、135 匹一对、120 匹两对、150 匹一对、100 匹一对、80 匹两对。1982 年至 1999 年是三亚疍家人发展机械渔船最多的时期，有各种机械渔船 400 多艘，其中双拖机船有 28 艘 14 对，双主机，马力在 600 匹至 1000 匹之间，拖网最大，网口宽 250 米、高 50 米，拖速 5 节。双拖是两船组合生产，一船拖一端网爪，两船齐拖，拖缆两船一样，长度 600 米，作业海区西至北部湾，东至文昌七洲屿，水深 30 米至 60 米，作业时一天拖两网，每网的工作时间约 2 小时，出一趟海生产要两至三天。1981 年以前，生产的渔获是用盐来腌，渔获由政府水产公司统购统销，自

行销售是违规的。水产公司收购的咸带鱼、马口鱼、红线鱼等中层鱼 2 角 8 分钱一斤,新鲜的 2 角 5 分一斤,咸的比新鲜的贵,因为把盐的成本也加上去了。

1989 年至 1999 年这 10 年,是三亚疍家人机拖最辉煌时期。这些机拖船都是 20 世纪 90 年代三亚疍家人由香港渔民购进的木制旧机拖船,由于没有能力更新,机械陈旧,故障频多,生产效益连续多年下滑,在机拖行业失去了竞争力,因此被迫改行。至 20 世纪末,三亚疍家人的机拖船基本没有了。

罩网船作业

罩网船作业是从杠鱿鱼船演变过来的，20 世纪 80 年代初疍家人在改革开放政策的鼓舞下，建造了一批 12 匹、长 7 米左右的杠鱿鱼船，晚上用煤油汽灯诱集鱿鱼，用两条竹竿伸开布网杠捕鱿鱼，网幅边长只有五六米，只杠到水上层的小鱿鱼，底层鱿鱼和鱼儿是无法捕抓。通过三四年的生产作业摸索、总结，渔民觉得杠鱿鱼作业已经是落后了。1990 年年初杠鱿鱼改为罩鱿鱼，船增大到 12 米至 14 米，使用 4 条杉木吊杆，用一台 12 马力发电用渔灯诱集鱿鱼，网幅比杠鱿鱼网幅大了很多，罩鱿鱼船刚开始起网时还是用人力拉，网幅加大了除了捕抓鱿鱼，其他鱼也能捕抓到，渔民从此萌生出把网幅加大到其他鱼都可以捕抓的想法。于是 1994 年罩鱿鱼船开始不断增大，至 1997 年罩鱿鱼船增大到 18 米至 20 米，配置了起网机，网幅又增大了，底层鱿鱼、带鱼、铁甲鱼、炮弹鱼、巴林鱼、池仔鱼等很多种鱼都可以捕抓到。网幅增大、生产量提高，渔民又有了新的认识，得出生产发展的思路，随着近海资源的遏制，必须向深海远海发展，罩鱿鱼船作业已经不适应在深海远海生产，发展深海远海生产必须造大船、造大网，于是把罩鱿鱼船改为罩网船。

2000 年后，罩网船快速发展，至 2015 年罩网船发展到 58 米钢制渔船，渔民叫大型罩网船，配置劳动 10 人，吨位 600 吨，主机马力 900 匹，有两台 650 匹马力发电机组，每台带 450 千瓦，配 340 盏 1000 瓦集鱼灯，4 条吊臂每条长 48 米，用钢管焊接而成，每条吊臂重 3 吨多，每条吊臂配

置一台卷扬机开网。龙门架也是用钢管焊接，大型罩网船龙门架长 15 米、宽 8 米，用材料很多，龙门架 4 个角的柱是直径 6 寸、壁厚 1 厘米的钢管，龙门架两侧中间各增加一柱，直径 5 寸、壁厚 1 厘米的钢管加强。诱集鱼灯装置在龙门架上两侧，共有 4 排，一边两排，每排诱集鱼灯 170 盏，龙门架上有两条走道，用于诱集鱼灯的安装和更换、架上设施维修、吊臂拉吊绳安装等工作。船头焊两条钢管拉住龙门架，在船头还焊接一个步梯，方便上龙门架工作，船尾也焊两条钢管拉住龙门架。

大型罩网船网幅很大，网口周长 350 米，网长 60 米，网兜是尼龙网，网目 2.5 厘米，网兜长 8 米，在网兜上装置一条鱼抽绳，其余网筒是白胶丝网，网目 3.5 厘米，罩网展开面积 1000 多平方米。开网时 4 个卷扬机同时把网拉开，操作和罩鱿鱼网基本一样，有 4 条水鬼绳[①]、4 条引绳。水鬼绳是负责闪水鬼把网拉开后把网角吊在吊臂滑轮底下，引绳是负责罩网时把闪水鬼结拉开，网才能罩下去。准备罩网先把网拉索从滚筒拉出来盘好放在船旁，网拉索为长 600 多米、直径 26 毫米粗的维尼龙绳。网纲绑有 80 多个网圈，网圈是用直径 30 毫米不锈钢管弯成注入铅，直径 23 厘米，每个重约 40 斤，网拉索从网圈穿过，这就是大型罩网船网具的基本结构。

起网机安装在驾驶楼底下，用 35 千瓦电机带动减速箱，减速箱右边输出吉轮配接横轴，横轴带动一个大滚筒，横轴装置一个手动离合控制，滚筒绞网绞索时推上离合结合，滚筒开始转动，不需要时推开离合结合，

---

① 水鬼绳：闪水鬼和开网用的绳子。

滚筒两边有轴承座承托，滚筒主要用于绞网绞索。减速箱左边输出吉轮配装一个啰哪[1]，啰哪主要用于起锚、吊渔获、安装吊臂或维修吊臂等工作。

大型罩网船的 4 条吊臂安装是一项重要工作，每条吊臂有三组虾须吊拉绳，每组虾须吊拉绳分三节，第一节固定在龙门架顶端，也就是龙门架四个角的 6 寸钢管顶端，顶端焊接三个扣耳方便吊拉绳连接；第二节吊拉绳与第一节扣耳串联分开两个扣耳；第三节吊拉绳与第二节扣耳串联分开4 个扣耳，4 个扣耳与吊臂上的扣耳用锁扣锁住。各节虾须绳必须计算准确，吊臂头有一根活动插销直径 6 厘米。在船波焊接插销座套，插销座承受力很大，焊接时必须牢固，插销长于插销座套的厚度 5 厘米，尾端配一螺母作保险，插销全长 28 厘米。插销尾部用 4 厘米钢板焊接一个锁销耳，锁销耳孔直径 4 厘米，吊臂头尾横面用 24 毫米钢板焊接，吊臂头横面板焊接上两个 3 厘米厚钢板锁销耳，锁销耳孔直径 4 厘米，两个锁销耳内壁之间宽 4.1 厘米，锁销直径 3.9 厘米，锁销头配一个螺母作保险。插销尾部锁销耳插进吊臂头横面板两个锁销耳之间，然后用锁销插过，用螺母固紧。吊臂尾横面板焊接一个扣耳用于挂吊滑轮。吊臂是在船厂焊接好，船准备下水，用吊车吊上船安装，首先将吊臂头插销插入插销座套，用螺母把插销尾锁紧，然后用绳把吊臂绑紧在船波上。船择吉日良辰下水，下水后开始安装虾须吊拉绳，吊臂与吊臂座向上倾斜约 15 度，船头吊臂向前斜约 10 度，船尾吊臂向后斜约 10 度。吊臂安装工作就绪后，开船到港外

---

[1] 啰哪：绞缆绳的卷筒。

找个位置抛锚下来，起动卷扬机把 4 条吊臂拉开，检查是否有遗漏工作，检查没有问题后又把罩网拉开检查，试拉发水鬼、绞索、绞网等一系列检查，到晚上还要检查发电系统工作，一系列开航前工作检查完毕，收起吊臂绑紧等候出海。

大型罩网船都是在深海远海生产作业，出海一趟要七八天，出海前加够冰、水、油料、生活物资。船上有制冷设施冰库、冷藏库、速冻库，捕捞的渔获有的直接放入冰库冷藏，有的放入速冻库速冻后转移至冷藏库。龙门架上面枞檫靠近中柱位置吊挂滑轮用于起吊渔获，起网时如果渔获多，一次吊不了，可根据渔获情况分几次吊，当绞到网兜时捡起网兜鱼抽绳吊起，放下前面网筒，鱼抽绳收紧后渔获就自然分离开，把网尾渔获吊上船后解开网尾锁绳倒出渔获，绑回锁绳把网尾投下海，又重新吊网捡起网兜鱼抽绳又吊起，又放下前面网筒，按此方法操作直到把渔获全部吊上船。渔船回港卸渔货是用船头卷扬机把各个舱的渔获吊上来装于鱼贩船拉上码头交易。

至 2020 年，大型罩网船是三亚疍家人有史以来最大吨位的海洋捕捞渔船，是疍家人几百年来耕海树立的标杆模范，但愿疍家人将其继续发扬光大。

海水网箱养殖

在改革开放政策的鼓舞下，三亚疍家人大力发展海洋捕捞生产，也发展了多家企业，有造船厂、船排、机械修理厂、冰厂、冷冻厂、鲍鱼养殖场、油料供应船、冰船等，一片新气象。除了以上经营企业还有一项就是海水网箱养殖。海水网箱养殖是疍家人耕海新产业，给部分疍家人带来了商机，给当地市场经济带来了繁荣，带动了各行各业发展，有饲料供应、渔需品供应、交通运输、海鲜大排档等，形成了一条海水网箱养殖服务链，凸显了改革开放惠民政策效果。

1984 年政府号召发展海水网箱养殖，当时很多人都持有怀疑态度，担心投资打水漂，犹豫不决。如何让群众解放思想，接受这一新产业发展？时任南海大队党支部书记的郑关喜辞去书记职务，带领社员发展海水网箱养殖。首先是利用郑氏家族作为突破口，郑关喜召集渔村郑氏家族骨干开会，给大家宣传改革开放政策，分析现阶段如何发展经济，解释海水网箱养殖的科学性和经济效益。在郑关喜的耐心动员下，与会人员一致同意成立了郑氏海水网箱养殖股份有限公司，郑关喜担任公司负责人，公司有 26 个股东，两艘亲系 80 吨位渔船并入公司，船长分别是郑亚旧、梁喜三，两船平时捕捞生产和负责运输养殖渔获去广州、香港等地。通过充分的筹备工作，1984 年三月，在郑关喜的带领下，海水网箱养殖正式在红沙港海域开始，建造了三个渔排，每一个渔排 40 个网箱，到 1986 年又增加两个渔排。当时在三亚渔村引起了很大反响，原来对海水网箱养殖有顾虑的渔

民态度开始有了转变。郑关喜带头养鱼为后面渔村居民发展海水网箱养殖铺设了道路，提供了经验和技术。到 1988 年有几户人家开始在红沙港投资海水网箱养殖，1989 年又增加了几户，之后每年都有渔排增加，渔排增加带动了其他行业发展，红沙码头成了闹市，人来人往。尤其是早上，灯光船渔获交易、鱼饵交易、上街买菜、购物，人山人海非常热闹。

经营海水网箱养殖首先要建造渔排，刚开始建造渔排的规格是 3 米见方的正方形，渔排架多数采用进口梢木，排架板宽 30 厘米、厚 6 厘米，渔排架结构成井字形，纵横交叉处用直径 20 毫米不锈钢螺丝固紧。网箱用力士线编织，网目大小根据鱼苗投放而定，随着鱼苗增大，网箱网目也随之增大。网箱是 3 米 ×3 米、深 3 米，网箱口有上纲，网箱口四个角绑在排架上，网箱底用 1 寸钢管焊接一个 3 米正方形框支撑网箱底四角，保持网箱张开。投放鱼苗后网箱四个角还加四个沙袋压网箱，每个沙袋重 20 多斤，每个沙袋有绳连接绑在排架上，增加沙袋压网箱是防止水的流冲造成网箱变形，影响鱼儿在网箱里的游动。每一个排有四门锚固定，每门锚重约 200 斤，锚缆是直径 50 毫米的维尼龙，每门锚缆绑在渔排架四个排角。每户渔排都有一间约 30 平方米的工人住宿房屋，搭建在渔排上，还有厨房。配置一艘交通小船，用于运输饲料或鱼饵，补给淡水，每个排还配置一台肉酱机，主要用于绞肉酱喂小鱼苗，有的大户渔排还配置切饵机，把鱼饵切成小块。为了减轻成本，用肉酱机绞出的鱼肉酱配上麦糠或米糠搅拌后饲养军槽鱼、金鼓鱼、白鲳鱼、金鲳鱼，同时为了鱼的成长和防止鱼生病，在鱼肉酱配上药物搅拌后饲养。

海水网箱养殖要讲科学、讲经验技术。发现鱼儿有什么病都要及时医治，什么病用什么药都要掌握，医治方法多数采用药水浸泡。用塑料布或塑料桶，放入淡水加入药物搅拌后，把有病的鱼儿放入浸泡，时间要把握好，然后把鱼儿倒入网箱，海水网箱养殖也是一项烦琐的工作，每天给小鱼苗喂两次饲料，大的一天喂一次，每天早上要开小船到红沙码头购买鱼饵，每15天要清洗网箱一次。有一项比较麻烦的工作就是鱼缺氧，要启动氧泵给鱼儿加氧，严重的缺氧要起锚移动排位。最担心的是晚上人们睡着了，鱼开始缺氧，这种情况在红沙养鱼时有发生。1996年七月份的一个晚上，赤潮流入港内，造成红沙养殖户损失严重，赤潮经过的渔排损失达到60%，经济损失3000多万元。从此之后，渔民都会养成晚上起来用手电筒检查鱼的情况的习惯。除了赤潮造成缺氧，还有洪水的威胁，下暴雨、刮台风淡水加深，也会造成鱼缺氧，这种情况多数采用封网箱口下沉到海床底，还有水流通不好也会造成缺氧，这种情况要启动氧泵加氧。刚开始养鱼渔排不多，水流通很好，很少有缺氧情况，随着鱼排的增加，影响了水的流通，缺氧情况就多了。开始只有疍家人养鱼，到1992年以后，很多外地人也到红沙港养鱼，一些外地人还经营起餐厅，渔排、餐厅年年增加，网箱增大到5米×5米，用旧的改装成3米×6米，也就是用原来的两个改成一个网箱，给鱼游动增大空间。到了1995年，由于红沙港池无法容纳养鱼，加上缺氧情况也多，一些老板开始向港外发展，在榆林港口、内村、三元角、椰史岛（野猪岛）、亚龙等地开展养鱼。尤其是三元角海域加上章红鱼苗渔排，三元角海域就像一座水上渔乡，晚上似一座不夜城，

灯火辉煌。每年十一月份至来年三月份是捕抓章红鱼苗的最好季节，每年冬季都有日本船来收购章红鱼苗，这为疍家人增加了经济收入。一些红沙养殖户购置了专门捕抓章红鱼苗的飞艇，船长 7 米，安装两台 150 匹汽油机，时速 20 余节，每艘船配两至三人作业，凌晨 4 点钟从红沙港起航，早上 6 点半到达作业海域，行程 60 至 70 海里。捕抓章红鱼苗是跟着流界寻找，因为章红鱼苗喜欢栖息于流界的漂浮物下。捕抓章红鱼苗有两种方法，一是用捞兜捞，二是用网围，见到章红鱼苗多时一般采用网围。1995 年至 2012 年，在三元角海域有几个渔排是专门收购章红鱼苗的，渔民饲养一至两个月，鱼苗达到 5 至 8 厘米长再卖给日本老板。开始收购时鱼苗只有 1 至 2 厘米，3 元至 5 元 1 尾鱼苗，卖给日本老板要十多元一尾。捕抓章红鱼苗作业一般下午 2 点就返航，5 点左右到达三元角交易鱼苗，一天收入多则一两万元，少则两三千元，因某种原因，于 2012 年停止了收购章红鱼苗。

　　1986 年，郑关喜召集一些宗亲开会，提出围海养鱼的设想，他在会上把做法和好处做了解说，做法就是用网围海养鱼，鱼苗在网箱饲养到半斤左右才投放围海饲养。其好处，一是减少建造渔排成本；二是充分利用海域，网箱养鱼退潮后水深要达到 4 米，因为网箱养殖网箱深已经是 3 米了，围海退潮后有一米多深就可以；三是围海养鱼空间大，便于鱼的游动，不容易缺氧，水流通鱼不易得病，成活率高、成长快；四是围海养鱼工程容易做，不用抛锚，比网箱养鱼少了很多工作量。他的设想得到了大家的认同和支持。他带领几位宗亲到亚龙湾野猪岛考察海域，初步拟定于野猪岛北岸围海养鱼，回来后大家认真分析论证，大多数人认为不合适，一是路途远，运输物资不方便，运鱼饵、饲料也不方便，红沙码头距离野猪岛 20 海里，运输问题增加了很大的成本；二是台风威胁大，野猪岛是港外，台风来必然有浪，浪会给围海设施造成破坏，在养殖场工人也不安全。最后取消了野猪岛的围海养鱼设想，改为在榆林港内的白石珊仔暗礁，先围两块海域作试验。白石珊仔暗礁面积有十多亩，涨潮水深 3 米，退潮水深 1 米多。方案定下后，大家开始制作围海网具，采用 36 纱机织力士线网，网目 6 厘米，网深 4 米，25 米一张，网上下纲用 180 纱力士线，7 天制作了 20 张围海网具，分 10 张网围一块海域，先用 1 寸镀锌水管打桩把海域围起来，5 米打一根桩，然后用制作好的网跟着水管围，上纲绑在水管上，下纲也绑在水管上，并用石砣绑在下纲，石砣是先用网抱住再绑于网下纲。1986 年 5 月份开始施工，在白石珊仔暗礁围了两块海域，每张网交接 1 米，交接口用网线连起。每块海域直径约 50 米，一块用于饲养福建红斑，一块用于饲养红友，1986 年五月廿五日开始投放鱼苗，每块海域投放 15000 尾鱼苗，鱼苗投放后每天早上 9 点派人检查围网下纲情况，每天饲养鱼饵一次，一次饲养鱼饵 2000 斤；随鱼儿长大鱼饵也增多，鱼儿长到 1 斤左右时，一次饲养鱼饵 4000 斤；鱼儿长到 1 斤半，一次饲养鱼饵 5000 多斤。鱼儿生长很快，到 1986 年腊月鱼儿已有 1 斤半左右，大家很高兴。到 1987 年春节过后，大家正商量增加围海养鱼时，即传来不好的消息，红沙钓鱼艇仔在养殖场外围钓到不少养殖的红斑和红友，这一消息让大家意识到问题的严重性，大家马上对围网进行认真检查，结果发现两块围网都有破口，鱼儿是从破口游出去的。大家对围网破口作了分析，判断是鲨鱼或是吹鱼咬

破的痕迹，鲨鱼、吹鱼牙齿很利，喂鱼饵时有一些鱼饵被流水冲卡在网目上，鲨鱼、吹鱼见到去吃鱼饵，就把围网给咬破了。大家把围网破口补回，过一段时间又出现这种问题。郑关喜召集大家开会讨论，大家认为，为了保护现有的果实，把鱼起回网箱饲养，防止围网大破口鱼儿都游走了，于是在1987年3月中旬，把两块围海饲养的鱼全部起回网箱饲养，同时用船运至香港等地区出售，围海养鱼就结束了。

红沙海水网箱养殖打破了疍家人自古以来以海洋捕捞为业的传统观念，带动了各行业的经济发展，解决了数千人的就业问题，为社会稳定繁荣作出了贡献。2014年，为了支持军港建设，红沙海水网箱养殖和渔排海鲜餐厅全部拆除，其中渔排372户，网箱36000多口，渔排海鲜餐厅25家。红沙港池海面恢复了1984年以前的模样。但40年的海水网箱养殖给红沙港池造成了严重污染，红沙港两岸生态环境也遭受严重破坏，红螺没有了，青口螺没有了，血螺没有了，鸡腿螺没有了，虾蟹也少了，唯有一些鱼儿在跳跃。

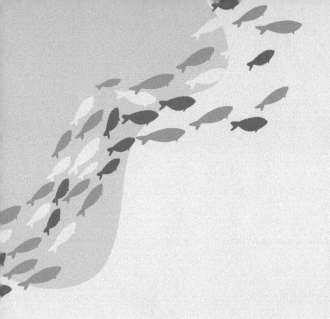

钓纲作业

下鱼作业

疍家人世代捕鱼，渔网是不可缺少的工具，但除了渔网还有一种传统作业方法——下鱼，下鱼就是放排钓，疍家人习惯叫下鱼，种类很多，大到下鲨纲[①]，小到下细纲[②]，有 10 余种，疍家人统称叫钓纲。钓纲由纲线、钓扐线、鱼钩组成，不同的钓纲有不同的制作，鲨纲有鲨纲的格式，细纲有细纲的格式。在 20 世纪 50 年代以前，我国的轻工业、手工业还很落后，渔业的生产工具、材料落后于一些发达国家。于是不得不因地制宜、就地取材，钓纲的材料主要是用青麻线、棉纱线。棉纱线过去多用于麻网作浮纲线，棉纱线有工厂生产；麻线是手工制作，根据不同的作业方式制作不同粗细的青麻线。鱼钩是用钢线人工打造，根据不同的钓业打造不同规格的各种鱼钩，如鲨鱼纲鱼钩是用 8 号钢线打造，长约 8 厘米，钩口宽约 4 厘米；鳝鱼纲鱼钩是用 12 号钢线打造，长约 5 厘米，钩口宽约 2.5 厘米；石头纲鱼钩是用 14 号钢线打造，长约 2.7 厘米，钩口宽约 1.3 厘米；细纲鱼钩是用 16 号钢线打造，长约 2 厘米，钩口宽约 1 厘米。手工打造鱼钩没有统一编号，鱼钩打造好后要通过淬火处理，提高强度和韧性。以前受材料制约，钓纲只有鲨鱼纲、鳝鱼纲、石头纲[③]、细纲几种。鲨鱼纲用棉纱线作纲，钓扐线用青麻线，钓扐线前面有一节 40 厘米长的 12 号黄铜线，

---

① 下鲨纲：放捕抓鲨鱼的排钓。
② 下细纲：放捕抓小一点鱼的排钓。
③ 石头纲：放捕抓礁珊上鱼的排钓。

黄铜线一头是绑鱼钩，由于鲨鱼牙齿很利，没有黄铜线鲨鱼会把钓扔线咬断。鳝鱼纲纲线有用棉纱线也有用青麻线，钓扔线用青麻线，钓扔线前面也有一节 30 厘米长的 14 号黄铜线，鳝鱼牙齿也很利。石头纲和细纲纲线都是用青麻线，钓扔线也是用青麻线。麻线时代的钓纲很粗糙，也不结实、不耐用，每次作业回来要用淡水冲过拿去晒干，每两个月左右要用鸭蛋白掺桐油染一次，减少麻线含水，防止沤烂。鱼钩是用钢线打造，近咸水后很容易生锈，如果长时间不出海作业要用花生油保养。

20 世纪 60 年代初，白胶丝线开始投入使用，推动了下钓业的发展，下鱼钓纲五花八门，增加了马鲛纲、综合纲、黄祥纲等。那个年代一切生产工具渔船都是集体所有，捕捞渔获由政府水产公司统一收购，统一批发，盐、鱼需品由水产公司供应，各个生产队凭购买证购买。当时崖县南海公社榆港大队就有两个专门下鱼的生产队，叫钓一队、钓二队，有 20 多艘帆船，船长 15 米。到 20 世纪 70 年代中期大队还用 8 艘帆船改装成机动渔船，配置 20 马力主机，开赴西沙远海生产作业，取得了很好的生产效益。

生 钓 纲

疍家人有一种捕鱼工具叫作放生钓[①]，就是生钓纲，疍家人的捕鱼钓纲[②]有十多种，唯一生钓纲是不用鱼饵，鱼钩没有倒钩的，由于这种作业风险性大，疍家人很少从事这种作业方式。生钓纲是疍家人早期的捕鱼工具，1975 年以后就没有人从事这种作业了。

生钓纲分深海和浅海两种，制作原理基本一样，深海生钓纲是指捕捉大条鱼，如双髻鲨、犁头鲨、石斑鱼等，鱼钩大，纲线粗。在 1957 年以前疍家人是用青麻线作纲线，棉纱线作钓扔。1958 年以后改用胶丝线作纲线和钓扔线，纲线 80 厘，钓扔 50 厘，深海生钓纲鱼钩长 7 厘米左右，每条钓扔距离 50 厘米，钓扔长 60 厘米，5 口鱼钩配一个浮仔，浮仔的作用是把纲线浮起，钓扔形成垂直，鱼钩垂直挨着海床地面，就像一道墙，鱼从生钓纲底下游过，就会被鱼钩钩住，鱼被钩住后一乱动，鱼钩在身上就越钩越多，因为生钓纲鱼钩很密、很锋利，只要鱼一动就被两边的鱼钩钩上，不管是什么鱼，一旦被钩上是跑脱不了的，大条鱼力气大，用力挣扎，结果造成身上全是鱼钩。深海生钓纲 150 口鱼钩一钛[③]，一行纲 10 钛至 15 钛，开始下纲[④]叫浮头，每一钛纲有一个新浮，下纲完叫浮尾，浮头—新浮—

---

① 生钓：没有倒钩的钓。
② 钓纲：排钓。
③ 一钛：一节。
④ 下纲：投放排钓。

浮尾用竹筒浮作浮标，浮标也可以架竹子绑布作旗招[1]，旗招去收网时容易察看。深海生钓纲傍晚投放第二天早上收，收纲时非常小心，有两把收纲钩，柄长40厘米，浮头砣扯起后，用收纲钩一口鱼钩一口鱼钓钩上来放在船旁，一钛纲收完解开连接结，把收上来的纲放入箩筐，再继续收第二钛，按以上方法进行。当发现有鱼挣扎时，马上把纲线绕拴在船旁的柱上，纲线拴住后用两条绳轮流绑住纲线拉，不能用手直接拉，防止鱼挣扎时反拉鱼钩钩到人，这些都是从安全考虑。一般情况下，鱼经过一段时间的挣扎，死的死，不死的也是精疲力尽了，再加上身上被那么多鱼钩钩住，鱼头鱼尾都有鱼钩，想动也动不了。收纲回来后还有一项工作就是游纲[2]，生钓纲收回来是很乱的，用淡水冲下晾干，游纲是把纲理好把鱼钩夹上，缺钩、断钩再重新补上。

浅海生钓纲线60厘，钓扔40厘，钓扔距离40厘米、长50厘米，鱼钩长50厘米，200口鱼钩一钛，一行纲10钛至15钛，浅海生钓纲在10米以内的水域投放，港湾、港口是最佳的作业区域，如三亚湾、白排周边、鹿回头湾等。浅海生钓纲比深海生钓纲安全，收纲就不用收纲钩了，用手直接拉，因为浅海生钓纲捕捉的鱼都是几斤左右的蝙蝠鱼，其他鱼也有，就不怕鱼挣扎时反拉鱼钩钩到人，浅海生钓纲傍晚投放，第二天早上收，浅海生钓纲大多数是边收纲，边梳理纲，回来用淡水冲下晾干就可以了。在麻线和棉纱线的年代，生钓纲每年都要用鸭蛋白掺桐油染两三次，保持

---

① 旗招：浮标，用竹子撑起红布旗子。
② 游纲：理顺排钓。

纲线和钓扔线的韧性。生钓纲的最大优点就是不需要备鱼饵，但这种作业很落后，不安全，从业的人很少，1975 年以后，三亚疍家人就基本淘汰了这种生产作业方式。

石 头 纲

疍家人咸水歌白啰调有唱："海洋鱼类千万种，下鱼钓纲花样多，下开下迈任你选，挨风挨浪为赚钱⋯⋯。"疍家人的钓纲捕鱼方法很多，不同的鱼类有不同的钓纲捕抓，生活栖息在礁石的鱼用石头纲捕抓，生活栖息在水面的鱼用浮水纲捕抓，生活栖息在水中层的鱼用半浮沉纲捕抓。疍家人在几百年的耕海生涯中，积累了丰富的捕鱼技术和经验，掌握了很多鱼的活动规律，了解了一些鱼的捕食习惯。疍家人的捕鱼方法很多，什么季节开展什么作业，使用什么捕鱼工具。由于贫富差距，有钱的造大船做大罟大网，没钱的造小船做一些近海的营生，下石头纲、阵鱼、赶网仔，疍家人过去以船为家、捕鱼为生，船和网、钓纲是疍家人的主要谋生工具，为了营生各尽所能。

石头纲在 1980 年以前是疍家人下钓业的一种，有两种作业方式，一是凌晨 3 点把石头纲下在水深两米左右的礁石上，早上 6 点半收纲，用人沉水下去解开钓纲、钓扔线，因为鱼上钩后有的钻进石沟，有的挣扎把纲线和钓扔线盘在珊瑚上。这种方法多用于夏季，夏季凌晨水涨潮，鱼儿游上浅岸捕食，再有夏季早上沉水解钓纲不冷，这种方法作业要用 3 个人——一个人摇船，一个人沉水，一个人收钓纲。二是傍晚跟着暗即下纲，这种方法作业用两个人——一个人摇船，一个人下纲，下三钛纲放一个新浮，下纲完就地抛锭休息，晚上 9 点收纲，由于傍晚下纲暗即看得准确一些，收纲很少有纲线卡石头现象，傍晚下纲疍家人叫作下晚黄，有一种叫作下朝凉,是凌晨 4 点把石头纲下在暗即上,准备下纲前先用线绑一石砣拖,确定暗即位置,由于晚上辨别不出暗即,只能用这种方法定位,定位好开始下纲,摇橹的在下半钛纲左右要用石砣试探一下暗即,发现已上礁石,船要往外摇,这种试探也是大概,把钓纲下上石是难免的,钓纲下完抛锭休息。早上 6 点半开始收纲,有时纲线、钓扔线会卡在石头上或珊瑚上,在这种情况下就用扽纲圈[1]套入纲线沉下去脱解,扽纲圈有一个口用于套纲线,有一条线跟着,有七八成可以脱解,实在脱解不了剪断纲线绑上浮标,摇到新浮拉起收纲,如果钓纲两端都断就用钗攞[2]拖,这是寻找钓纲的最后一道方法,这节钓纲都下在礁石上,那钗攞是很难拖找了,石头纲下暗即尤其是下朝凉是经常掉纲的。

石头纲作业的饵多数用沙虫、海蜈蚣、鱿鱼、章鱼切成一小块,这些作饵韧性好,耐礁石上的小鱼叮,礁石上的小鱼很多,用白春仔作饵很快就被小鱼叮完了。石头纲是近海的一种作业,大集体年代生产队是不从事这种作业的,这种作业多数是一些老人,还有在校读书的中学生放假搵钱返学,在那个年代人们称之为搞副业。

石头纲纲线用 50 厘胶丝,钓扔线用 20 厘,钓扔线长 1 米,钓扔线距离两米,用 10 号鱼钩,50 口鱼钩一钛纲[3],一行纲 15 钛,鱼钩用钩夹夹起来,每钛纲线头尾用 18 纱力士线做扣耳相连,根据作业情况可以从扣耳

---

① 扽纲圈:下石头纲的辅助工具,用25圆钢弯成,圈直径260毫米。

② 钗攞:用钢筋弯成四个爪,后面有一个扣耳绑绳,专用于拖找遗失的网具、钓纲等。

③ 一钛纲:一节纲。

解开。作业前从钩夹取出鱼钩夹在右手食指和中指，左手拿饵，右手拇指和食指抓鱼钩钩饵并按顺序叠好在饵盘上。石头纲和细纲的操作基本一样，作业后还要梳理钓纲，把遗失的钩、扔线补上，保持每钛纲有 50 口鱼钩。石头纲一天只下一勒纲^①，是一项落后的捕鱼工具，1980 年以后基本没有人从事这项作业了。

---

① 一勒纲：一次纲。

面鳝鱼纲

面鳝鱼是海鳗科，简称叫鳝鱼，疍家人习惯叫面鳝，分黄面鳝和黑面鳝，黄面鳝胶比黑面鳝胶售价要贵一些。鳝胶是高级营养品、人们生活中的保健美食，市场需求量很大。由于海洋生态受到严重破坏，面鳝鱼逐年减少，鳝鱼胶售价越来越昂贵。20 世纪 70 年代，黄面鳝胶售价每斤 5 元，80 年代售价每斤几十元，鳝胶价格逐年提升，到 2000 年以后，黑面鳝胶售价每斤 2700 元至 2800 元，黄面鳝胶售价每斤 3500 元至 3800 元。改革开放后三亚疍家人大力发展渔业生产，增加经济收入，提高生活水平，造船从事下钓作业，下钓作业兼营两至三种钓纲，下面鳝鱼就是下钓作业之一。

20 世纪 60 至 70 年代，面鳝鱼纲用 120 纱力士线作纲线，由于力士线浮水，纲线几米远要含一块铅块，让纲线好下沉。80 年代后用白胶丝 80 厘作纲线，60 厘作钓扔线，钓扔线距离 8 米、长 4 米，钓扔线前面配一节 30 厘米 24 号白钢铜线，用 5 号、6 号鱼钩，40 口鱼钩一钛纲，一行纲 20 钛左右。鱼钩用钩夹按顺序夹住，每钛纲由扣耳分开，下钓作业中揾鱼饵是一项必不可少的工作。到 20 世纪 80 年代后，揾鱼饵容易多了，因为有了灯光围网作业，每天早上都有灯光船回水产码头卖鱼，灯光作业的池仔鱼、青鳞鱼、带鱼是最理想的鱼饵，带鱼要切成一段一段的。20 世纪 80 年代已经使用冰冷藏鱼了，有时遇到池仔、青鳞鱼多时，多买一千几百斤鱼饵回来冷藏着备用。下面鳝鱼出海一趟少则两三天、三四天，这样就不

用担心鱼饵的问题了。20世纪80年代初建造从事下钓作业的渔船12米至14米，配劳动力4人，一人掌舵、三人在船头劳作。三亚疍家人下面鳝鱼作业习惯在傍晚开始下纲，晚上9点半收纲，晚上12点左右收纲完，如果渔获多则当晚开船回港，第二天卖鱼，渔获少则就近抛锚休息，第二天早上下细纲，增加生产收入，下两勒纲①后休息。到傍晚开始下面鳝纲，先放下钓头浮灯、石砣，一人下纲，一人钩鱼饵，一人准备好新浮灯、新浮绳、石砣，下三钛纲放一个新浮灯，放新浮灯是防止开门②方便找纲，下纲完放下尾浮灯、石砣，船就近休息，约过1小时开始收纲，收纲大概用两个半小时。下面鳝鱼作业一年四季都可以，但冬季经常受天气影响，风浪大不易出海作业，下面鳝鱼作业离岸10至20海里，40米至50米深的海域，返北风浪大，生产不安全，进入冬季只好暂时改行下马鲛作业。1996年以后，三亚疍家人就逐步淘汰了下面鳝鱼作业，转行从事灯光围网、拖网、罩网作业。

---

① 下两勒纲：放两次排钓线。
② 开门：排钓线断开。

鲨　鱼　纲

　　20 世纪 60 年代以后，白胶丝、力士线取代了麻线、棉线，白钢铜线取代了黄铜线，手工打造鱼钩转入工厂制造，鱼钩通过渡锌由黑色变成白色，基本解决了生锈问题，鱼钩开始有了统一的规格序号，质量比手工打造的好了很多。到 20 世纪 90 年代以后，鱼钩是用不锈钢线制造了，又坚韧，又不生锈，逐渐取代了钢线。改革开放后我国各行各业快速发展，海洋渔业也快速发展，渔民大力发展渔业生产，渔需品物资市场基本满足渔民需要。

　　鲨鱼纲质量大大提高，用 180 纱力士线作纲线，由于力士线是浮水，所以纲线每隔几米要含一块铅块。用 100 厘绞丝三辫线作钓扔线，钓扔线配一节 40 厘米长 18 号白钢铜线，用 1 号至 2 号鱼钩，鲨鱼纲钓扔线长 6 米，钓扔线距离 25 米，30 口鱼钩为一钛纲，一行鲨鱼纲 13 钛至 15 钛，放完 15 钛鲨鱼纲 10 公里远，用鱼饵 250 斤左右，下鲨鱼纲作业首先就是去揾鱼饵，从事下鲨鱼纲作业都要有揾鱼饵的工具。

　　一是下午 2 点下两节细纲用红生、马口等渔获作鱼饵，切成一块块作鱼饵下鳝鱼，傍晚开始下鳝鱼纲，下纲完休息一个小时左右开始收纲，收纲完约晚上 12 点，船开往下鲨海域，工人一边开船一边将鳝鱼剁成一块一块作下鲨鱼饵，到达海域如果时间还早就停船下来休息。到凌晨 2 点开始下鲨鱼纲，先放下浮头旗招、石砣，一人下纲，一人钩鱼饵，一人准备好新浮旗招和浮绳、石砣，三钛纲放一个新浮旗招，放新浮旗招是防止纲线被鲨鱼咬断容易找，下纲完放下尾浮旗招，船就近等候休息。早上 8 点

吃完早饭开始收纲，收纲时发现有鲨鱼挣扎拉纲，马上做好安全工作，解开几条钓扔线，防止鲨鱼猛拉鱼钩钩到人，尤其是收纲时鲨鱼突然上钓是最凶猛的，收鲨纲非常小心，要做好防范工作，收纲要用3至4个小时，收完纲开船回港卖鱼，第二天中午又开始启航出海，重复昨天的工作。

二是用飞渔网摆飞鱼作鱼饵下鳝鱼，有一些人不喜欢用细纲搵鱼饵，因为细纲又要去搵白青仔①作鱼饵，细纲工作很烦琐，鱼钩多钩鱼饵很麻烦，纲线细容易开门，作业完梳理钓纲又很麻烦，用飞渔网搵鳝鱼鱼饵就方便一些。早上船开到摆飞鱼海域，用飞渔网摆飞鱼，傍晚用飞鱼作鱼饵下鳝鱼，再用鳝鱼剁成一块块作鱼饵下鲨。下鲨作业在60米至80米深海域，收鲨鱼纲一人拉纲、一人收钓扔线，如果有鱼还要准备一个鱼钩钓鱼。以前下鲨鱼渔民都把鲨鱼翅割下来晒干另售，鲨鱼送到水产公司收购。改革开放后下钓生产队解散了，从事下鲨作业的人就很少了，渔民转行从事灯光、拖网等其他生产作业，鲨鱼被列入保护后，三亚疍家人下鲨作业就彻底被淘汰了。

---

① 白青仔：水公鱼。

圆鹤纲

圆鹤鱼是生活栖息在水面层的鱼类，又叫青鹤、大头鹤。因嘴巴生似鹤鸟的嘴巴，鱼身圆长形故叫圆鹤，圆鹤冬季从深海游近浅海觅食，冬季针鱼、池仔、飞鱼也游近浅海，圆鹤是跟着这些小鱼游近浅海的。冬季东北或北风多，外海风浪大，游近浅海岸有山挡住风浪。捕捉圆鹤的方法有圆鹤纲、赶鹤纲、单线钓鹤、单线拉鹤、放鹤樟装鹤。鹤鱼也有几种，圆鹤、钩鹤、洋鹤、沙鹤。

20世纪70年代以前，圆鹤纲纲线用50厘胶丝线，钓扔线用20厘，钓扔线长5米配一节40厘50厘米长钓扔耳，钓扔线距离8米，用7号鱼钩，30口鱼钩一钛纲，一行纲10钛。过去下圆鹤全靠抛网去揾饵，揾鱼饵不容易，有计划出海去下圆鹤纲，早晨6点就拿抛网去抛剂仔，到中午11点回来，抛到多少剂仔就下多少钓纲，下纲多少取决于揾鱼饵，如果揾到300条鱼饵只能下9钛纲，留30条鱼饵装好钩作备用。抛鱼饵回来后开始装鱼饵，把鱼饵从背上开一刀取出鱼饵内脏和鱼饵中间骨，切一块泡沫塞进鱼饵肚内，目的是让鱼饵浮在水面。鱼钩从鱼饵开口处钩向鱼饵头顶出，然后用针线把鱼饵开口缝合，并用针线把鱼饵尾和钓扔线扎紧，从钩夹取出鱼钩装饵按顺序摆放，这种作业方法很落后、很辛苦。揾饵和装饵是一项非常烦琐的工作，装好300口鱼饵已经是下午3点多，又开始摇船出发，下圆鹤纲作业在晚上，过去出海作业都是两个人，一个人摇橹，一个人下纲，到达作业海域傍晚开始下纲，先放下纲头浮标，石砣沿着暗即外下纲，

5 条钓扔线放一个两浮^①，两浮线深两米，是控制纲线的深度，防止渔船经过卡到钓纲，下三钛纲放一个新浮，下纲完放下纲尾浮标，就近抛锚休息，半夜 11 点左右检查路纲^②一次，有鱼解鱼补上鱼饵，补鱼饵的方法是解鱼后脱下钓扔耳换上装好的备用鱼饵。检查完纲就近抛锚休息，第二天早上 6 点半收纲返港，由于作业方法落后，经一夜的辛苦劳作，渔获多才一百多斤，少才三四十斤，所以这种作业方法在 1985 年就被淘汰了。

20 世纪 90 年代的圆鹤纲作业方法比七八十年代先进了许多，生产工具也先进了，70 年代是摇小船去作业，90 年代是开机船去作业，往返节省了很多时间，不需要抛网、搵饵和装饵，少了搵饵、装饵环节，节省了很多时间。钓纲工具和作业方法也改进了，钓纲从原来的 10 钛增加到 20 钛至 30 钛，原来一个晚上只下一勒^③纲改为下两勒纲，傍晚下一勒，凌晨 4 点下一勒。钓纲改进后纲线用 60 厘胶丝线，钓扔线 35 厘，钓扔线长 5 米，不配钓扔耳了，钓扔线距离 8 米，用 7 号鱼钩，40 口鱼钩一钛纲，鱼钩用钩夹按顺序夹起来，每钛纲用 21 纱力士线做扣耳连起，不需要时解开扣耳，每条钓扔线离鱼钩 30 厘米处装置一块泡沫，不让鱼饵下沉，因为鹤鱼活动觅食是在水面层，鱼饵沉下去就不起作用了。20 世纪 90 年代后搵圆鹤纲饵不依赖抛网了，早上到码头购买灯光围网作业的池仔、长身勒仔、青鳞仔、黄鱼作鱼饵，方便了很多，冷藏在冰柜，出海一趟两三天，有冰柜

---

① 两浮：控制纲线深度的浮标。
② 路纲：拉起纲，跟着纲线检查，有鱼取鱼，鱼饵脱补上饵。
③ 一勒：一次。

冷藏鱼饵就不用担心鱼饵问题了，同时有冰柜冷藏渔获也不用每天来回开船，节省油料和时间。机船下圆鹤纲配置劳力4人，一个人掌舵，一个人下纲，一个人钩鱼饵，一个人准备新浮、两浮工作。到达作业海域傍晚下一勒纲，先放下纲头浮标开始下纲，5口鱼钓放一个两浮，两浮线长两米，下3钛纲放一个新浮，下纲完放下纲尾浮标，就近抛锚休息，晚上10点开始收纲，一边收纲一边补上鱼饵并按顺序叠放在船甲板上，收纲大约两个小时，鹤纲收完就近抛锚休息，把渔获放入冰柜冷藏。次日凌晨4点下第二勒纲，下第二勒纲速度比第一勒纲快一些，因为第一勒纲收纲时已把鱼饵钩好了，第二勒纲下完就近抛锚休息，早上6点半收纲，早上收纲除了圆鹤，钩鹤、洋鹤也经常有钓到，收完纲把渔获放入冰柜冷藏，船就近抛锚梳理钓纲，梳理完钓纲人就可以休息了。傍晚又开始重复昨晚的工作，日复一日三天后船就回港卖鱼补给物资，等候新一轮开航。

　　捕抓圆鹤鱼除了鹤纲之外，还有几种古老的捕抓方法。一是白天用虾单线钓鹤，摇小船去，站在礁石上钓，钓线工具一样，15厘胶丝100米长绕在钓线竹筒上，竹筒长12厘米、直径15厘米，15厘胶丝线前面配一节70厘米长35厘胶丝钓扔耳，配钓扔耳是防止圆鹤牙齿咬断钓线，用6号鱼钩，鱼钩从虾的腹部尾钩向虾头顶出，让虾形成回折形状，然后用白衣线捆绑在钓扔耳线上，使虾和鱼钓形成一个整体。冬季初八、廿三早上都是退潮，钓鹤夫在没有小船的情况下只能徒步到退潮后的礁石上钓鹤，左手抓住线筒尾，右手抓住钓扔耳用力把虾饵抛出去，虾饵落水后把钓线绕回线筒上，虾饵在往回拉的过程中就像一条小鱼在水里慢游，鹤鱼看见就

马上追上捕食。当圆鹤叼到虾饵时不要马上拉线，放线让它跑，因为鹤鱼叼到鱼饵后有个规律是游走五六米远停下来再吞食鱼饵，然后开始游走，这时才能拉线，这是钓鹤鱼必须懂得的常识。一开始收线圆鹤挣扎，像旗鱼、鬼头鱼一样习惯从水面跳跃起，想挣脱鱼钩。拉圆鹤时如果渔获大，不能急拉，要慢慢拉消耗它的体力，急拉会造成断线或脱钩。有小船去钓鹤比站礁石上好很多，转移位置方便安全、效率高，操作基本一样，但有时鱼多绕线慢，鱼线用手拉回来放在小船板面上，这样把虾饵抛出去也方便，能抛得远一点。二是单线拉鹤，这种方法很少使用，渔民在出海作业往返的途中放一条鱼线钩上鱼饵，一边摇艇，一边拖线，鹤鱼食饵时，将艇停下来拉，把鹤鱼拉上艇后又重新钩鱼饵，这是捕抓鹤鱼方法中最落后的一种。三是放鹤樟 ①，这是一种古老的作业方法，使用于 1975 年以前，中学生周末假期揾钱念书，用杉木制作鹤樟。鹤樟长 23 厘米、宽 10 厘米、厚 7 厘米，一头绑石砣线，一头绑 20 厘胶丝线，线长 8 米，配一节 50 厘米长 40 厘钓扔耳，用 7 号鱼钩，平时石砣线和钓线绕盘在鹤樟上存放，作业时才把石砣线和钓线绕放出来。抛放鹤樟 20 个左右，两个人，一人摇橹，一人抛放鹤樟，沿着暗即放，装饵方法与 20 世纪 70 年代时下鹤纲一样，鹤樟放完小船就近抛锚观看鹤樟情况，发现某个鹤樟有鹤鱼跳水，证明那个鹤樟已有鹤鱼上钩了，开始拉锚起摇艇去捡鹤樟、拉鹤鱼，解鱼后换上装好鱼饵的钓扔耳，有时也沿着路线检查鹤樟情况，下午 3 点收起鹤樟返

---

① 鹤樟：渔猎鹤鱼专用浮标。

港卖鱼，把鹤樟石砣线和钓线绕盘起，解开石砣鹤樟用箩筐装起，鹤樟石砣每一个约重 3 斤。鹤纲作业于 20 世纪 70 年代就逐渐被淘汰了。

细　纲

细钢是钓纲中的一种，纲线细、鱼钩小，故叫细纲，专钓红生、马口、大目、白姑、鲁姑、波勒、三点、头鲈等，作业于 20 米至 40 米深海域。20 世纪 60 年代是纲罾艇兼营作业时期，正月后纲罾艇生产队多数在头部、二部、洲仔、孖排部口纲鱼，轮不到部纲鱼作业的纲罾艇，就操起细纲下钓作业，在岸章角外一带海域生产。正月至三月吹东南风多，风平浪静，是细纲作业的好季节，当时的纲罾艇下细纲一行纲只有 20 钛，从早上 6 点开始下第一勒纲，一天下两勒。过去帆船下细纲很讲技术，因为帆船是没有后车的，下纲动作要快，掌舵的也很配合，很讲技术，控制船速不能过快，驶帆船控制船速下细纲真是讲究技术，如果掌舵的控制船速不好，船头下纲的就手忙脚乱。帆船下细纲时，船头下纲的和船尾掌舵的是经常吵架，船头下纲的指责船尾的不会掌舵，船尾掌舵的指责船头的不会下纲。下两勒纲如果不出现开门，下午 2 点至 3 点就可以返航了。下细纲时最怕河豚咬断纲，如果断纲船要驶去捡新浮旗招收纲，这样会耽误很多时间，乃至遗失钓纲。过去的鱼很多, 20 钛纲下两勒纲多则十担、八担, 少则五担、六担。下细纲要掌握流水，生流流急一般都不出海作业，容易开门掉钓纲，选择早上流向转换的时间，流向转换的过程中转流、停流、返流大约需要几个钟头，这几个钟头就是下细纲的最好时间。正月至三月除了纲罾队下细纲，还有下鱼艇生产队也下细纲, 20 世纪 60 年代下鱼艇也是使用帆船，比纲罾艇稍微大一点，下鱼艇是从事各种下钓作业常用的帆船。纲罾艇主要以纲鱼为主,四月至七月各个部口①都可以纲鱼,纲罾艇下细纲就暂停了。

　　1975 年,风帆纲罾艇、下鱼艇基本被淘汰了,有几艘风帆下鱼艇改装成 20 匹机船还在从事下钓业。1981 年原崖县南海公社榆港大队各生产队解体,三亚疍家人的渔业捕捞格局发生了很大的变化,从集体经济转变为市场经济,在改革开放政策的鼓舞下,疍家人还是选择捕鱼,这是疍家人与大海结下的缘分。很多人造船从事杠鱿鱼作业,1984 年以后,有部分杠鱿鱼作业改行下钓业。机船下细纲比帆船灵活多了,它最大的优点是船可以后退,钓纲乱的情况下船马上后退,给下纲留有梳理的时间,这样,下纲的与掌舵的也不再互相指责了。

　　细纲纲线 40 厘,钓扔线 15 厘,钓扔线长 1 米、距离 2 米,用 15 号鱼钩,50 口鱼钩一钛纲,一行纲 30 钛,帆船时代一行纲只使用 20 钛。细纲的饵是小水公鱼,帆船时代细纲饵是用盐腌后存放船头舱,机船时代细纲饵是用冰冷藏在冰柜。细纲作业很烦琐,鱼钩小又多,30 钛纲有 1500 口鱼钩,出海作业前先把鱼饵钩好,右手食指和中指夹住钩夹的钩取出,左手拿鱼饵,右手拇指和食指抓钓钩饵叠在饵盘上,按顺序叠放整齐,30 钛纲两个人钩饵要用两个半小时,作业后游纲②又是一项烦心的工作,细纲作业后很乱,必须梳理整齐,钓扔线断了就补钓扔线,脱鱼钩补鱼钩,两个人梳理 30 钛纲要用 4 个小时,细纲作业时钩饵、梳理纲增加了渔民很多工作量,耽误了休息,增加了人的疲劳。疍家人从事下钓业休息时间很少,在钓业中,

---

① 部口:四船组合纲鱼的地方。
② 游纲:梳理纲线。

细纲作业是最辛苦的，半夜开始钩饵，凌晨4点开船，早晨约6点到达作业海域，开始在船头下纲。先放下浮头旗招，下细纲作业需4个人，一人掌舵，一人下纲，一人帮理钓扔线，一人准备新浮旗招、浮绳、石砣工作。下5钛纲放一个新浮，下纲完放下尾浮旗招，船开回浮头旗招拉起浮绳开始收纲，一人扯纲，两人解鱼和钩饵叠在船甲板面。第一勒纲收完约上午11点，然后船开到合适位置开始下第二勒纲，第二勒纲收起已是下午3点左右，一天下两勒纲，渔获多则赶回港卖鱼，一边开船，一边梳理钓纲，到港下午5点左右，卖完鱼吃完晚饭，全部人员又继续梳理钓纲，10点多梳理完钓纲，11点后才开始休息。第二天凌晨4点又开始重复昨天的工作。渔获少则船就近抛锚，将渔获叠盘放入冰柜冷藏，全部人员梳理钓纲，下午5点钓纲梳理好，吃完晚饭，傍晚开始拿鱼切割面鳝纲饵，船开往下面鳝纲海域开始下纲，由于白天已经下细纲作业，晚上下面鳝纲就要适量，一般下15钛，晚上8点开始收纲，11点左右收完，面鳝纲一边收纲一边梳理整齐，作业后不需要梳理，半夜12点后就可以休息了，第二天早晨又开始操作细纲，日复一日，两三天才回港。

1990年以后，很多下钓业改行从事灯光围网、拖网等其他作业，下细纲作业逐年减少，到1995年下细纲作业基本没有了。1990年至1998年是拖网作业发展高峰期，除了本港的几十对外，进入冬季港、湾及大陆有一千几百号拖船在三亚海域拖网生产，将三亚海域海床似用扫把一样扫平、扫光。细纲作业过量地捕捞渔获，严重破坏了自然生态环境，有时也经常被拖网拖到，这就是细纲作业被淘汰的主要原因。

黄 祥 纲

　　黄祥鱼是栖息在水中层的鱼类，体长 40 厘米至 70 厘米，体重 4 斤至 10 斤，喜欢于珊隆①流急的海域成群活动，发现小鱼群时袭击捕食。黄祥鱼主要分布于印度洋、太平洋和我国南海等地。黄祥纲分两个时期作业。三亚生产鱼汛期十一月至来年一月，西部海域（乐东）生产鱼汛期二月至三月。

　　20 世纪 70 年代以前从事黄祥纲作业的多数是疍家子弟中学生，他们利用周末、假期时间结伙两人或三人摇着一艘小船到三亚角、东海珊隆、东洲头、增架排、羊栏珊、双其沟、红鱼排去下黄祥鱼，赚钱帮助家庭改善生活，也为自己上学赚一点零花钱。过去的疍家小孩很勤劳，上了初中男孩子基本都掌握一些捕鱼的技能，帮助父母减轻家庭负担，很多人初中还没有念完就被父母叫回去参加劳动了，尤其是女孩子很多小学还没有毕业就被叫回去帮助做家务，带弟弟、妹妹，还有一些女孩子连学校门口都没有进过。在过去的历史原因和环境的影响下，造就了疍家子弟很小就不怕风浪、独立自强的性格，他们很小就懂得钓鱼、下鱼②、放鹤樟、放网仔等捕鱼作业，黄祥纲就是其中之一。

　　20 世纪 70 年代，黄祥纲是用 50 厘胶丝作纲线，30 厘胶丝作钓扔线，钓扔线长 4 米、距离 6 米，用 8 号鱼钩，40 口鱼钩一钛纲，一行纲 8 钛，

---

① 珊隆：海底高起的礁石带。
② 下鱼：放排钓捕鱼。

鱼钩用钩夹按顺序夹起来，每钛纲线两头用21纱力士线作扣耳连接，钓纲用箩筐装放。过去下黄祥鱼是用活虾饵，有计划出海作业，星期六下午2点结伴同伙就拿着拉虾网、虾篓去盐田的蓄水塘拉虾，拉虾网长2.5米、宽1.5米，网目1.5厘米，两侧一边绑一根拉竹，网下纲含铅块，拉网时一个人拉一边拉竹，一边拉一边用脚拨水塘淤泥，藏在淤泥的虾被拨后弹出淤泥，就被拉进网了，拉到的虾用虾篓装着放在水里养，估计拉够虾饵就回家，一边走隔一会儿把虾放下水养一会儿，回到家把虾篓绑在小船旁，虾篓口用网盖绑住。70年代时大多数疍家人还是住水棚，街道人叫疍家棚，小船就靠在水棚边，拉虾回来已是下午五六点的时间了，吃完晚饭就抓紧时间休息，次日凌晨1点起来煮饭带去作业用餐，煮好饭拿钓纲下船，检查工作就绪开始摇艇，小船除了一把橹，还有一把桨，一个人摇橹，另一个人棹桨，如果到增架排作业要摇3个小时。下黄祥鱼是在冬季，凌晨大多数吹北风，从三亚港摇去增架排是顺风，从增架排摇回三亚港是逆风要摇5个小时，如果风大斜角摇向桶井在海边打纤拉船回来。中午11点收纲，有时回到三亚港已经是下午6点多钟了，把渔获处理完大约是晚上8点多。过去下黄祥纲作业是一项很辛苦的工作，尤其遇到风大是很危险的，去增架排下黄祥鱼多数是跟帮，两三艘船一起去，一起回来。

下黄祥纲的操作是到达作业海域先放下纲头浮标，一人摇橹，一人下纲，下纲兼钩虾饵，鱼钩钩在虾尾第二节，下5口鱼钓放一个两浮，两浮线长6米，两浮线长是根据水节深度而定，比如作业海域水节深15米，两浮线是水节深的三分之一多一点。下3钛纲放一个新浮，摇橹负责放新浮，钓纲下完放下纲尾浮标，小船在下纲的路线上慢摇观察钓纲情况，发现有黄祥鱼跳水，证明已有黄祥鱼上钩了，小船摇过去捡两浮拉起纲线把鱼拉上船。有时一边下纲一边有黄祥鱼跳水，有成群黄祥鱼经过那就有很多跳水了。黄祥鱼上钩后都是跳水挣扎，想挣脱掉鱼钩。疍家人每一个小时检查一次钓纲，就是拉起纲线一路检查，有鱼解鱼，虾饵脱落补上重新放回海里，下黄祥纲也有其他鱼上钩，虾饵很多鱼都喜欢吃，如白鱼、红鱼、石斑、软唇、大铁等。停流钓扔线下垂到海床底，这些活动栖息在水下层的鱼就会捕食虾饵。停流黄祥鱼很少吃饵，因为停流后虾饵不够生动，有流水冲虾饵就像活的有诱惑，因此下黄祥纲流水一停下就把两浮线放长，让虾饵沉到海床底去捕钓海的下层鱼，转流又把两浮线收短到合适深度，过去下黄祥纲作业方法落后，钓纲又少，出一趟海作业渔获多则两三百斤，少则几十斤。

20世纪90年代以后，海洋捕捞作业都是机动渔船了，经营下钓作业渔船马力由1982年的6米、7米12匹，到1984年增大到11米、12米100匹，兼营两至三种下钓作业。90年代黄祥纲有了很大改进，60厘作纲线，钓扔线40厘，钓扔线长3米、距离5米，用7号鱼钩，50口鱼钩一钛纲，一行纲10钛，一共有3行纲，鱼钩用钩夹按顺序夹起，每钛纲头尾用21纱力士线作扣耳连接，钓纲用网袋装放，20世纪90年代与70年代下黄祥纲的最大区别是：70年代只下一行纲，用路纲方法补充虾饵，因钓纲头尾石砣重纲线不移动；90年代三行纲分开位置下，钓纲头尾石砣轻，钓纲顺着流向慢慢移动，有移位寻鱼的作用。不用路纲直接收起纲补充鱼饵重新

选择位置再下纲，这样比路纲效益好，一天下三次，三行纲分三个位置下，这样下纲范围大，容易遇到黄祥鱼。90年代下黄祥鱼大多数用小鱿鱼作饵料，小鱿鱼不够就掺小鱼饵。白天作业，晚上发电开灯用罩网罩小鱿鱼、小鱼，捕获的小鱿鱼、小鱼用生水柜养，下纲时每隔3至5条钓扔线钩一条活的小鱿鱼或小鱼，这样活着的小鱿鱼，小鱼游起来就拉动了别的鱼饵，黄祥鱼就被诱惑了，黄祥鱼喜欢吃活鱼饵，尤其是有一条黄祥鱼上钩后拉动了其他鱼饵效果更好，死鱼饵也变成了活鱼饵，黄祥鱼看见活鱼饵就不犹豫了。90年代后下黄祥鱼船多、钓纲多，需要很大的生产作业海域，于是转移到西部海域，东锣西鼓、南山出水排、雷公沙尾、浪花沙等一带西部生产，鱼汛期在二月、三月中旬，四月后就没有黄祥鱼下了。1996年3月，林李金船在雷公沙西至浪花沙东一天下纲捕钓了5000多斤黄祥鱼。2013年以后，黄祥纲作业就停止了。

洋 鹤 纲

洋鹤鱼一般栖息在水面，体长 50 厘米至 70 厘米，体重 2 斤左右，体扁长形，主要分布在印度洋、太平洋及我国南海等地，每年大部分时间活动于外洋，故叫洋鹤，与圆鹤、沙鹤、钩鹤同科，嘴巴似鹤鸟，洋鹤成群活动，捕食水面小鱼，六月、七月南流向岸流，洋鹤游近浅海。南流迈流界有很多海上漂浮物，有很多小鱼栖息在漂浮物下，洋鹤就是为了觅食跟着这些小鱼游进浅海。这时候就是捕钓洋鹤的季节，过去下纲捕钓洋鹤都是摇舢板仔去作业。20 世纪 80 年代以前，这是一些学生周末假期结伴去挣钱的一种副业，能帮助家庭改善生活，也能赚取一些零花钱，过去的疍家孩子很勤劳，周末男孩子结伴去钓鱼，去白排沉水捡珊脚螺。退潮后女孩子结伴去挖螺，尤其是白排退潮很多人去挖螺、抓蟹、挖沙虫，白排给 20 世纪 40 年代、50 年代、60 年代出生的疍家人留下了深刻的印象，今天的白排退潮已经没有过去的热闹了。

过去下洋鹤揾饵不容易，有计划出海，晚上到大东海或三亚湾看人家拉地网是否有拉到白春，如果有拉到买到后，就有鱼饵出海，如果没有拉到就无鱼饵出海了。六月、七月虽然说是下洋鹤季节，但出海机会并不多，一是揾不到鱼饵，二是揾到鱼饵流节又不合适，一个月有两潮流水，每潮流水前后有几天流节最好，六月、七月初一、十五早上是涨潮，流西倒迈，疍家人习惯叫南流迈，这几天是下洋鹤的最好时间。过去下洋鹤要掌握流水状况，由于受一些条件的制约，所以这是一种很被动的作业方式，找到

鱼饵又未必适合流水，所以有一些人是听到有鱼汛才搵饵出海。

　　洋鹤纲线 40 厘，钓扔线 20 厘，钓扔线长 1 米、距离 2 米，用 10 号钩，50 口钩一钛纲，一行纲 10 钛左右，每钛纲头尾用 21 纱力士线作扣耳连接，方便分开与组合，鱼钩用钩夹按顺序夹起，纲线用浮子浮起，5 口钩装置一个浮子，因为洋鹤是水面鱼，纲线沉下去就不起作用了，洋鹤吃不到鱼饵。有的为了方便，下 5 口钩用一口钓钩一个浮子即可。下洋鹤①多数是两人作业，一人摇橹一人下纲，买鱼饵回来开始钩饵，早上出海，到达作业海域跟着流界下纲，或看见海鸥在这片海域捕食水面小鱼就在这片海域下纲，海鸥捕食水面小鱼，洋鹤大多数也参与其中。下洋鹤纲头尾石砣不能太重，让纲线随流移动，如果流水不急可以不放头尾石砣，放纲线移动比固定的效果好，纲线移动鱼饵起到生动的作用，如果纲线过了流界没有鱼上钩，收纲再摇到别条流界下纲，下洋鹤讲运气，遇到成群洋鹤那整行纲都是洋鹤跳水，洋鹤吃鱼饵被钩钩到后跳水是为了挣脱鱼钩。洋鹤跳水很好看，但洋鹤跳水容易引来鲨鱼的袭击，下洋鹤经常见到只有半节洋鹤拉上来。洋鹤捕食水面小鱼，其实水下层已有鲨鱼、马鲛、大铁、吹鱼在跟着它们，当洋鹤吃鱼饵被钩钩住后，鲨鱼等就趁机袭击捕食洋鹤。这是大海洋的自然现象，大鱼吃小鱼，小鱼吃磷虾。尤其是鲨鱼袭击捕食洋鹤时，有时还把纲线咬断，给下纲作业带来了麻烦。如果遇到海豚出现那更加糟糕，这一天下洋鹤就可能白忙了。很多鱼儿都怕海豚，就连鲨鱼都怕，

---

① 下洋鹤：放排钓捕钓洋鹤。

海豚有团队精神成群活动、成群攻击，洋鹤见到它只顾逃命。下洋鹤遇到这种情况也算运气不好了，在这种情况下只好解开浮子让纲线沉下海底捕钓水下层鱼。

下洋鹤经常下到① 茜鱼、海鸥，下洋鹤大多数是跟流界下纲，流界有漂浮物，茜鱼是栖息在漂浮物下，漂浮物也有小鱼游动栖息，海鸥盘转在上空寻找捕抓小鱼的机会，当茜鱼、海鸥见到鱼饵它们都会捕食，就容易被钩钩住了。下纲捕钓洋鹤是一种落后的作业方式，在 20 世纪 80 年代以后就逐渐被淘汰了。

---

① 下到：下纲钓到。

综 合 纲

综合纲是从粗纲演变过来的，20 世纪 60 年代初，白胶丝投入使用，疍家人开始制作粗纲下暗即的鱼，当时制作粗纲是想钓大一点的鱼，纲线用 50 厘，钓扔线用 30 厘，钓扔线长 3 米、距离 4 米，用 8 号鱼钩，那个年代鱼钩是人工打造的、黑色的，质量很差，下鱼作业时经常出现断钩、直钩现象，钓到的鱼都是两三斤的多，5 斤以上很少，由于鱼钩质量不好，大一点的鱼经常脱钩走掉了。到 1968 年，鱼钩除了水产公司供应，市面也有供应，质量比人工打造的稍微好一点，断钩直钩现象也不少，主要是鱼钩打造好后淬火技术不过关。过去鱼钩是用钢线打造，近咸水后很容易生锈，一两个月不出海鱼钩都生满了锈。随着社会的进步，渔业工具也得到了提高，鱼钩质量越来越好。1990 年以后，鱼钩用不锈钢线打造，胶丝质量也提高了韧性，有了好的工具，有了新的想法，疍家人总结粗钢存在的问题，更新了粗钢的结构，根据生产作业的情况更改成为综合钢。

综合钢在钓纲行列中使用比较广泛，它适用海域广，不受季节限制，一年四季都可以作业，鱼饵也容易揾，灯光作业的青鳞、池仔、勒仔等都可以。因为没有针对钓什么鱼，所以叫综合钢，什么鱼上钩就钓什么鱼，综合纲钓的鱼都是 5 斤左右的中层鱼，好鱼质售价好。从事下钓作业渔船必备两至三种钓纲，综合纲是必备之一，生产作业于暗即和硬宝地，如泥王、海鲤、石斑、红鱼、大铁、软唇、石磅、大牙点等这些中层鱼都栖息在这种区域环境，活动在水的下层，暗即的小鱼就是它们的食物。1986 年，杠鱿鱼作业被淘汰了，很多人都改行从事下钓业，其中，综合纲发挥了很大作用，增加了经济收入。

综合纲经过不断改良，20世纪90年代初，综合纲纲线60厘，钓扔线30厘，钓扔线长4米、距离5米，用7号鱼钩，一钛纲40口鱼钩，一行纲20钛至25钛，主要作业于陵水、三亚、乐东一带的海岸线海域，跟着暗即或硬宝地下纲。在鱼饵多的情况下，傍晚下一勒纲，次日凌晨4点下一勒纲，傍晚下是放浮标灯或放当碗架，凌晨下是放浮标旗招。1995年后，很多下钓船转行从事灯光围网和罩网船作业，只剩下经营下马鲛鱼和兼综合纲的十几艘船了。

2006年十二月廿八日，三亚市政府组织10艘150吨灯光围网船开赴西沙、中沙远海生产作业，为了增加生产收入，通知下达后渔民马上采购胶丝工具加班制作综合纲，灯光与综合钢相结合生产，晚上灯光作业，白天下综合纲。渔民考虑西沙、中沙流水急，底层鱼大一些，制作综合纲纲线、钓扔线、鱼钩都加大了一点。纲线80厘，钓扔线40厘，钓扔线长5米、距离6米，用6号鱼钩，一钛纲40口鱼钩，一行纲30钛至40钛，作业下30钛，10钛是备用，下30钛纲要用600斤至700斤鱼饵。晚上发电开灯照鱼，凌晨3点开始围网，绞起网约凌晨5点半，工人开始拿池仔斜刀切开两段作鱼饵，船开往下纲海域，早上6点开始下网，先放下浮头旗招、石砣，一人下纲，一人钓鱼饵，一人准备新浮旗招、浮绳、石砣，每三钛纲放一个新浮旗招，放新浮旗招是为了防止纲线断后不容易寻找，下完30钛纲约用两个小时，下完纲放下尾浮旗招、石砣，时间已是早上8点，工

人们开始吃早饭，船沿着下纲路线返回，到纲线中间放下灯艇，下去三个人，大船和灯艇分开两头收纲，大船开往浮头收纲，灯艇拉起新浮解开纲线扣耳往尾浮收纲，中午 12 点灯艇暂停收纲，开回大船吃午饭，顺便把渔获起上大船，饭后灯艇又开回去收纲。如果纲线不开门，下午 3 点左右就可以收纲完，工人们把渔获叠盘放进冰柜冷藏，船就近抛锚，全部人员梳理钓纲，下午 6 点吃完晚饭，船开往灯光作业海域发电开灯照鱼，然后继续梳理钓纲，大概晚上 11 点把钓纲梳理完毕，人可以休息了，一天的疲劳，人一躺下呼噜就响了，工人们还在梦乡中，凌晨 3 点船长又叫起床围网。这样的作业方式很辛苦，一天只有 4 个小时左右休息，这就是渔民耕海劳作的写照，他们与风斗、与浪斗，还要与时间斗。这种作业方式持续五六年，到 2012 年以后就逐步减少，到 2020 年就被淘汰了，综合纲在三亚疍家人耕海作业中画上了句号。

马鲛鱼纲

　　马鲛鱼是上等鱼，是疍家人生活中的佳肴美食，也是春节送礼最佳礼品。春节时马鲛鱼是疍家人必备的年货，有钱的买一条，没钱的买两片，有钱买下钓的，没钱买冰冻的，这已成了疍家人的美食文化。春节时疍家人请客吃饭马鲛鱼必须有，没有就觉得不够体面。疍家人把马鲛鱼的美食烹饪神化，马鲛鱼丸、马鲛鱼肉饼、脆炸马鲛鱼皮、马鲛鱼头煲、马鲛鱼头粥、煎马鲛葱花鱼片、咸马鲛五花肉、咸鲜马鲛蒸咸蛋黄、马鲛鱼丸汤、马鲛鱼糊羹、马鲛鱼露浆[1]等。疍家人年三十、初一、初二都有吃马鲛鱼，象征新的一年生活丰盛、日子好过。疍家人咸水歌白啰调有唱："忙忙碌碌年又到，做海人仔来祈祷。近年迈南天气好，摆条马鲛[2]来过年……。"从歌词可知疍家人多么盼望过年有马鲛鱼上席，现在马鲛鱼不只是疍家人必备年货，也是三亚人民必备的年货。春节来临开始预约定货，群众开始打听马鲛鱼价格动态，这已成了三亚人的一项习惯。2000年以后，春节来临时马鲛鱼的售价在每斤150元左右，人们都舍得钱去买，入冬以后马鲛鱼很肥，很好吃，味道很香，令人回味难忘。

　　改革开放后，疍家人大力发展海洋渔业生产，集资、贷款造船，下钓业中马鲛鱼纲是其中之一，当时从事下钓的渔船只有12米至14米，配置

---

① 鱼露浆：疍家人叫咸汤，将盐腌鱼的鱼腥水用锅熬煮，加入八角、波碌皮（柚子皮）熬煮成的汤汁。

② 摆条马鲛：用摆渔网抓条马鲛。

劳动力 4 人，下马鲛鱼钓纲分沉水纲和半浮纲，沉水纲是沉到海底，半浮纲是用两浮浮起。沉水马鲛鱼纲，纲线 80 厘，钓扔线 60 厘，钓扔线长 5 米、距离 10 米，钓扔线前面配一节 30 厘米 22 号白钢铜线①，防止马鲛鱼咬断钓扔线，用 6 号、7 号鱼钩，40 口鱼钩一钛纲，一行纲 15 钛。鱼钩用钩夹按顺序夹起来，下纲时从钩夹一口钩一口钩拿出来钩鱼饵，沉水马鲛纲大多数用薄刀仔鱼作鱼饵，要准备一千几百斤鱼饵冷藏在冰柜，因为下马鲛作业出海一趟要两至三天才回港。下马鲛是早上 6 点开始下纲，先放下钓头浮旗招，一人下纲，一人钩鱼饵，一人准备新浮旗招、新浮绳、新浮砣，下三钛纲放一个新浮，放新浮是为了防止马鲛鱼咬断纲线不方便寻找钓纲，下纲完放下钓尾浮旗招、尾浮砣。船慢速开回钓头浮旗招，捡起钓头浮旗招开始收纲，一人扯纲，一人理钓扔线，一人负责钓鱼和拉新浮绳。如果渔获可观，收纲后又开始钩鱼饵在原处下纲；如果收纲渔获少，开船另选位置下纲。下马鲛鱼要讲究经验和掌握流水，有时没有鱼上钩就等回流再下纲或改下半浮方式。三亚疍家人下马鲛鱼的最好海域是南山角外至浪花沙一带，这里渔场广，水深 30 米左右，每年冬季从事下马鲛鱼作业的渔船都到这一带海域生产作业。

半浮纲的结构与沉水纲基本相同，不同的是半浮纲作业水域比沉水纲作业水域要深一些，40 米至 50 米用小带鱼作鱼饵，不用新浮，用两浮浮起纲线，五六口鱼钩绑一个两浮，两浮线长 10 米，钓纲头尾放旗招浮、石砣，

---

① 白钢铜线：渔业用的一种软性钢线。

石砣鱼约 5 斤,纲线随着流向移动,下纲完船在钓纲路线来回观察两浮情况,发现两浮有动静,证明这个两浮的左右已有鱼上钩,船开过去拉起两浮线更知道鱼上钩的方向。有时要路纲检查鱼饵是否脱钩,有脱钩的补上鱼饵。流急把纲冲过寨,就把纲收起,选择位置重新下纲。如果路纲一两次没有鱼,可能是马鲛鱼沉底,就要改为下沉水方式,下沉水纲也没有鱼上钩,那就要等转流,转流是流水换向,流东转流西或流西转流东。

下马鲛作业在冬季,最佳月份是在十一月、十二月和来年一月,冬季马鲛鱼从深海游近浅海,冬季经常吹东北风,风浪大,巴林、带鱼、鹤针等很多小鱼儿都游近浅海,马鲛鱼为了觅食跟着鱼儿游近浅海。下马鲛要掌握它的活动规律,不是每天都要去作业的,如冷空气南下水温低,马鲛鱼在海底藏在沙里,只露眼睛和头部一点出来,不出来觅食,这个时候去下马鲛鱼,它是不吃饵的。返北猛风一减弱,马鲛鱼就浮身去寻食,这个时候去作业,马鲛鱼一见到鱼饵就不客气了,还有白天连续下毛毛雨,晚上雾水很大,是下马鲛鱼的好时机。这种天气马鲛鱼浮身游动觅食,慢游在水的中层,发现目标在水上层,就慢慢升浮靠近目标,到攻击的距离,抬头发起攻击直冲向目标,速度非常快,往往叼着鱼食冲向天空几米高。但不是每次攻击都成功,叼不到鱼食冲向天空就更高了,十米、八米高都有,因为叼到鱼食有阻力,叼不到没有阻力,渔民在海上经常看到马鲛鱼冲向天空,就是马鲛鱼攻击鱼食冲向天空的场景,马鲛鱼攻击鱼食大多数都是从底下向上攻击,这是马鲛鱼捕食猎物的习惯。马鲛鱼除了下钓捕抓,还有用深脚网在外海大量捕抓,近海马鲛鱼资源逐年减少,下马鲛鱼作业的渔船也越来越少了。

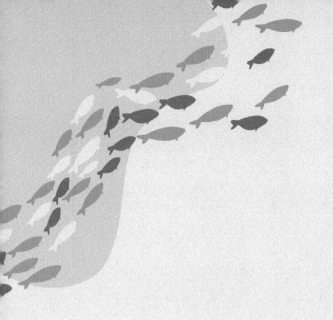

其他作业

鱼 笼

　　疍家人捕鱼的历史悠久，很早以前就使用鱼笼捕鱼了，放鱼笼可以说是疍家人最早捕鱼方法之一，传说最早是在河边的丛草放鱼笼，后用竹排放，竹排淘汰后就用轿仔艇放，也叫平头艇，平头艇就是疍家人使用最早的船型。使用两桨棹驱动，船舱是放鱼笼，因为有棚子，古叫轿仔艇。疍家人早期放鱼笼都在内河，平头艇仔方便靠岸，在船头用一木棍插入泥土中固定船。最早的鱼笼制作是用竹条编织成，鱼笼的花样很多，但有一点是相同的，不管是怎样款式的鱼笼都有一个倒刺入口，鱼进去时顺着入，出来就没有口了。说是鱼笼，不管是鱼、虾、蟹进去，都不能出来。鱼笼是圆锥形，口大尾小，用竹条制作一个与鱼笼口吻合的倒刺罩，倒刺竹条是尖的。放鱼笼时先放诱饵入鱼笼里，然后把倒刺罩套上，鱼笼尾部有一个封口盖，收鱼笼时把封口盖取出，渔获就可以倒出来了。放鱼笼有单个放，每个鱼笼都有浮标，浮标有绳子与鱼笼相连。单个放的鱼笼要大一些，放的时间也长一些，放在理想的地方，估计是鱼栖息的地方。也有用绳子连起放的鱼笼，连起放的鱼笼比单个放的鱼笼小一些，但只数多，所以用绳连起是方便收笼，放小的鱼笼一两天收一下，放大的鱼笼三四天收一下。随着生产力的发展，鱼笼也越做越大，用竹条编织成四方形，在笼子边上用竹子加固，半立方多一个，鱼笼四周都有倒刺入口，也就是有四个入口，这种鱼笼投放要五六天收一次，收鱼笼时取出倒刺罩，就可以取出渔获了。

　　疍家人使用罾网捕鱼后，鱼笼就逐步被淘汰了。鱼笼使用很广，现在

一些地方还在使用。1984 年至 2014 年，三亚疍家人在红沙海域网箱养鱼，也有人用钢筋做框架，用渔网围抱，用不锈钢线做倒刺口，做一两个投放在鱼排周边当作一种寻欢取乐。现在鱼笼已经演变成专捕捉螃蟹的工具，不叫鱼笼了，叫火车笼、排笼，只数很多，用绳子连成一排，但它的体积不大，长方形，长 40 厘米，宽 30 厘米，高 25 厘米。现市场上很多螃蟹都是用这些火车笼捕捉的。

随着生产力的发展，三亚疍家人觉得放鱼笼作业营生已经是落后了，因为鱼笼只能捕捉到水下层的鱼，水面或水中层的鱼无法捕捉到，于是疍家人发展了罾网，罾网的投入使用给疍家人增加了营生之路，罾网就成了疍家人捕鱼的最早网具，为后面网具的发展奠定了基础。

钓　鱼

"下动上欢喜，上动下痛死"，这是疍家人的钓鱼猜谜。钓鱼是一项简单的捕鱼方法，但它的方式很多，疍家人钓鱼不用钓竿，大多数是单线手钓，也有使用两线、一线两钩的。不同的方式有不同的钓鱼工具。疍家人钓鱼区域很广，有的去找排口钓，排口就是在大海中海底下的礁石或是沉船；有的去找暗礁排钓，暗礁排就是在海底礁盘带高起比较大的石峰；有的去找暗即钓，暗即就是在海底沙与石头的交界处；有的在礁盘钓；有的去找硬宝地钓，硬宝地就是在海底沙带处长有珊瑚或有散石的海床；现在有到油井棚和深海养殖鱼排旁钓的；等等，总之什么地方经常有鱼栖息活动都会有人去钓。排口、海底石峰、暗即等是一些鱼喜欢居栖活动的地方，如红鱼、章鱼、马鲛鱼、白鱼、石斑鱼、大铁鱼、手鱼、哥利鱼、海鲤鱼、金枪鱼等。钓什么鱼用什么鱼饵、用多粗的鱼线、用几号鱼钩都是有讲究的。去找排口钓鱼要讲经验，如何找到排口是疍家人长期钓鱼积累的丰富经验，在茫茫大海找排口就是两个方向坐标视线的交叉点，疍家人叫睇山口，第一个方向坐标视线某山头对准某山头或某建筑物、海滩与船位成一直线，第二个方向坐标视线某山头对准某山头或某建筑物、海滩与船位成一直线，两视线的交叉点就是要找的排口了。睇山口也要睇天气，有时天气不好有雾是睇不到山口的，那就在大概的位置抛锚等候天气转晴才能睇山口。

疍家人在几百年的耕海生涯中积累了丰富的捕鱼经验，什么排口有什么鱼居栖基本知道。鱼有它的活动规律和群栖习惯。如果这个排口长期以来都

是红鱼居栖，就算今年钓完了，明年还会有红鱼游到此排口居栖。章红鱼、大铁鱼也一样，很多鱼都有这样的习惯。有的排口有两三种鱼同排口居栖，鱼的自然规律给钓鱼人提供了作业的信息，因此就有了很好钓鱼工作的准备。疍家人对一些排口是以鱼来命名，这个排口是居栖红鱼，就叫红鱼排，居栖是章红鱼就叫章红排，什么排口都有名称，这样方便钓鱼人去向说明，如我去红鱼排钓鱼、我去章红排钓鱼等。钓排口鱼饵最好是活的，所以钓排口船都要设两个生水舱养活鱼饵，一个是养活渔获，一个是养活鱼饵。钓鱼要掌握流水，尤其是去钓排口非常讲究，停流也不行，流急也不行，最好是三四成流，这样鱼饵在流水的流冲下，鱼饵显得更加生动。找到排口后，抛锚也讲究，如果抛锚不准，偏离排口位，钓鱼效果也不好。居排的鱼都是居在流头，就是说流东水鱼是居栖在排口的西面，所以抛锚要到排口西面的位置抛锚，放缆绳后船位刚好到鱼居栖的前一点，放鱼线下去鱼饵刚好流到鱼居栖处，有时抛锚位不准要重新抛锚。

　　疍家人的钓鱼方式方法有很多，这里就拿几种钓鱼方法与读者分享。

　　一是钓马鲛鱼，一般用 60 厘胶丝，线长约 200 米，6 号鱼钩，用一节 30 厘米长 24 号的白铜线，一头扭绑在鱼钩尾，一头绑在灵圈仔，灵圈仔一头绑鱼线，马鲛鱼牙齿很利，在鱼钩尾必须配上一节白铜线，不然鱼线会被马鲛鱼咬断。钓马鲛鱼大多数是用小带鱼作鱼饵，鱼钩从带鱼嘴钩入，用针线把带鱼口缝起，不让带鱼口张开。为了保证鱼上钩不脱鱼钩，大多数是一条带鱼饵安装两口鱼钩，两口鱼钩用白铜线相连，一口鱼钩钩在鱼饵身中间，马鲛鱼吃鱼饵是袭击鱼饵头部。船到达作业排口，选择好位置抛锚，一个人只能放一条鱼线，离鱼饵 10 米处鱼线绑上一块铅块，重一斤左右，用于把鱼饵沉下，放线 40 米左右，这时鱼饵在流水的流冲下，就像一条活鱼在游，时不时拉鱼线一下，使鱼饵更加生动。马鲛鱼看见就会袭击过来吞吃鱼饵，马鲛鱼上钩后，其他鱼线马上收回，防止马鲛鱼拴上别的鱼线造成脱钩，马鲛鱼刚上钩力气很猛，拉线要把握好力度。钓马鲛鱼需要经常转移位置。钓马鲛鱼最好是在冬季，早上 6 点至 8 点是最好的时间，很多马鲛鱼晚上没有吃上鱼食，早上一见到鱼饵马上去吞吃，钓马鲛鱼要有四五成流，让鱼饵形成生动，如果停流，马鲛鱼是很少吃鱼饵的。

二是钓章红鱼，鱼线用 50 厘胶丝，线长约 200 米，7 号鱼钩，章红鱼是属于深海鱼，栖息于 50 米至 80 米深的海域，群居排口，最喜欢吃活池仔鱼、活鱿鱼，二两左右一条最好，钓章红鱼必须在船上设有生水舱养鱼饵。有计划出海钓章红鱼，一要计算好流水，早上时间不能在停流或在当生流，早上 6 点至 8 点在三四成流是最理想流水，停流疍家人叫作死流，当天最急流节叫当生流，有三四成流速使鱼饵更生动、更有吸引力。二要提前两天准备活鱼饵，出一趟海钓章红鱼，要准备一两百条活鱼饵，一天时间是很难筹备得到的。筹备工作就绪后开始出海，船到达目的海域，首先是睇山口，这是过去的做法，现在不用睇山口了，现在有卫星定位仪，比过去用眼睇山口准得多。排口位置确定后，根据流向开始抛锚，船放缆绳至所需位置，也就是章红鱼在排口居栖位置，钩饵开始放线，如果是池仔鱼饵鱼钩要钩在嘴唇，如果是鱿鱼饵鱼钩要钩在尾巴上，这样钩法是保持鱼饵游动姿态。一个人放一条鱼线，离鱼饵 3 米处鱼线上绑一铅块，重一斤左

右，根据水深度放鱼线，时不时拉一下鱼线，让鱼饵更生动，如果是船位准确又有章红鱼居栖排口，鱼饵沉到一半水深，章红鱼就马上吞吃鱼饵了。钓章红鱼也要讲运气，原因是这个排口前几天已被别人钓过了，今天你去钓就少了，甚至可能没有。在这种情况下要转移排口或其他位置。现在很多排口受到了严重破坏，有人用电电鱼，有人用炸药炸鱼，一些排口挂满了渔网。如今去找排口钓章红鱼的人也少了。

三是登鱼，这是钓鱼的一种方法，与其他钓鱼方法不同的是鱼线不是和鱼钩直接连接，首先鱼钩要通过包装加工，做各种登鱼钩圆锥模型。圆锥模型根据鱼钩大小制作，制作登鱼钩常用 12 号、11 号、10 号、9 号鱼钩，把鱼钩尾装进登鱼钩模型，用一根 20 号铁线在模型尾部（钓咀方向）斜插过去，然后把烧熔的铅水浇注入模型，待铅水基本凝固，把铁线拉出来，打开模型，鱼钩尾已被铅水凝固，铁线拉出后登鱼钩圆锥体有一斜孔，这个斜孔就是穿鱼线用，鱼线头打一个结卡于孔口。各种型号鱼钩用搭配的模型制作登鱼钩，这是登鱼作业首先要做的工作。9 号鱼钩一般搭配 30 厘胶丝，10 号鱼钩搭配 25 厘胶丝，11 号鱼钩搭配 20 厘胶丝，12 号鱼钩搭配 15 厘胶丝。登鱼作业是用活虾作饵，9 号鱼钩用大一点的虾，12 号鱼钩用小一点的虾。9 号、10 号登鱼钩多作业于暗即、珊隆位置，水深 15 米至 20 米；11 号、12 号登鱼钩多作业于礁盘、硬宝地位置，水深 10 米至 15 米。登鱼作业要有一个虾笼养虾，登鱼是一种副业，一般两个人摇一艘舢板在近海域作业，一个人使用一至两条鱼线，不抛锚，随流移动，移动有寻找鱼的作用，比抛锚效果要好。登鱼钩横钩在虾尾第二节，根据水深放线，离地一米多，时不时拉一下鱼线，使虾形成弹跳状态，大多数鱼都喜欢吃虾，虾是鱼的美食。钓鱼、登鱼虽然发不了财，但在没有工作的前提下，可以解决一个家庭的生活问题。随着城市的发展，三亚港池已成了游艇港，小渔船没有了，钓鱼、登鱼也没有了。

四是疍家人的奇葩钓鱼，很多人都不知道有这种钓鱼方式，20 世纪 70 年代以前，三亚疍家人有部分人还是以船为家，有部分人已在岸边或海滩地搭起了高脚水棚居住。三亚街上人叫疍家棚，棚板与海平面有两米多高，涨潮时海平面离棚板一米左右。过去海洋资源比较丰富，涨潮到处都有鱼儿游，棚底也有，闭九、天济、泥鳗、白立、苦鳗等，丰富的海洋资源为疍家人提供了优越的生活条件。笔者童年是在高脚棚长大，也亲身经历过在屋里钓鱼这种奇葩的钓鱼方式。涨潮时很多鱼儿都游到棚底下寻食，过去住在高脚棚的人，把吃完饭的剩余物都倒到海里，这就给鱼儿提供寻食机会，于是涨潮时打开一块棚板，用鱼线钓鱼，把吃完饭的剩余物用盆装起来用于钓鱼时的诱物。退潮时去挖海虫作饵，多则可钓十几斤，少则可钓几斤，有时候边煮饭边钓鱼做餸，听起来像一种传说故事。尤其是在冬季，晚上涨潮很大，一两斤重的白立鱼都游到棚底寻食。鸡肠是钓白立鱼最好的鱼饵，有时一个晚上钓多则十几条，少则几条。1985 年疍家棚没有了，这种奇葩的钓鱼方式也就没有了，但经历过这种钓鱼的人，都怀念这种钓鱼方式和生活。

疍家人钓鱼的方式方法有很多，至于钓红鱼、白鱼、石斑等鱼的方法与钓章红鱼基本相同，就不一一叙述了。

扔鱼作业

扔鱼又叫拖线，在疍家人的捕鱼字典里是一种副业，扔鱼种类很多，各种扔鱼有各种拖线，鱼钩、鱼饵都不同。扔鱼分专程和顺便，专程是开船出去在作业海域来回拖，放两至三条拖线；顺便是驶船途中顺便放一条线下海拖，船到达目的地把线收起。过去疍家人扔鲭鲦、扔铁甲鱼是用白鸭毛或白鹅毛作鱼饵，扔马鲛是用小带鱼、吹仔鱼作鱼饵，扔石斑鱼是用章鱼作鱼饵，等等。现在扔鱼大多数是用假鱼饵，假鱼饵很生动，比真鱼饵还好。扔鱼也要分季节，什么季节扔什么鱼是有规律的。

一是在冬季扔马鲛鱼。首先要准备好工具和鱼饵，一条拖线约 200 米，80 厘胶丝线，一条鱼饵装两口 5 号、6 号鱼钩，两口鱼钩用白钢铜线串联绑在鱼钩尾，距离 13 厘米。白钢铜线长 40 厘米，线尾结一个扣耳，拖线与扣耳相连，距离白钢铜线 20 米拖线上绑一块铅块，一斤左右，铅块橄榄形。过去扔马鲛用的鱼饵多数是吹仔鱼、三点针鱼、小带鱼，因为这三种鱼头尖，鱼身稍长，拖线时阻力小，鱼身稍长好装钩，鱼饵长度 22 至 25 厘米最好，装鱼钩时把鱼饵背上开一个 10 厘米长的口，第一口钩从鱼饵口入装置在鱼头部位，第二口钩从鱼饵口入装置在鱼开口处，钓嘴凸出外面，然后用针线把开口缝合，鱼饵口、鱼饵腮也缝合，缝鱼饵口要与白钢铜线扎紧，拖线时鱼饵保持笔直。过去疍家人扔马鲛多数都是顺便拖，很少有专程的，准备两三条鱼饵就可以了。现在开船专程拖是用假鱼饵，省工方便，准备十几至二十条。扔马鲛放线 200 米左右，过去是帆船拖，现在是开机动渔船拖，时速在 5 节左右，过去的帆船时速 3 节左右，马鲛鱼在海里游速度很快，当它看见鱼饵马上就追上来咬，当马鲛鱼上钩时，若是帆船应马上起头①，如果是机动渔船应马上减速下来，因为马鲛鱼刚上钩时力气很大，拉鱼时要讲技术，不能硬拉、死拉，要顺应它的力度拉，确保渔获不脱钩。扔马鲛鱼在早上 6 点至 9 点时间最好，有一些马鲛鱼一夜没有进食，肚子饿，一见到鱼饵就容易追吃过来。开船专程拖当天把鱼饵都用完，那返航时是一路欢乐、一路歌。

二是六月至七月扔鲭鲌。六月、七月南流迈鲭鲌鱼游入浅海，是渔船经过扔鲭鲌的好机会，拖线 150 米，40 厘至 50 厘胶丝线，鱼钩用 7 号，不用鱼饵，用白鸭毛、白鹅毛或白布条，扔鲭鲌不用白钢铜线，鲭鲌牙齿不利，鱼线直接绑在鱼钩上就可以了，白鸭毛、白鹅毛削去中间骨，把白毛扎绑在鱼钩上作假鱼饵，用白鸭毛、白鹅毛作鱼饵扔鲭鲌最好，如果没有就用白布条扎绑在鱼钩上也可以，但效果不好，扎绑的假鱼饵长度 8 到 9 厘米，用白鸭毛、白鹅毛、白布条在水里拖有反光作用。鲭鲌鱼看到后，就经常追上来咬。鲭鲌上钓船是不起头停的，用力直接拉回来，因为鲭鲌鱼都是四五斤多，不必为了一条几斤的鲭鲌鱼停船下来，这与扔马鲛不同，马鲛鱼大，力气也大。扔鲭鲌是过去疍家人驾驶风帆船时的一种副业，六月、七月驶船去纲部②在途中顺便放线拖一下，几乎没有专门驶船去扔鲭鲌鱼的，现在也没有专门开船去扔鲭鲌鱼的。纲罾帆船被淘汰后扔鲭鲌的副业就停止了。

---

① 起头：船转头。
② 纲部：过去四船组合生产的地方。

三是从过正月开始至七月扔铁甲鱼。正月过后磷虾起，铁甲鱼跟随磷虾捕食游近浅海。正月过后又是疍家人开始纲部季节，从大力口头部至三元角有8个部口，海岸线有10多海里，是铁甲鱼活动的海域，也是疍家人渔船经过扔铁甲鱼的最佳路线。扔铁甲与别的扔鱼不同，别的扔鱼除扔马鲛是一线两钩，其他都是一线一钩，但扔铁甲有10多口钩，与排钩有一点相似。这种扔铁甲作业疍家人叫铁甲纲，用一条60厘胶丝线作主纲，20厘作钓线，钓线1米长，隔1米一条钓线，用9号、10号钩，有15口钩，用小公鱼或用鱿鱼切条作鱼饵，主纲线头绑一石砣。正月后纲罾艇从六道湾驶往头部纲鱼①，经过砍颈角②在船尾投放铁甲纲，最后一口钓离船约10米，绑住主纲拖，发现主纲有振动，说明有鱼上钩了，主纲振动越厉害，说明鱼上钩就越多，把纲线拉回来，解鱼、补上鱼饵后，又把铁甲纲投放下海，铁甲、竹灌仔一次上钩十条、八条都有，西刀鱼、交仔③、鲭鲌、黄祥上钩也有，因铁甲鱼是其主要渔获，所以叫铁甲纲。扔铁甲鱼是副业，驶船经过合适海域顺便拖一下，没有专程驶船出去扔铁甲鱼作业，后来，扔铁甲随着纲罾风帆船一起被淘汰了。

四是扔大斑。这种作业一年四季都可以，石斑鱼的种类很多，疍家人把石斑鱼的大小也作区分，5斤以下叫石斑名称，6斤至15斤叫大斑口，16斤以上叫大斑。扔大斑是疍家人的古老方法，拖线用5到6毫米粗的棉

---

① 纲鱼：旧时四船组合的一种捕鱼方法。

② 砍颈角：斧头岭。

③ 交仔：马鲛鱼的一种，个体小。

纱线，一节 30 厘米长的 16 号白铜线，一头绑在鱼钩，一头与拖线连接，用 1 号、3 号钩。退潮后疍家人到珊面去抓小八爪鱼，用五六个小八爪鱼绑在鱼钩上，到傍晚摇舢板到暗即放线跟着暗即拖，时不时拉一下线，让鱼饵像活的一样。大斑最喜欢吃八爪鱼，看见了就会追上来吞吃，大斑上钩头回力很大，拉过头回力就好拉了。扔大斑有时也有大铁、石磅、石角鲨上钩，扔大斑是一种副业，很少有人玩，到 1966 年以后，就几乎没有人玩这种副业了。

五是扔黑鱿。一般在冬季十月至十二月，扔黑鱿是在晚上，黑鱿喜欢冬季晚上活动在礁盘或暗即水域，浮在水上层寻食，等鱼儿游近突然袭击，黑鱿晚上也经常被大铁、鲨鱼袭击。扔黑鱿用拖线长 60 米，30 厘胶丝线，用 9 号钩，鱼饵用一至二两的天剂仔、池仔、青鳞、针鱼等，这几种鱼是白色，晚上有反光作用。晚上疍家人将小船摇到作业海域，钩好鱼饵放线下海拖，如果是两个人去作业就放两条线，一个人就放一条线，小船在礁盘或暗即水域来回慢慢摇，发现黑鱿在吃鱼饵，小船就停下来，慢慢把渔线拉回来，这时不能快，一快黑鱿就容易跑掉了，等拉到船旁用捞兜捞上，与钓鱼不一样。如果发现这块海域多黑鱿吃鱼饵，就抛锭下来，用力把鱼饵抛出去，再慢慢拉回来。黑鱿鱼吃鱼饵是先用须抱住，再用嘴巴慢慢吃，跟鱼不同，鱼咬到鱼食后，游走片刻就吞下去了。扔黑鱿也是一种副业，从事这行业的人很少，三亚疍家人在 1980 年以后，基本就没有人去玩扔黑鱿了。

气象与航海

疍家人过去在没有天气预报之前,是靠肉眼观察天气的。天上的星、云、风、海、鸟、飞蚁以及异常的现象等都是气象预报的信号。疍家人几百年的耕海生涯积累了丰富的天气观察经验,在生产、航海过程中避免了很多事故的发生,但也有观察判断错的时候。如1897年农历十月廿二日,一场超强台风登陆三亚港,疍家人观察到了台风的预兆,渔船也都回港避风了,但台风回南①判断错了。三亚的台风有个惯例,等回南后台风才算结束,这次台风停了约半个小时时间,人们认为台风已经结束了,于是把船帆拉起来晒,可没过多久,回南风就到来了,风猛浪大,回南风风力比原台风风力还要大一些,导致渔船全部被吹翻了。台风结束后海边全是尸体,这是三亚疍家人有史以来伤亡最大的自然灾害。三亚疍歌《疍家魂》《十月廿二》就是记载的这一段历史。疍家人过去在海上捕鱼生命没有保障,正所谓"出海三分命,遇风全家惊"。20世纪50年代后有了天气预报,渔船也大了,海上遇到困难有政府救助,出海也有了保障。下面我们通过回忆前辈留下的气象观察方法,让后人认识了解前辈的智慧。

一、时间的观测

北斗星,疍家人叫七宿。北斗星由7颗星组成,形象似帆船的舵,舵头三颗星,舵板四颗星,转一周就是一天。晚上8点时北斗星向南斜一点,随着地球运转,北斗星也跟着运转。冬季与夏季北斗星的位置是有区别的,

---

① 回南:吹什么风向的台风,停下后都转回吹南风。

观测时间与实际时间也有一定差别。疍家人根据北斗星运转倾斜角度观测判断时间是几更天，由于肉眼观测北斗星倾斜角度不是很准，所以识别的时间也是大概的。

三支丈星，由3颗星组成，在东南方向。凌晨3点时，一颗跟着一颗升起，过去疍家人风帆船拖网作业，常说的一句话："三支丈起，扯锭驶船。"疍家人过去没有钟表看时间，凌晨看到三支丈星升起便驶船，三支丈星升起后也跟着北极星转，转到3颗星成水平线时，也就是早晨6点。因为拖网作业从三亚港驶到作业海域需要3个小时。他们有时也看北斗星，但拖网作业一般是在冬季，凌晨时北斗星看不清楚。

光星，在东边，是星宿里最亮的一颗，所以叫光星。冬季与夏季光星升起时间不同，冬季是凌晨5点左右，夏季是凌晨4点左右。光星升起一支桅杆高，东面白。过去疍家人待光星升起半支桅杆高时开始放排钓下纲。光星为疍家人放排钓作业提供了准确的时间。

流水星，在南边，是过去疍家人识别大海流向的参照物。晚上8点在南方海面上方有两颗星，这两颗星是接近平行的。大海流东水时，东边这颗星低于西边那颗星，且越低水流越急；大海流西水时，西边的这颗星低于东边那颗星，且越低水流越急。岸边流水是根据季节、时间计算，叫涨潮、退潮。夏季初一、十五下午3点退潮，凌晨3点涨潮；冬季初八、廿三凌晨3点退潮，下午3点涨潮。这是三亚港流水的基本规律。

二、台风、强风、雷阵雨的识别

东洋①连续两三天天暗有闪电，傍晚也有闪电，而且闪电离海平面越近，台风形成的可能性就越大，不是要刮台风就是要下大雨。

海面突然风平浪静，傍晚开始凉西北②，紧接着下小雨，这是台风预兆，一般在一两天内台风会到。1981年9月的一天，海面突然似镜面一样，下午5点开始凉西北，跟着下雨，晚上10点，台风就从三亚登陆了，风力11级，这次台风导致房屋和建筑物被严重损坏。

过去疍家人有一种生产作业叫作纲罾，4艘船组合生产，把网装置在鱼群经过的路线，待鱼群进入时拉起。作业当天风平浪静，当收起网时，发现网具破了很多地方，这就说明海底有反常，有翻滚激流，这是天气不好的预兆，预示不是有台风，就是有雷雨阵风。

傍晚听到很多动物的声音，如鸟乱叫、黄猄叫、猴子叫等，半夜一般会打雷、下大雨。

三亚市吉阳区原六道社区居委会东面山顶上有一块大石头，叫白石岭，如果有云团在白石岭上，久久不散去，说明天气有变化，要做好防台风准备。

太阳落到海平面时，有云团似假山一样，不久就消失，又重新出现，这是一个很不好的台风预兆，如果连续出现几次云团假山，说明最近一段时间将有一至两次台风。

傍晚南边天角有闪电，而且闪电比较频繁，预示很快雷雨阵风就到。

---

① 东洋：东边。
② 凉西北：吹西北风。

西北方向有闪电，有雷阵雨，多数是向东南方向移动。雷阵雨经过的海域浪会减小，过后浪又会恢复原状。

农历八月、九月时，早晨东边有一片云横架在海面上空半小时左右，预示要有台风或是强风、暴雨。

吹西风时，东边的云即向西走，预兆很不好，可能有台风。

农历七至九月，海浪打在礁石上，如发出异常的声音，预示天气有异常，船要及时回港。

疍家人常言道："海水没有三天好。"如果前后两天海水特别清，不久海底就似放烟幕弹一样，这样的异常现象，是台风或是雷雨阵风的前奏。

三、航海

20 世纪 60 年代以前，疍家人都是使用风帆渔船，有拖风船、下鱼艇、纲罾艇、公仔艇、运输船等。他们航海经验丰富，尤其是晚上行船。因为白天有山头作为航标，晚上是看不见山头的，只能看天上的星星，用星星作为航行的航标。如拖风船、运输船是经常在晚上航行的，航行时全靠星星引航，可以引航的星星有北斗星、流水星、三支丈星、光星等。季节不同，晚上星星的位置也是不同的，晚上航海就要懂得观察天上星星的运行规律，这都是疍家人几百年航海生涯积累下来的宝贵经验。

除了通过观看星星，有时也可以根据鸟的飞行方向来掌握航向。1957年、1958 年，我们大队组织船队去西沙捕鱼，航程是两天两夜，由于风速、水流影响，偏离了航线很多，过去乘帆船去西沙预计次日下午 5 点左右就能到达永乐岛，但这次航行时间到了还看不见岛，这是一个非常危险的信

号。这时候全船的人都在寻找海鸥，发现海鸥就赶紧朝海鸥飞的方向驶去，因为傍晚海鸥要飞回岛栖息，跟着海鸥航行就找到了岛屿。

过去拖风船也经常到文昌七洲屿捕鱼，三亚距文昌七洲屿200海里，航行要70个小时左右。晚上航行如果突然有大雾出现，不能通过观看星星辨别方向，又不能抛锚，在这种情况下就可以利用水坨试探海床沙质。水坨是用铅铸造的，两三公斤一个，底部有一个直径3厘米、深5厘米的孔，尾部由一条绳子连住。把水坨抛下海，水坨沉到海底后拉起，然后量绳子的长度，同时查看水坨尾部孔里的沙质，由此判断船的位置，确定船的航向。过去疍家人在外海生产作业时，如果连续几天出现大雾，就经常利用水坨来识别船的位置。

几百年来，这群以船为家、以海为生的疍家人，凭借其勤劳、勇敢以及非凡的智慧，不仅克服了重重困难与挑战，还在浩瀚的海洋上积累了丰富的航海经验。他们熟悉海上的风云变幻，掌握着独特的航行技巧与生存智慧，这些宝贵的航海经验，不仅为疍家人的海上生活提供了坚实的保障，也成为人类探索海洋、征服自然的宝贵财富。

后 记

　　《三亚疍家人》一书的出版,分上册《三亚疍歌》和下册《耕海记》。《三亚疍歌》填补了三亚疍歌没有曲谱的空白,给疍歌四调五唱注入了新鲜血液,让曲韵悠扬的疍歌有了规范旋律,为今后疍歌创作者提供了有价值的资料参考,为疍歌这一国家级非物质文化遗产的传承保护与发展作出了贡献。《耕海记》填补了三亚疍家人捕鱼历史没有记载的空白,给疍家人子孙留下一笔文化财富,让疍家人子孙后代了解先辈的耕海历史,认识疍家人的捕鱼生产工具和作业方法,同时也为研究疍家人的历史学者提供了宝贵资料。

　　我曾经很担心疍歌的失传,于是,从2010年起通过定期举办疍歌比赛的方式拯救这一非遗文化,疍歌比赛每两年举办一次,目的是让更多的人学唱疍歌,以此形成学唱疍歌的氛围。但举办三届后,我发现参赛的都是老人,这就失去了传承的意义了。2017年我改用培训班的方式,从小孩抓起,利用暑假进行培训,颁发奖品鼓励孩子参加培训班,举办两届后,发现前功尽弃,第二年暑期开班时孩子们把学的疍歌全都忘记了,又是从零开始。如何才能把疍歌传承下去,这事让我很揪心。2018年我约渔村南海小学校长到文化馆商量,计划利用学校开设学唱疍歌的编外课,每周安排一节课学唱疍歌,每学期期末举办一次疍歌比赛,比赛按名次颁发奖金和奖品。这样比每年暑假期间举办的培训班要好得多,有持久性和巩固性,但工作还没有开展,校长就被调走了,新的想法又落空了。

　　2019年6月,我到广东东莞沙田镇参观水乡文化馆,黎馆长赠送我两本沙田咸水歌书,我得到了启发,要想疍歌不失传,就要把它编著成歌本出版发行,于是,回到三亚后我开始《三亚疍歌》一书的筹备工作,为收

集疍歌歌词进行动员，王学梅等捐出了收藏多年的手抄本子，郑森家同志撰写了不少新的歌词。在大家的支持下我充满信心，收集、整理、编写歌词，组织学员每周六到文化馆练唱疍歌。三年多来我编写了100余首疍歌，收集整理了100余首疍歌，撰写了30多篇关于疍家人的传统捕鱼工具和捕鱼方法的文章，供读者分享和研究参考。《耕海记》为了方便疍家人阅读，以疍家方言书写，可能会给其他读者的阅读带来一些不便，恳望谅解。

《三亚疍家人》的出版，首先要慰告先辈郑森和、梁云志、周学杰，他们为疍歌的传承和发扬作出了重要贡献。感谢三亚学院朱可一老师，感谢三亚市天涯区榆港社区、南海社区的支持，感谢三亚疍家文化协会的支持，感谢石钏老师，感谢为编著本书提供帮助的众多朋友们。我们抛砖引玉、吐旧纳新，用唯物主义观点分析疍家人的历史背景，用社会主义核心价值观开拓挖掘疍家文化，创作疍歌新篇章。

由于本人水平有限，本书错漏在所难免，希望读者批评指正。

三亚疍家文化馆　郑石喜